U0093741

風雲時代

【選書推薦】

豐富現代人心靈的饗宴

——「風雲時代」推出的文學經典名著

南方朔

多年來，我一直鼓吹要讀經典，尤其是文學經典。

因為，經典之所以為經典，乃是它濃縮著傑出作者的心靈、智慧與識見，可以讓人在閱讀裡深度反芻，並呼喚出每個人內心裡更優質的成份。經典是我們心靈的饗宴與邂逅，它永遠會讓人豐收。

文學經典的閱讀樂趣

正因為經典重要，因而它一路相望，早已成為每個國族、甚或全世界的文化傳承。在西方，愈是頂級的大學學府，就愈重視經典閱讀的課程安排，目的即是要讓未來的菁英階層，不只具有專業的知識技能，更要有「全人」（Universal Man）的格局和品質。由美國常春藤盟校所開列出來的經典書單，實在值得我們借鏡，做爲我們改革通識教育的參考。

因此，對經典的親炙與閱覽，不只是狹義的閱讀行爲而已，更應該是人格養成的一種教育和社會行爲。有遠見的出版人、編輯人不妨透過經典的濃縮重編，讓人們在生命成長的任何一個階段，都可略窺其堂奧，而後循序漸進，由親切怡人的經典，而走向博大深邃的著作，享盡閱讀的樂趣，並在閱讀中見證心靈的成長。

使人「重新發展愛情」

況且，閱讀文學經典、世界名著，還能滋潤現代人的心靈，使人對愛情與人性重新有一番體悟。

用「重新發展愛情」來說現在人們的心靈處境，真是再也貼切不過了。近代的人際關係早已發生鉅變，其中最大的變化即是性別間不再有任何的神秘，於是愛情與性的非崇高化遂成了一種新的難局。當愛情不再神秘，一切的愛情也就勢不可免的成爲精打細算的操縱遊戲。人們不再相信人際關係的持久性，而彷彿像刺蝟般，無論太近或太遠都覺得不對勁。刺蝟般的愛情使得它遠離親密而更像是戰爭。古代那漫長但又充滿滋味的愛情過程早已消失。當愛情與性更加唾手可得，它的折舊與翻臉也就更加快速。愛情愈來愈像是商品的週期，也更加像吃興奮劑一樣在亢奮和低潮間震盪。

這就是愛情難局之所在，它使許多人將愛情與性分開，也讓許多人愈來愈逃避感情。當身體的接觸已不再是愛情的憑證，愛情的立腳點遂更加脆弱可疑。現在的世界上已難想像偉大的戀情，反倒常見各種愛情上的怨偶與悍夫悍婦不斷出現。愛情有時候竟然會變成「致命的吸引力」！

打開生命的窗子

因此，今日的愛情已漸漸失掉了它的位置。當古老愛情的神話瓦解，愛情世界上的善男信女就注定要在愛情戰爭裡擔驚受怕。愛情的起源是自戀，而後在自戀中打開生命的窗子；而今日的愛情則是人在自戀裡將自己關閉，並讓愛情遊戲更像是座叢林。情慾奔騰而愛情寂寥，失掉位置的愛情必須被「重新發明」，必須藉著不斷的驚喜和共感來維繫它易滅的燭焰。在這個愛情被急切渴望的時代，但願愛情真的能帶給人平安，而非怨懟與騷亂。

而「重新發明」愛情的最佳途徑，在我看來，就是隨時抽時間，閱讀自己喜歡、且已獲公認的文學經典！

選書以親切怡人爲主

在台灣，經典名著的閱讀有著固定的需求，一代代的少年和青年，都以熱切的願望進入這個領域，因此，許多西方的文學經典名著，早已有了許多不同的版本。而今，好朋友「風雲時代出版公司」也開始走進這個領域，開始出版西方文學名著。由第一批廿本名著的書目，可以看出它由於剛開始，因而選書以親切怡人、適於年青人閱讀者爲主。這批書目涵托了《雙城記》、《月亮寶石》、《格列佛遊記》、《魯賓遜漂流記》、《騎鵝歷險記》、《綠野仙蹤》、《簡愛》、《咆哮山莊》、《小王子、灰女孩》、《小婦人》、《達・文西寓言》、《愛麗絲夢遊仙境》、《金銀島》、《狐》、《最後一課》、《少年維特的煩惱》、《吹牛大王歷險記》、《最後的莫希干人》、《間諜》、《快樂王子》。書目裡，雖然有些早已膾炙人口，但也有多本，如《月亮寶石》、《騎鵝歷險記》、《吹牛大王歷險記》、《最後的莫希干人》、《間諜》、《快樂王子》等，似乎仍是首譯，可以彌補台灣在文學名著翻譯上始終有所缺漏的遺憾。

我一向認爲出版業能關心名著經典，是一種功德。出版名著經典，乃是標準的「薄利事業」，經營維艱，但它卻是在文化這個領域撒佈可供後來者繼續成長的土壤。而除了經營艱難外，出版名著經典，也是極大的考驗。名著經典浩若瀚海，深淺繁易之間也等級極多，因而出版者需長期耕耘，鍥而不捨，始能規模逐漸完整。「風雲時代」的這套廿本，只是個開始，衷心期望更多個廿本，能相繼出現。

我讀過，我又讀了

近代義大利名作家卡爾維諾（Italo Calvino）曾經說過：經典名著乃是那種人們不會說「我讀過」，而是說「我又讀了」的著作。名著之所以爲經典，乃是它的高稠密度和內含的巨大信息量。因而，每次去讀它，都會讀出新的東西、新的精神。經典名著乃是一口鐘，當人們輕輕的敲，它就回報以小小的聲音；當人們用力的敲，它就用大聲來回應。經典名著從不吝惜給與，而是要看人們如何對它提出索求。

因此，讓我們泡杯好茶，弄一個舒適自在的位子，坐下，拿起書，走進那個歷代傑出作家所建造出來的經典世界吧！

【專文導讀】

全世界最知名的平凡家庭——《小婦人》

王之光

露薏莎・梅・奧爾科特（一八三二－一八八八）佔據美國的名人堂已達百年，其小說《小婦人》影響了一代又一代的年輕人；讀者群遠遠超出了英語國家和西方文化的界限，作品已經成爲全人類的共有財富。根據最近的網上統計，此書已經以不同的形式翻譯成了一百多種文字。好萊塢每隔二十年就要將它「更新」一次；最近的版本爲一九九四年攝製的。就像小說開頭時所描述的，現在世界許多地方的學校，都在排演「小婦人」的故事，以寓教於樂的形式開導正在形成世界觀的人們。

貧困卻愉快的童年

奧爾科特出身於貧困的家庭，還有三個姐妹，一生沒有嫁人。父親爲了追求精神發展的高尚理想，奮力進行教育實驗，卻連家庭的溫飽都不能保障。姐妹們經常食不果腹，靠青澀的果子、硬麵包和冷水充饑。她們所處的時代，恰逢美國南北戰爭。北方的資本主義已經初步發達，而南方是農業社會，農奴主的勢力依然強大，殘酷壓迫著黑奴。當時另一位女作家斯托的一部《湯姆叔叔的小屋》，把這種現實加以揭露，北方的「美國佬」讀後義憤塡膺，於是拿起武器，爲黑奴的自由而戰。小婦人的爸爸就是爲了打敗南方鬧獨立的地方政府，毅然上了戰場。婦女們在後方生產軍需品，她們一方面由於家裡失去掙麵包的人而陷入貧困，一方面還得不斷勞動支援前線。

作者從小自學寫作。儘管她常常有貧困的威脅，但童年的生活非常愉快，並且跟著名作家霍桑和愛默生的孩子爲友。女孩們在穀倉裡演出露薏莎的話劇。她在家接受教育，也當過教師。十二歲就在波士頓的報紙上發表了故事，十四歲出版了一本書，日後終於寫成了傳世之作。中間因爲南北戰爭而停止寫作，在華盛頓的一家醫院當護士。

《小婦人》故事雖平凡，構思卻十分巧妙，一環緊扣一環。小說的幽默結構和妙趣橫生的敍述語言，也爲作品增色不少。當然，作品也充斥著說教內容，表面上看，小說的第一部好像是學習《天路歷程》的體會之作。也許正因如此，當時正統的家長們才不反對孩子閱讀。

對人物性格刻畫至深

這部可愛的小說始終牢牢抓住當時中產階級家庭生活的理想和價值觀。到了現代，她往往被看作勇於實驗的作家，作品也成爲文學史家和心理歷史學家探索的肥沃土地。《小婦人》促進了青少年文學關注點的演進，描繪年輕人不僅僅從外表出發，而是對人物進行鑒貌辨色的記錄。有人說，她在創作中不得不限制自己的想像力，去適應當地風俗和家庭成員的道德環境，同時還得滿足出版界的商業要求，使她無法實現她的全部才能，然而，她的作品到處體現出其女性義務和藝術自由之間的張力。

小說可以說是自傳體的傑作，女主人公喬就在一定程度上反映了她本人的經歷。她採用現實生活全息記錄的方法，所講述的生活寧靜、安全，是自己和周圍朋友經歷的積累，裡面充滿了人情味，融入了少女們的切身體會，可謂美國新英格蘭地區少女的成長史，其中浸透了人生奮鬥的金玉良言。由於作者深受自己父親和美國超驗主義作家愛默生、梭羅的影響，字裡行間滲透著超越時代、跨越國界的哲理，使該書不僅情節引人入勝，而且隨處閃現著真知灼見，是立身處世的好教材。

毫不奇怪，《小婦人》是孩子們的「道德食糧」（作者自述語）。十九世紀的婦女處於從屬地位，小說幫助女孩子們順從命運，以各種方式探索自己在社會上的可能結局。這裡，作者首度傳達了少女時代的艱難和焦慮，提出「小婦人」的成長過程是學習的、淚跡斑斑的，而不是按照女性發展的本能或者自然條件進行。媽咪坦白自己有脾氣，她努力抑止它，說明無法徹底消滅女性的怒火。小說最終沒有解決是克制自己適應社會，還是顛覆女性順從命運的觀念（十九世紀，人們認爲女性只有放棄本性，才能取得男子漢一般的「天才」成就）的問題，這是西蒙·波娃、喬伊斯·卡洛爾·歐茨、格特魯德·斯坦熱衷的問題，也爲二十一世紀的讀者留下了一個有趣的動態文本。

修正舊譯本的小失誤

《小婦人》是名著重譯，踩在前人成果的肩膀上改進、提升譯文水平，是一大樂事。作品平鋪直敍部分，當然可以繼續直譯。但前譯最大的幫助在於讓我們廓清想當然造成錯譯的範圍，並且盡可能避免同類的錯誤。舉例說，鈴蘭花（lilies of the valley）在以前的譯本中居然被直譯成「長在山谷裡的百合花」，值得引以爲戒。當然，克服文化地理的差異十分重要，蘋果在舊中國是窮人的奢侈品，但書中主人公把russets（**沒有味道的粗皮青澀蘋果，自家園子裡自生自滅的東西**）當飯吃，似乎很富有。主要原因是以前的譯者若不是把它跟普通蘋果混爲一談，就是只說明「黃褐色蘋果」，看不出它的廉價。Roses是玫瑰、薔薇、月季花的總稱。月季花是普通庭院的常見花卉，美格結婚時因地制宜，用來代替代表愛情的「玫瑰」，所以不能一概都譯作「玫瑰」。本書作了妥協處理。

本書是節譯本。原作第一部講述少女的成長歷程，情感世界是浪漫的，她們以成爲「小婦人」爲奮鬥目標，更適合青少年閱讀。第二部描述的則是「大人」的事情，涉及在成人世界的立身處世，比較務實，可以作爲行爲參考。所以，儘管第一部「很好看」，小說卻是第二部面世後才成爲暢銷書的。此次節選以第一部爲主，只收錄了續集的兩個章節。感興趣者可繼續讀全書。

目錄
CONTENTS

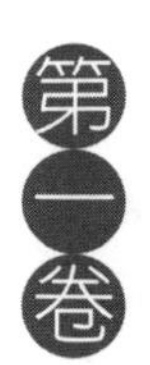

小婦人

一　扮演朝聖者

「沒有禮物的聖誕節，還算什麼聖誕節！」喬躺在地毯上抱怨著。

「貧窮，真可怕啊！」美格低頭看看一身舊衣服，歎息道。

「有人什麼漂亮東西都不缺，而有人卻樣樣沒有，真是不公平。」小艾美委屈地哼著鼻子，加了一句。

「我們有爸媽，有彼此。」坐在角落裡的貝絲倒心滿意足地說。

聽了這句振奮人心的話，四張小臉在爐火的映照下亮起來，但馬上又陰沈下去了。喬憂傷地說：「爸爸不在，不知什麼時候才回來。」她沒有說出口，「說不定有去無回了呢！」但各人想念著遠方戰場①上的父親，都默默地加了這一句。

大家沈默了片刻，然後，美格換了一種語氣說道——

「媽媽提出，今年聖誕節不送禮，知道爲什麼嗎？因爲今年冬天對誰來說都會是難熬的。她說，現在男人們在軍營裡受煎熬，我們不應該花錢享樂。我們雖然做不了那麼多，但可以，也應該心甘情願地做出這一點小小的犧牲。恐怕我是做不到啊！」美格搖搖頭，一想到那些夢寐以求的漂亮禮物，不由懊喪得很。

「要我說，我們要花的那一點錢也幫不了什麼忙。每人只有一塊錢，就是捐給了軍隊也沒什麼用。沒錯，我不指望媽媽給什麼，你們也不會送，可我真的想自己買一本《水精靈》②，我老早就想買了。」喬說。要知道，她是個書蟲。

「我那一塊錢本來想買新樂譜的。」貝絲說。她輕輕地歎了口氣，聲音輕得除了壁爐刷和水壺架誰也沒聽到。

「我要買一盒上好的費伯牌繪圖鉛筆，確實需要嘛！」艾美毅然決然地說。

「媽媽並沒有規定我們的錢該怎麼花，她不會希望我們什麼都不買。不如大家都買自己想買的，開心一下。我說，爲了掙這筆錢，我們夠賣力的了。」喬一邊高聲說，一邊審視著自己的鞋跟，頗有紳士風度。

「可不是嘛！我差不多整天都在教那些討厭的孩子，本來倒希望回家輕鬆一下的。」美格又抱怨開了。

「你的辛苦比我差得遠呢。」喬說，「難道你願意成天和神經質、大驚小怪的老太婆關在一起嗎？她把人使喚得團團轉，卻裡外不稱心，把人折騰得恨不得跳窗出去，要麼就大哭一場。」

「做一點事情就心煩是不好，不過，我真的覺得洗碗碟、理東西是世上最糟糕的工作。搞得脾氣暴躁不算，手也變得僵硬，連琴都彈不好了。」貝絲看看手，歎了口氣，這回大家都聽到了。

「就不信你們哪個人有我辛苦。」艾美大聲道，「你們反正用不著跟野女孩們一起上學的。你功課搞不懂，卻老是煩你，還嘲笑你身上的衣服；爸爸沒錢，卻要被她們『標榜』。連你鼻子不漂亮，也要奚落一下。」

「我想，你是說『誹謗』吧，不要說成『標榜』，好像爸爸是個泡菜罐子，要貼標籤似的。」喬邊笑著糾正道。

「我自己會說話的，不用瘋癡（諷刺）嘛。就是要多用生詞，才能提高字（詞）彙量嘛。」艾美神氣活現地回嘴。

「別鬥嘴了，妹妹們。喬，誰叫爸爸在我們小時候丟了錢。難道你不希望我們有錢嗎？天哪！如果沒有煩惱事，我們會有多快樂！」美格說，她還記得過去的美好時光。

「前幾天你說過，我們過得比金家孩子要快活得多。他們雖然有錢，卻一天到晚都在明爭暗鬥，可以說苦惱不斷。」

「我是這麼說過，貝絲。唔，我現在還是這麼認爲。雖然不得不幹活，我們卻可玩可鬧。就像喬說的，我們是一群很快活的人。」

「喬常說這樣的土話！」艾美看著手腳伸展躺在地毯上的長條身軀道，眼神裡帶著幾分責備。

喬馬上坐起來，雙手插入口袋，吹起了口哨。

「不要這樣，喬。這是男生做的！」

「所以我才這麼做。」

「我最恨那些粗魯的女孩子，一點都沒有淑女味！」

「我也討厭那些裝模作樣的黃毛丫頭，就知道扭扭捏捏！」

「小巢中的鳥兒和睦相處。」和事佬貝絲唱起了歌，臉上的表情滑稽可笑。兩個尖嗓門輕了下來，化作一陣笑聲。姊妹口角暫時結束了。

「說實在的，女孩們，你們兩個都不對。」美格擺出大姐姐的架勢，開始訓話。「約瑟芬，你已經長大了，不應該再玩男孩子的把戲，應該老實些。小的時候，這沒什麼。可現在已經長這麼高了，頭髮都已經網起來了，要記住你是個大女孩了。」

「我才不是呢！如果把頭髮網起來就算大女孩，那到二十歲以前，我絕對只梳兩根辮子。」喬叫了起來，扯掉了髮網，披落下一頭栗色長髮。想到自己要長大，要成爲馬奇小姐，可真是討厭。「我就是不高興穿長禮服，偏不做富家女！我喜歡男孩子的遊戲，男孩子的工作，男孩子的風度，可我偏偏是個女的，真是糟透了！不是男兒身，真沒勁。再沒有比現在更糟糕的；多麼想跟爸爸一起上戰場，可我只能待在家裡織東西，像個動作遲鈍的老太太！」喬晃動藍軍襪，把針抖得叮噹作響，線團也滾到了屋子的另一邊。

「可憐的喬！太糟糕了，可也沒辦法可想呀。認命吧，只能把名字改得有男子氣一些，當我們姐妹的兄弟。」貝絲說著，用那世上所有洗碗碟和打掃的工作都不能使其粗魯的手，輕輕地撫摸著靠在她膝上的頭髮蓬亂的腦袋。

「至於你，艾美。」美格繼續數落說，「你就是太講究，太古板。你的神態現在有點滑稽，要是不注意，就會長成一個裝模作樣的小憨鵝。要是不刻意追求高雅，你倒舉止優雅，言談文雅，我挺喜歡的。可你說的那些蠢話，和喬的土話沒什麼兩樣。」

「如果喬是野丫頭，艾美是憨鵝，請問，我是什麼？」貝絲問，她也想挨一下訓。

「你是小寶貝，沒別的。」美格親切地回答。沒人唱反調，因爲這位膽小的「小老鼠」是家中的寵兒。

鑒於青少年讀者都想知道「人物的模樣」，我們借此機會，簡單描繪一下坐在黃昏中俐落地做著針線活的四姐妹。此時，屋外冬雪輕輕地飄落，屋內爐火劈啪地竄動。這是一間舊房子，地毯有點褪色，家具也很樸素，但讓人感到很舒適。牆上掛著一兩幅別致的圖畫，壁櫥內堆滿了書，窗臺盛開著菊花和黑兒波花。屋裡洋溢著一股寧靜、溫馨的居家氣氛。

瑪格麗特，小名美格，十六歲，是四姐妹中最大的一個。她長得十分秀麗，體態豐滿，肌膚白皙；天生一雙大眼睛，棕色的頭髮又密又軟，討人喜歡的小嘴，潔白的雙手，這一切都令她頗爲自得。喬，大名叫約瑟芬，十五歲，長得又高又瘦，肌膚偏黑，不由得讓人想起小公馬，修長的雙臂很礙事，似乎永遠都無所適從。她嘴巴剛毅，鼻子有點滑稽，灰色的眼睛炯炯有神，好像洞察一切，眼神時而凶巴巴的，時而滑稽可笑，時而若有所思。濃密的長髮是她最引以爲傲之處，但爲了俐落，通常用髮網束起來。喬肩膀厚實，大手寬腳，穿的衣服顯得很寬鬆。她正在快速成長，但女孩不自在的表情透出幾分無奈。伊麗莎白——大家都叫小名貝絲，十三歲，皮膚紅潤，秀髮光潤，雙眸明亮，舉止靦腆，聲音羞怯，面帶安詳，不露聲色。父親稱她爲「靜兒」，這個稱呼完全適宜，因爲她似乎生活在自己快樂的世界中，只敢與她信任的和喜歡的少數人打交道。艾美，雖然最小，卻是家中最重要的一位——至少在她自己看來是如此。她端莊秀麗，雪白的肌膚，藍色的眼睛，黃色的頭髮，捲曲著披到肩頭，臉色蒼白，身材苗條。她舉止講究，頗具年輕女士的風度。四姐妹的性格怎樣，有待以後去發現。

時鐘敲了六下，貝絲掃淨了壁爐面，把一雙便鞋放在旁邊烘暖。看到這雙舊鞋，就帶來了好心情。女孩們想起媽媽就要回來了，都興奮起來準備迎接。美格結束了訓話，點亮了燈，艾美自覺讓出安樂椅，喬忘記了疲倦，坐起來把鞋子湊近爐火。

「這鞋子太破舊了。媽咪得穿新鞋子的。」

「我想用我的那塊錢給她買一雙。」貝絲說。

「不，我來買！」艾美大聲道。

「我最大。」美格剛開口，喬就語氣堅決地打斷了她——

「爸爸不在，我就是家中的男人，由我來買鞋。爸爸說過的，他出門時，我要特別照看好媽媽。」

「我看還是這樣吧。」貝絲說，「讓我們每個人爲媽媽買一樣聖誕禮物，自己嘛就別買了。」

「那才像你，乖乖！那買什麼好呢？」喬叫道。

每個人都靜靜地思考了片刻，然後，美格好像得到了自己漂亮的手的啓發，宣布說：「我要送一副精美的手套。」

「軍鞋，送最好的。」喬嚷嚷著。

「手帕，修邊的。」貝絲說。

「我要買一小瓶古龍香水，媽媽喜歡的，而且不貴，還可以留點錢給自己買鉛筆。」接著艾美說。

「那我們怎麼把禮物送給她呢？」美格問。

「放在桌子上，把媽媽叫進來，然後看著她把禮盒打開。難道忘了以前生日是怎麼過的嗎？」喬回答說。

「以前，輪到我坐在大椅子上，戴上花冠，看著你們一個個走過來，送禮物，吻一下，我慌得要命。我喜歡禮物和親吻，但你們坐著看我把禮盒打開，太可怕了。」貝絲說，邊烤麵包準備茶點，邊烘臉取暖。

「就讓媽咪以爲我們給自己買了禮物，然後給她個驚喜。明天下午就去買東西。美格，聖誕節晚上的戲，還要好好排演一下的。」喬說，手靠著背，頭仰著，踱來踱去。

「我這可是最後一次演戲了，超齡了嘛。」美格喃喃道。她在「化妝」打鬧的時候非常孩子氣。

「我知道你才不會洗手不幹呢。只要你能披下頭髮，拖著白禮服，戴上金紙珠寶，就招搖上臺了。你是我們這裡的最佳演員呢，你要是歇戲，就什麼戲也唱不成了。」喬說。「我們今晚就應該排演的。過來，艾美，排練一下昏厥的場面，你演得是硬梆梆的呢。」

「沒辦法。沒看過別人昏厥嘛。我可不喜歡跟你一樣，跌跌撞撞的，把自己搞得鼻青臉腫。如果落下容易，我就倒下，做不到的話，就跌倒在椅子上，動作優雅一點。才不在乎雨果拿手槍戳著我呢，」艾美回嘴道。她沒有戲劇天賦，但個子小巧，劇中反角扛得動，可以把她驚叫著扛出場。

「要這樣做動作。雙手捏緊，搖搖擺擺地走過來。口中狂叫，『羅得里戈，救救我！救救我！』」喬情不自禁叫起來，誇張得很刺激。

艾美跟著她做，但僵硬地擡著手，步伐也僵得像機器人。她發出的「哎喲！」聲，令人想起遭受針扎的情形，而不是驚恐萬狀，痛苦不堪。喬絕望地哀歎著，美格咯咯大笑。貝絲聚精會神地看戲，連麵包烤焦了也渾然不知。

「沒救了！到時候好自爲之吧，觀眾笑了可不要怪我喲。來吧，美格。」

情節發展順利，堂彼得羅目中無人似的，一口氣作了兩頁長的報告。女巫海格煮了一鍋癩蛤蟆，吟唱著恐怖的符咒，產生了怪誕的效果。羅得里戈英勇地掙開鎖鏈，雨果「哈哈」地狂喊著，悔恨交加，他砒霜毒發身亡。

「這是我們的最高水準啦，」美格說。這死掉的反角坐了起來，揉揉胳膊肘。

「喬，真不知道你是怎麼編出這麼精彩的劇情，簡直就像莎士比亞再世！」貝絲崇拜地大喊著。她堅信，兩位姐姐都是天才，而且無所不能。

「別這麼說，」喬謙讓著。「我確實認爲《女巫詛咒》這齣悲劇是好戲。不過，我倒是想試試《馬克白》的，就是舞臺沒有裝地板活門，好讓班柯從地底下鑽出來。我一直想扮演屠夫角色的。『我眼前看到的，是不是寶劍？』」喬喃喃道，轉動著眼珠，在空中瞎抓著，她以前看過悲劇名角的表演。

「住手，烤麵包的叉子，怎麼不叉麵包，卻叉著媽媽的鞋子。貝絲看戲看得著迷了！」美格喝道。眾人哄堂大笑，排演就此結束了。

「什麼事這麼開心啊？」門口傳來一個愉快的聲音，演員、觀眾們紛紛轉身迎接母親。這位個子高挑的女士露出「有什麼事找我」的眼神，十分和藹可親。她的衣著並不講究，但神情頗爲高貴。女孩們認爲，那灰白的披風和過時的帽子之下，是全世界最棒的媽媽。

「寶貝們，今天過得怎麼樣？我有很多事情要做，明天要送的禮盒沒準備好，所以沒有回來吃正餐。貝絲，有客人來嗎？美格，你感冒怎麼樣了？喬，你好像累得要命。來，親我一下，寶貝。」

馬奇太太一邊慈愛地問長問短，一邊脫下了濕衣服，換上暖和的便鞋，在安樂椅上坐下。然後，她讓艾美坐在腿上，準備享受她忙碌的一天中最愉快的時光。女孩們忙這忙那，各盡所能，努力把一切都安排得舒舒服服。美格擺茶桌，喬搬柴，放椅子，卻把柴禾撒落了，把椅子打翻了，弄得劈啪直響。貝絲在客廳和廚房間跑來跑去，一聲不吭地忙碌著。艾美則袖手旁觀，在一邊發號施令。

一家子圍坐桌邊時，馬奇太太臉上顯得特別高興，說道：「晚飯後有好東西給你們。」姐妹們臉上馬上雲開日出般露出燦爛的笑容。貝絲拍拍手，也顧不得手上拿著餅乾。喬把餐巾往空中一拋，大聲嚷嚷：「信！信！爸爸萬歲！」

「是的，一封長長的信。他身體健康，說是能安度寒冬，而且過得比我們想像的要好。他祝我們聖誕快樂，萬事如意，特別是祝福你們，女孩們。」馬奇太太說著拍拍口袋，彷彿裡面裝著珍寶。

「快點吃！艾美，不要勾起小指，邊吃邊傻笑。」喬嚷嚷著，由於急於聽信，被茶噎了一口，麵包都掉到了地毯上，塗黃油的一面朝下。

貝絲不再吃了，默默地走到陰暗的角落坐下，等候其他人吃完，憧憬著一起分享喜悅的時刻。

「爸爸超過參軍年齡，身體也不適合當兵，但還要做隨軍牧師。我覺得他真偉大。」美格熱切地說。

「我真想當搖撥浪鼓的、隨軍販③——叫什麼來著？或者護士，那樣就可以陪著他，幫助他。」喬激動地說。

「睡帳篷，吃各種難吃的東西，還用鐵皮杯喝水，肯定很難受。」艾美歎息道。

「他什麼時候回家呢，媽咪？」貝絲問，聲音有點顫抖。

「要好幾個月呢，乖乖，除非他生病。只要他能在部隊留一刻，他就會永遠忠於職守。我們也不會要他拋下將士們提前回來一分鐘。過來吧，聽我讀信。」

大家圍在爐火前，媽媽坐在大椅子裡，貝絲坐在她腳邊，美格和艾美坐在椅子的兩個扶手上，喬靠在椅背上，即使來信很感人，也沒人會注意到她感情的表露。那艱難歲月裡寫的信，很少有不感人的，特別是爸爸寄回家的。這封信卻很少提到承受的艱辛、面對的危險和壓抑的思鄉情。這是封令人高興、充滿希望的平安家書，寫的都是生動的部隊生活、行軍情景和軍事新聞。只是在最後，字裡行間才流露出慈父的愛心和對家中幼女的掛念。

「請轉達給她們我所有的愛和親吻。告訴她們，我天天想念她們，夜夜爲她們祈禱，她們的愛時時刻刻都給了我莫大的安慰。要再等待一年才能和她們相見，似乎很漫長，但是請提醒她們，我們在等待中都有工作可做，不致於虛度這些艱難的日子。我相信，她們會牢記我的話，會做你的乖孩子，踏實地做力所能及的事，勇敢地對抗內在的敵人，並戰勝自己。當我回來時，我會更愛我的小婦人們，並爲她們感到無比自豪。」

讀到這一段，每個人都在抽噎。喬任憑顆顆淚珠淌下鼻尖，並不爲此感到羞愧。艾美一頭撲進了媽媽的懷裡，一點都不在乎是否會弄亂了她的捲髮，嗚咽著說：「我真自私！可是我真的會努力學好。這樣，爸爸就不會對我失望了。」

「我們都會學好的！」美格哭著說，「我太注重外表，不願意工作。以後不會這樣了，我儘量改正。」

「爸爸總喜歡叫我『小婦人』，我會努力做到，不再粗野，在家做我的分內事，不再想到外出。」喬說，可心裡知道，在家裡不發脾氣比對付南方一兩個的叛軍要困難得多。

貝絲什麼都沒說，只是用藍軍襪擦去淚水，然後全身心地做編織，爭分奪秒地履行手頭的義務。她幼小的心靈已經暗下決心，一年後爸爸凱旋歸來、一家團聚時，要實現爸爸的願望。

馬奇太太打斷了喬說完話之後的靜默，歡快地說，「還記得你們小時候扮演《天路歷程》的情形嗎?你們讓我把拼縫口袋綁在背脊上做擔子，交給你們帽子、拐棍和紙卷，從地下室也就是『毀滅之城』往上爬，爬呀，爬呀，穿過整個屋子，來到屋頂，你們把收集的美好東西都放在那裡，充當『天城』。那樣玩，你們別提多高興了。」

「特別是偷過獅子身邊啦，奮戰惡魔啦，穿越小妖精出沒的幽谷啦，真是太有趣了。」喬說。

「我喜歡包袱掉下來，滾下樓梯的情節。」美格說。

「我已經不太記得了，只知道當時害怕地下室和黑暗的入口，喜歡藏在屋頂的牛奶蛋糕。假如我不是太老了，真希望再玩一遍，」艾美說。她才「成熟」到十二歲，卻已經開始談論拋棄孩子的東西。

「玩這個永遠不會太老的，乖乖，因爲我們始終以這樣那樣的方式玩著這種遊戲的。我們的擔子就在眼前，我們的道路躺在腳下。渴望美德，渴望幸福，這是引導我們克服困難，改正

錯誤，走向問心無愧的嚮導。問心無愧才是真正的天城。好了，小朝聖者，你們是不是再來一

次呢？不是玩耍，而是一本正經地做。看看爸爸回家之前，你們能走多遠。」

「真的，媽媽？我們的包袱在哪兒？」艾美問道，她喜歡就事論事。

「剛才你們每個人都講了自己肩負的擔子，只有貝絲沒說。我想她還沒有負擔。」母親

說。

「不，我有的。是碗碟和撣子，我還嫉妒有漂亮鋼琴的女孩，害怕見生人。」

貝絲的包袱這麼滑稽，大家都想笑，但誰都沒笑，因爲那樣會深深地傷害她的心。

「就讓我們努力吧，」美格若有所思地說，「這其實就跟學好一樣，戲裡的故事可以幫助

我們。雖然我們也想學好，但很難，所以就忘了，就不盡力去做。」

「今晚我們本來在『絕望的泥潭』裡，媽媽像書中的『救世主』一樣，把我們拉了出來。

我們應該像基督徒一樣，有一卷指導書④。我們應該怎麼做呢？」喬問，爲自己的想像力給煩

悶的職責增添了幾分浪漫而感到高興。

「聖誕節的早上，看看枕頭底下，你們會發現指導書的。」馬奇太太回答說。

她們趁老漢娜清理飯桌的時候，討論著新的計劃。四個工作籃子拿出來了，女孩們飛針

走線，爲馬奇姑婆做床單。縫紉工作枯燥得很，但是今晚沒有人嘟囔抱怨。她們採納了喬的計

劃，把長線縫分成四個部分，分別叫做歐洲、亞洲、非洲、美洲。這樣活計就突飛猛進了，特

別是跨越各大洲時，她們興致勃勃地提及不同的國度，就此把煩悶拋到腦後了。

九點鐘，她們停下活計，按照慣例，上床前要唱歌。除了貝絲，破舊的鋼琴根本彈不出什麼曲調來，但她心靈手巧，通過輕觸泛黃的琴鍵，她們唱出的簡單歌曲就有了悅耳的伴奏了。美格的嗓音就像長笛，她和母親領唱。艾美唱歌活像蟋蟀叫，喬隨心所欲地拖拉著旋律，總是在不該出來的地方蹦出沙啞聲或者顫音，破壞了哀怨的調子。她們從呀呀學語時就這樣做了……「天上新新亮金金。」這已經成了家庭慣例，誰叫母親是天生的歌手呢。早上一睜眼，就能聽到她的嗓音，走進走出都在婉轉歌唱；晚上臨睡前也能聽到她的歡唱。對於那種熟悉的催眠曲，女孩們不管長得多大，永遠不會聽厭的。

①指美國南北戰爭（1861-65）。——譯者注

②英語國家兒童讀物，屬神怪故事。——譯者注

③隨軍女商販。原文是法語詞，喬記不全。

④指約翰·班揚的《天路歷程》，講述朝聖者與惡勢力作鬥爭，最終克服困難，來到天國。本書中的「負擔」、「包袱」、「攔路虎」、「美麗宮」、「恥辱谷」、「惡魔」、「浮華市」均出自此書。

二　聖誕快樂

聖誕節一早，天剛濛濛亮，喬第一個醒了。壁爐上沒有掛著聖誕禮物長襪，她一陣惆悵，就像很久以前的一次。不過那一次，是她的小襪子由於塞滿了吃的東西而掉在了地上。接著，她記起了母親的諾言，便把手滑到枕頭底下，拿到一本深紅色封面的小書。這本書她很熟悉，因爲書中的古老故事講的是最完美的人生。喬覺得，這本書能真正引導朝聖者踏上漫漫人生路。她一聲「聖誕快樂」吵醒了美格，讓她看看枕頭下有什麼。美格找到了一本綠封面的書，裡面是相同的畫面，還有母親寫的祝福語，這樣，唯一的禮物在她們看來顯得彌足珍貴。不一會兒，貝絲和艾美也醒了，一番翻尋，也找到了她們的小書——一本灰褐色，還有一本藍色。大家都坐起來，捧著書，談論著。東方射出縷縷紅霞，宣告新的一天開始了。

儘管瑪格麗特有點虛榮，秉性卻溫和虔誠，這不知不覺地影響著妹妹們，特別是喬。喬跟她特別親，姐姐提建議時總是和顏悅色的，所以言聽計從。

「妹妹們，」美格正色道，看看旁邊的一頭亂髮，再瞧瞧隔壁房間戴睡帽的兩個小頭。「媽媽要我們閱讀這些寶書，珍愛它們，重視它們，我們這就開始做。我們曾經深信不疑，但爸爸離開了，戰禍搞得我們心神不寧，許多事情就荒廢了。你們隨意吧，反正我打算把寶書放在桌子上，每天一醒來就讀一點點。我清楚，讀寶書對我有好處，能幫助我度過每一天。」

她打開新書讀起來。喬摟住她，臉貼臉，也讀了起來，不得安寧的臉上，出現了少有的平靜表情。

「美格有多好哇！過來，艾美，我們跟著做吧。我幫助你認生詞。我們不懂的，讓她們解釋解釋，」貝絲悄聲說，被漂亮的寶書所吸引，爲姐姐的榜樣所感染。

「我的寶書藍封面，我喜歡。」艾美說。書頁輕輕翻動，兩個房間裡都靜靜的。冬日陽光爬進來，向聰明的腦袋和認真的臉蛋問候聖誕節。

「媽媽在哪裡？」半小時後，美格問。她和喬跑下樓找母親，感謝她送的聖誕禮物。

「天知道。有個窮人家的孩子跑來乞討，媽媽馬上就去了，說是去看看人家缺什麼。從來沒見過這樣的女人，把吃的、喝的、穿的和燒的都送給別人。」漢娜回應道。自從美格出世以來，她就跟這家子一起過，儘管只是個僕人，可全家人都把她當成朋友。

「我想，她馬上會回來的。你先煎餅，把一切都準備好。」美格說。她把籃子裡收集的禮物檢查一遍。禮物放在沙發底下，等到適當時候要拿出來。「哎，艾美買的古龍香水哪裡去了？」看到小瓶子不見了，她就問。

「她剛才拿出去了，說要繫上一根絲帶什麼的。」喬回答。她正在滿屋子跳舞，要把硬實的新軍鞋穿柔軟。

「我的手帕真漂亮，你們看！漢娜替我洗的，還熨平了呢。上面的標記字樣是我自己繡的。」貝絲說著，自豪地看著不太工整的字母，這活可花了她不少工夫。

「哎喲！完了，她把『馬奇太太』繡成了『媽媽』。太滑稽了！」喬拿起一塊手帕叫了起來。

「這不行嗎？我想這樣繡比較好，因爲美格的首字母是M.M.，和馬奇太太的一樣。這些手帕我只想媽媽一個人用。」貝絲說著，顯得心煩意亂。

「乖乖，沒關係，主意不錯，你還想得挺周到的。現在可沒人會弄錯了。我相信，媽媽會很高興的。」美格一邊對喬皺皺眉頭，一邊笑著對貝絲說。

「媽媽來了。把籃子藏好，快點！」喬大聲叫了起來。這時門砰地一響，過道裡傳來了腳步聲。

艾美急匆匆地進來，看到姐姐們都在等她，顯得不好意思。

「你到哪裡去了？背後藏的是什麼？」美格問道。看到艾美頭戴風帽，身穿大衣，她感到十分驚訝，一向懶惰的艾美，竟然這麼早就出門去了。

「別笑我，喬！我不是故意瞞著大家。我用掉了所有的錢，只是想把這小瓶香水換成大瓶的。我是真的努力在做，可不想再那麼自私了。」

說著，艾美拿出一個精緻的香水瓶，這是用先前的那個便宜貨換的。她努力克服自私，顯得真摯而謙遜。美格當場就一把抱住她，喬宣布她是「好樣的」，貝絲則跑到窗口，摘了一朵美麗無比的玫瑰，來裝飾這瓶名貴香水。

「你們知道，今天早上我們讀書，談到要做個好孩子，我就爲我的禮物感到慚愧。於是，我一起床就跑到附近，去換了這瓶香水。現在，我很高興，我的禮物是最漂亮的。」

臨街的門又砰地一響，女孩們迅速把籃子放到沙發下面，然後坐到桌邊，等著吃早餐。

「聖誕快樂，媽咪！永遠快樂！謝謝你送給我們書。我們已經讀了一下，以後每天都讀一點。」她們齊聲叫道。

「聖誕快樂，小寶貝們！你們馬上就開始讀，我很高興，希望能堅持下去。趁我們還沒坐下，我想先說幾句。離這兒不遠，躺著一個貧苦婦女和剛出生的嬰兒。沒有生火，六個小孩擠在一張床上，才不致凍僵。也沒有吃的。最大的那個男孩跑來告訴我，他們又餓又冷。寶貝們，你們願意把早餐送給他們做聖誕禮物嗎？」

她們等了個把鐘頭，也都特別餓，好一會兒沒人說話。也就那麼一會兒，喬就迫不及待地說：「真巧，你來的是時候，我們還沒開始吃呢！」

「我可以幫忙把東西拿過去，送給那些可憐的小孩嗎？」貝絲急切地問。

「我來拿奶油和鬆餅。」艾美接上去說，一副英雄模樣。她放棄了自己最喜歡吃的東西。

美格已經把蕎麥麵糊蓋上，並把麵包放到一個大盤子裡。

「我早就想到了，你們會願意的。」馬奇太太滿意地笑著，「你們都去幫忙，我們回來再吃早飯，麵包加牛奶，午飯時再補回來。」

她們很快就準備好，然後隊伍就出發了。幸虧天色還早，她們走後街，幾乎沒人看到，也就沒人笑話這支奇怪的隊伍。

這是一戶可憐的人家。屋子裡空空的，沒有生火，窗戶破敗。床上被褥破爛不堪，躺著病弱的母親和啼哭不止的嬰兒。一群孩子臉色蒼白，肚裡空空，擠在一條舊被子裡面，互相取暖。

看見女孩們進來，一個個眼睛睜得大大的，凍得發紫的嘴唇邊露出了笑容。他們高興極了！

「哎呀，我的天哪！善良天使來看望我們了！」貧苦女人用德語歡呼起來。

「是滑稽天使，還戴著風帽和手套。」喬逗得他們哈哈大笑。

好像真的是善良天使下凡，不久就顯靈了。漢娜帶來了柴禾，生起火，用舊帽子和自己的斗篷擋住破爛的窗戶。馬奇太太把茶和稀粥遞給這位產婦，答應以後常來幫助她們，產婦深感欣慰。她一邊又輕輕地給寶寶穿衣服，好像那是親生骨肉。同時，女孩們擺好桌子，讓孩子們圍在爐火邊，餵他們吃，就像餵一群饑餓的小鳥。女孩們又說又笑，費了好大勁才聽懂那些滑稽而不標準的英語。

「這太好了！小天使！」可憐的小傢伙們邊吃邊喊，並把凍得發紫的手伸到火爐邊取暖。

她們還是第一次被人稱作小天使，聽了感覺非常順耳。特別是喬，她自打出娘胎以來一直被認爲是「桑丘」①式的僕人，也就顯得更加得意。早餐什麼也沒撈到，但感覺很愉快。她們離開了，留下了溫暖給別人，我相信，全城都找不到比這四個小女孩更開心的人。她們自己挨餓，送出早餐，心甘情願在聖誕節早上只吃麵包和牛奶。

「這叫做愛鄰人勝於愛自己。我就喜歡這樣，」美格說。趁母親在樓上替可憐的赫梅爾一家翻找衣物，她們把禮物擺了出來。

這次擺放的禮物並不壯觀，但小小禮包卻寄託了女孩們深深的愛。一隻高頸的花瓶豎立在桌子中央，裡面插滿了紅玫瑰、白菊花，還有一串蔓藤點綴，桌子上平添了幾分雅致。

「來了！貝絲，開始彈！艾美，開門！爲媽媽歡呼三聲！」喬歡躍著喊道，美格則把媽媽引到上座坐下。

貝絲彈起了最歡快的進行曲，艾美猛地一把推開門，美格則莊嚴地護送母親。馬奇太太既驚訝又感動，仔細端詳禮物、閱讀附在上面的字條時，臉上帶著笑容，眼裡噙滿淚水。她立刻穿上便鞋，把散發著艾美買的古龍香水的一塊新手帕收入口袋，把玫瑰花戴在胸前，還宣布漂亮的手套「十分合手」。

屋子裡一片歡聲笑語，大家互相親吻著，說明著原委。方式簡樸，卻充滿深情，增添了當時家庭過節的快樂，也讓人久久難忘這種溫馨。然後，她們又投入了工作。

一早上先是慈善活動，後是贈送儀式，佔用了大量時間。剩下的幾個小時就只能專門用來準備聖誕夜慶祝了。

女孩們太小，不可能常去戲院看戲，她們家又不是很有錢，請不起劇團上門演出，花費太大了嘛。於是她們就開動腦筋，俗話說，需求是發明之母。她們的某些製作可謂巧奪天工，紙板糊的吉他啦，老式黃油碟包上錫紙充當古董燈罩啦，老棉絮縫製豪華長袍啦，從泡菜工場搞來了馬口鐵邊角料，掛在上面亮閃閃的，盔甲同樣利用打罐頭蓋子的方塊邊角料覆蓋上。家具翻上躺下是常有的事，那個大房間就是唱戲的地方，上演過許許多多天真爛漫的歡慶活動。

紳士免入，喬也就盡興地女扮男妝，心滿意足地蹬上朋友送的咖啡色皮靴。而朋友是通過一位認識男演員的女士把它弄到手的。這雙皮靴、一把鈍頭舊花劍、畫家曾經用來畫畫的一件開叉馬甲，就是喬主要的寶藏，什麼場合都露面。戲班子比較小，所以兩個主要演員必須一場次扮演多個角色。她們煞費苦心地排練三、四個不同角色，快速化妝更衣，還要照看舞臺，真是難爲她們了。這對於她們的記憶力倒是絕佳的操練。這可是無傷大雅的娛樂，佔據了大量空閒時間。不然的話，成天無所事事，孤獨無聊，就會去找不那麼有益的玩伴了。

聖誕夜，十來個女孩擠上了床，就算是正廳前排的座位。她們所面對的，是黃藍相間的印花布帷幕。此刻她們是滿心期待，捧場的心情溢於言表。幕後一片窸窸窣窣，竊竊私語，一縷油燈的青煙。偶爾還有艾美的笑聲，在緊要關頭她就會歇斯底里地發作。此後鈴聲大作，帷幕快速拉開，「悲劇」開演了。

戲單只有一份，規定「陰森森的森林」表現爲幾棵花盆灌木，地上要鋪設綠呢地毯，遠處有個山洞。山洞以晾衣架爲屋頂，幾個五斗櫥爲牆體，牆體裡有一個火勢正旺的小壁爐，上面擱著黑色的鍋子，老女巫俯身伺候著。舞臺上黑糊糊的，壁爐的火光效果不錯，特別是水壺蓋子揭開時，冒出的蒸汽可是貨真價實的。留出時間讓起初的激動平息下來，接著反角雨果大搖大擺地上場，腰裡別著一把佩劍叮噹作響，頭上的帽子壓低，蓄著黑鬍子，披著神秘的斗篷，足蹬皮靴。大動作踱步之後，他拍一下額頭，放聲亂唱起來，唱他恨羅得里戈，唱他愛莎拉，唱他決意殺死情敵，橫刀奪愛。雨果的破嗓門不時爲情不自禁的號叫所打斷，特別引人入勝，觀眾一等他停頓換氣，便喝彩鼓掌。他以慣受好評的神態鞠了躬，溜到洞穴邊，吆喝著「嗨呵，夥計！我需要汝！」命令海格過來。

美格上，灰色的馬鬃掛在面孔兩邊，披著紅黑相間的袍子，拄著拐杖，斗篷上標著神秘教義的符號。雨果索要一杯波欣酒，一來要讓莎拉愛慕他，一來要滅掉羅得里戈。海格以戲劇式曲牌，把兩者都答應下來，並且著手呼喚精靈把春藥拿來——

來呀來，飄渺仙子！
命汝速速離家！
能釀迷藥波欣否？
出自薔薇，飽承雨露。

快快以精靈的神速，
送來急需的芬芳迷藥。
濃郁，速效，強力，
精靈，急速如律令！

輕柔的音樂響起，洞穴深處出現了雲白色的小個子，翅膀金光閃閃，金髮的腦袋箍著薔薇花環。它揮舞魔杖，唱道——

我來了，
出自飄渺之家，
銀色月亮的地方；
快把魔藥拿去，
盡情使用，
以免魔力稍縱即逝！

精靈把一個金閃閃的小瓶子丟在女巫的腳邊，隨之消失了。海格再吟一曲，喚來又一個鬼魂——它並不可愛；砰的一聲，醜陋的黑小鬼出來了，乾咳著應答，給雨果扔了黑瓶子，冷笑著消失了。雨果唱出答謝詞，把波欣酒塞進皮靴，下臺。海格告訴觀眾，他過去曾經殺死了幾個她的仙家朋友，而她現在詛咒他是爲了復仇，她打算挫敗他的計劃。落幕了，觀眾休息，一邊吃糖果，一邊討論戲文的長短。

好一陣錘子聲，布幕沒有動。再次開幕時，大家看到舞臺木工活是個傑作，也就不願對開演拖延竊竊私語了。真是鬼斧神工啊。一幢木樓直抵天花板，中間開了窗口，裡面點著油燈。白色帷幕後，莎拉身披漂亮的藍色飾銀連衣裙子，等待羅得里戈的出現。他一身盛裝，帽子插著羽飾，披著紅色斗篷，耳邊是栗色拳曲垂卷綹髮式，挎著吉他，皮靴當然少不了。他在木樓底下下跪，以撩人心魄的歌喉唱起了小夜曲。莎拉回應著，來回對唱之後，同意一起私奔。劇情的高潮來了。羅得里戈拿出一部五級繩梯，把一頭扔上去，請莎拉下樓。她小心翼翼地從百葉窗裡爬下來，搭上了情郎的肩頭，準備優雅地跳下來。「哎唷！」她居然忘記自己的裙裾了。裙裾在窗口勾住，木樓搖搖擺擺向前傾，嘩地傾塌，把一對怨偶埋在廢墟裡。

眾人尖叫著，只見皮靴從廢墟中亂踢出來，金頭露面了，一邊喊著，「我早就說過的！我早就說過的！」殘酷的老爺堂彼得羅臨危不懼，衝進來拖出女兒，一邊匆匆地旁白——

「別笑啦！要裝作一切正常！」——他命令羅得里戈站起來，惱羞成怒地判處他流放，不准再回本國。羅得里戈儘管被木樓砸得暈頭轉向，卻不買老紳士的帳，身體巋然不動。無所畏懼的榜樣令莎拉熱血沸騰，她也不買老爺子的帳。於是，老爺子下令把兩人投入城堡深處的牢獄。矮胖的家丁拿來了鎖鏈，把他們帶走，表情驚恐萬狀，顯然忘記了自己的臺詞。

第三幕是城堡內大廳。海格上，來解救情侶，並解決雨果。她聽到他走近，就躲了起來。她看見他把波欣酒倒入兩杯葡萄酒，並命令戰戰兢兢的下人：「送給牢房的囚犯，告訴他們，我馬上到。」下人把雨果拉到一邊耳語，海格趁機換掉酒杯，另外這兩杯無毒。「夥計」費迪南多把酒杯帶走，海格就把要給羅得里戈的毒酒放回去。雨果唱久了覺得口渴，便喝下了毒酒，於是頭腦錯亂，大肆抓揑蹬腿之後，倒地死去了。同時，海格以魔力四射的宛轉歌喉，向他提示了事情的經過。

這確實是激動人心的場面。不過某些人認爲，雨果死時滿頭紅髮突然掉落，有損反角死亡的效果。眾人喊他來幕前亮相，他便彬彬有禮地出來，還領著海格。大家認爲，她的唱腔很了不起，勝過了其他演出加起來的效果。

第四幕表現羅得里戈得知莎拉拋棄了自己，絕望之極，打算自殺。正當匕首刺向心口之際，窗口下面傳來迷人的歌聲，告訴他莎拉沒有變心，但處境危險，願意搭救她的話，可以辦到。鑰匙扔進來了，打開牢門，他欣喜若狂地掙脫鎖鏈，衝出去搜救心上人。

第五幕開始時，莎拉和堂彼得羅劇烈爭吵。父親要求她進修道院，但她堅決不從。催人淚下的懇求不果，她準備暈倒，這時只見羅得里戈闖進來，向她求婚。老爺子不肯，嫌他家境貧寒。他們大聲吆喝，指手畫腳，難以達成協定。小夥子正打算把精疲力竭的女孩背走，下人戰戰兢兢地進來，送來海格的信件和口袋。海格已經神秘失蹤，她告訴這幫人，如果老頭子讓小兩口不開心，她就把巨萬財產傳給他們，並且讓老頭子不得好死。口袋打開了，成斗的馬口鐵錢幣傾倒在舞臺上，弄得金光閃閃，富麗堂皇。「古板老爺」見狀，徹底回心轉意，他毫無怨言地答應了。大家齊聲歡唱，有情人以十分浪漫的優雅姿勢，跪下接受老爺子的祝福，帷幕落在他們身上。

雷鳴般的掌聲響起，卻無意間戛然而止。「正廳前排」是用床鋪搭的，突然間爆棚，把熱情的觀眾關住了。羅得里戈和堂彼得羅趕快前來救駕，所有人都拉出來了，毫無損傷，但許多人笑得說不出話來。鬧劇尚未結束，漢娜就進來了，宣布道，「馬奇太太請客嘍，小姐們請下樓赴宴！」

真是喜出望外，連這幫喜歡演戲的女孩也沒想到。面對滿桌的東西，她們互相看看，又驚又喜。母親做點吃的款待她們，倒也有可能，但自從告別了富裕的日子，這麼好的東西連聽都沒有聽說過。有霜淇淋——共兩盤，紅的一盤，白的一盤——還有蛋糕、水果和誘人的法國夾心軟糖。桌子中央還放著四束美麗的溫室鮮花。

女孩們別提多驚訝了，看看桌面，又看看母親。母親是滿面春風。

「是仙女送來的嗎？」艾美問。

「是聖誕老人吧，」貝絲說。

「是媽媽做的，」美格還沒卸去演戲用的白鬍子白眉毛，臉上露出了最甜美的笑。

「馬奇姑婆一時心血來潮，送點心來了。」喬靈機一動喊道。

「你們都錯了，是勞倫斯老先生送的。」馬奇太太回答說。

「勞倫斯小夥子的爺爺！他怎麼會想到的？我們根本不熟！」美格大聲道。

「漢娜把你們早餐會的事告訴了他家的僕人。他是一位古怪的老紳士，可他聽了很高興。他過去認識你外公的。今天下午，他給我送來一張字條，寫得很客氣。他說，希望我允許他給孩子們送一些小禮物過節，表達一下他的心意。我想卻之不恭，所以你們晚上就有了一頓小小的宴席，彌補麵包加牛奶的早餐。」

「肯定是那男孩出的主意。我知道肯定是他！很棒的小夥子，真想結識他。他好像也想認識我們的。但他很害羞，美格又一本正經，碰到了，也不讓我跟他說話。」喬說。女孩們把盤子遞來遞去，大嚼霜淇淋，「唏哈唏哈」地吃得津津有味。

「你說的是不是隔壁大房子裡的人？」一位女孩問。「媽媽認識勞倫斯老先生的，說他很傲慢，不喜歡與鄰居來往。他把孫子關在屋子裡，逼他用功讀書，只是偶爾才讓他和家教一起騎馬或散步。我們邀請他參加宴會，也沒來。媽媽說，男孩爲人很好，但從來不跟我們女孩子說話。」

「有一次，我家的貓不見了，是他送回來的。我們隔著籬笆聊天，聊的都是板球一類的東西，而且聊得棒極了——他看到美格過來就走開了。哪天我一定要結識他。他需要開心，我相信他一定需要。」喬斬釘截鐵地說。

「他很有禮貌，像一位小紳士，我喜歡。所以我不反對你認識他，要看機會的。他親自送來了花，我本來應該讓他進來的，就是不知道你們在樓上幹什麼。他走的時候聽到你們的笑鬧聲，好像在想些什麼，顯然他沒什麼可玩的。」

「媽媽，幸虧沒讓他進來！」喬望著自己的靴子，笑著說，「可我們以後會再演的，到那時，他就能看到了。或許他還會參加演戲呢，那不是很有趣？」

「從來都沒見過這麼漂亮的花！真是太美了！」美格興致勃勃地端詳著花束。

「這些花真可愛，可是依我看，貝絲送的花更香。」馬奇太太說著，聞聞插在腰帶上快要凋零的花朵。

貝絲依偎到母親身旁，輕輕地說：「希望能把我這束花獻給爸爸。恐怕他聖誕節沒有我們過得這麼開心吧。」

①西班牙名著《堂吉訶德》中的人物，是盲目服從的典型。

三　勞倫斯家的少年

「喬！喬！你在哪兒？」美格在閣樓的樓梯底下喊。

「這裡！」上面傳來沙啞的聲音。美格爬上去，發現妹妹坐在朝陽的窗口旁邊，一個三腳沙發上面，裹著被窩，一邊啃著蘋果，一邊對著《拉德克利夫繼承人》哭泣。這裡是喬最喜歡的藏身處；她喜歡帶上三五個粗皮蘋果、一本好書躲起來，靜靜地享用，跟她做伴的是住在附近、根本不顧忌她的一頭寵物老鼠。美格一露面，「抓扒」嗖地進洞了。喬揮去臉上的眼淚，準備聽新聞。

「真開心！快看！請柬，加德納太太正式邀請我們參加明晚的舞會！」美格邊喊，邊揮動著這張珍貴的紙條，然後滿懷少女的喜悅讀了起來。

「『加德納太太誠邀馬奇小姐和約瑟芬小姐參加除夕小聚會。』媽咪同意我們去，可我們穿什麼衣服呢？」

「問這幹嗎？你知道只能穿府綢衣服去，沒衣服穿嘛。」喬答道，滿嘴嚼著蘋果。

「要是有絲綢服裝該多好！」美格歎息著。「媽媽說，我到了十八就可以穿了。但要等上整整兩年，真是望眼欲穿。」

「我敢說，我們的府綢跟絲綢也差不多，已經夠好的啦。你的那件保護得跟新的一樣，可我忘記了，我那件燒了洞，還有扯壞的地方。我該怎麼辦？火燒洞太顯眼，挖都挖不掉。」

「你必須儘量安靜地坐好了，別讓人看見後背。正面沒問題的。我要用新絲帶紮頭髮，媽咪會把她的珍珠髮夾借給我；新鞋子很可愛，手套不夠稱心，但還湊合。」

「我的手套沾上了檸檬水，又沒有新的換，只能不帶了。」喬說。她從來都不為穿戴發愁的。

「手套一定要戴的，否則我不去，」美格斬釘截鐵地說。「手套可比別的東西重要，跳舞不能沒有手套的。要是你不戴，我就太沒有面子了。」

「那我就不動彈。我不怎麼喜歡交誼舞，我喜歡的是東跑西竄開玩笑。」

「不能跟媽媽要新的，太貴了，你又不愛惜。你弄髒那副時，她就說，今年不會替你買了。就不能將就一下？」

「我可以把手套捏在手裡，不讓人看見髒的地方。只能這麼辦了。不，我看這麼做吧——每人戴一隻好手套，捏一隻壞手套。懂了嗎？」

「你的手比我大，會把我的手套撐壞的。」美格發飆了，手套是動不得的。

「那我就不戴。才不在乎別人說話呢！」喬嚇唬著捧起了書本。

「給你給你，好了吧！就是不要弄髒了，要規矩一點。不要反背雙手，不要瞪眼，不要喊『怪怪！』，好不好？」

「別替我擔心。我儘量守規矩，竭盡全力不去惹是生非。去回覆你的請柬吧，我要看完這個精彩的故事。」

美格下去寫「欣然應邀，感謝美意」，打點服飾了。她一邊給自己打著真正的荷葉蕾絲花邊，一邊輕鬆地唱著歌。而喬看完了小說，吃完了四個蘋果，還同「扒找」嬉鬧了一番。

除夕那天，客廳空蕩蕩的。兩個姐姐忙於「預備參加舞會」的頭等大事，兩個小妹妹則在伺候穿衣。儘管行頭很簡單，她們跑上跑下，有說有笑，不亦樂乎。頭髮燒焦的濃烈味道一度還彌漫了整座屋子。美格希望兩鬢來幾縷捲髮，喬隨之給頭髮包了油紙，用燒紅的火鉗夾緊了來湊合。

「頭髮應該這樣濃煙滾滾的嗎？」趴在床上的貝絲問。

「是濕髮在烤乾哪，」喬答道。

「什麼怪味道！就像羽毛燒起來了，」艾美一邊盛氣凌人地整理自己的秀美捲髮，一邊說。

「好了，我這就撕掉油紙，馬上可以看到雲鬢捲髮的，」喬放下火鉗道。

她果然撕掉了油紙，卻並沒有出現雲鬢捲髮。頭髮隨著油紙脫落了，髮型師大驚失色，把一排燒焦的小卷卷放在五斗櫥上，受害者的眼前。

「哎喲喲！你怎麼了你？我完了！去不成了！我的頭髮喲，我的頭髮！」美格哀嚎著，絕望地瞪著額頭上高低不平的捲髮。

「我真倒楣！不該求我燙頭髮的。我總是把事情搞砸。對不起，火鉗太燙了，所以搞得一團糟。」可憐的喬呻吟道，望著黑黑的小捲髮，悔恨的淚水滾落下來。

「沒有完呀。只是弄捲曲了，紮絲帶的時候，讓髮梢往額頭飄一點就行，而且樣子還很時髦呢。我見過很多女孩這樣梳頭的，」艾美安慰道。

「我瞎講究，活該倒楣。情願不打理頭髮的啊，」美格怒氣衝衝地吼著。

「我也這樣想的。頭髮當初多麼滑順，多麼漂亮啊。但很快會長出來的，」貝絲走過來親吻安撫剃了毛的綿羊。

又出了幾個小岔子之後，美格終於打扮好了。經過全家人的齊心協力，喬的頭髮也梳好了，連衣裙穿好了。她們裝束儉樸，卻十分秀麗。美格一身銀閃閃的黃褐色衣服，藍色天鵝絨的束髮帶，荷葉蕾絲花邊，珍珠髮夾。喬的衣服是棗紅色的，紳士風度的亞麻布硬領子，一兩朵白菊花是唯一的點綴。各人戴了一隻好的薄手套，手裡拿著一隻髒手套。大家眾口一詞，這很有「輕鬆雅致」的效果。美格的高跟鞋很緊，夾痛了腳，但她不承認。喬的髮夾彷彿都直刺腦袋，並不怎麼舒服，可是，哎唷，不漂亮，毋寧死！

「祝玩得開心，小寶貝！」馬奇太太對姐妹倆說。她們走上小路，姿勢頗爲講究。「晚飯不要吃得太多，十一點回來，到時候，會讓漢娜來接的。」她們出門後，大門碰上；窗口的聲音喊著——

「孩子！孩子！你們倆帶漂亮手帕了嗎？」

「帶了，帶了，時髦又漂亮。美格在手帕上噴了古龍香水呢，」喬喊道。走幾步，她又笑著補充道，「我確信，哪怕地震來了，大家抱頭鼠竄，媽咪也會這樣詢問的啊。」

「這是她的貴族趣味嘛，十分得體的。真正的淑女總是皮靴發亮，手套潔白，手帕香噴噴的，」美格答道，她自己也有不少「貴族趣味」呢。

「不要忘記了，衣服上那處毛病別讓人看到，喬。我的腰帶合適嗎？頭髮還可以吧？」美格在加德納太太梳妝室的鏡子前反覆打扮，良久才轉身過來。

「能不忘記嘛！要是看到我有不對的地方，眨眨眼提醒我好嗎？」喬答道。她拉了拉領子，用梳子攏了一下頭髮。

「不行，淑女怎麼能眨眼呢？要是有不對的地方，我就揚眉毛，沒關係就點頭。好了，肩膀挺直，腳步要小。主人做介紹時，不要亂握手，這是萬萬不能做的。」

「你是怎麼學會所有這些規矩的？我就學不會。那音樂是不是很輕快呀？」

她們平時很少參加舞會，下樓時有點羞怯。聚會不算正式，對她們來說卻是件大事。加德納太太是一位神情莊重的老太太，膝下有六位女孩。她熱情地接待她們，然後引見給了大女兒。美格認識薩莉，舉止很快就恢復了自然。但是，喬對女孩子和少女的閒聊向來不太在意，她到處站站，小心翼翼地背靠著牆，就像一匹關在花園裡的馬駒，感到渾身不自在。屋子的另一邊有五、六個小夥子，開心地談論著溜冰，她想過去一起聊，因為溜冰是她人生的一大快事。她把心願遠距離傳遞給美格，但美格把眉頭擡得老高，她就不敢擅自走動了。沒有人過來跟她說話，身旁的人群也一個個走開了，最後只剩下她一個人。她擔心燒壞的衣服被人看見，不敢四處走動玩耍，只能可憐巴巴地盯著人群，自己打發時間，直到跳舞開始。立刻就有人邀請美格跳舞，她面帶笑容，舞步輕盈，但是沒人會想到她鞋子太緊，在暗中吃苦。喬看到一位紅頭髮的大個子小夥朝她的角落走來，唯恐他來邀舞，便溜進了掛著門簾的休息室，想偷偷觀看，一個人悄悄地自娛自樂。不巧，已經有一個害羞的人選擇了同樣的避難所。當門簾在她身後落下時，喬發現自己正與「勞倫斯家少年」面面相覷。

「天哪！我還以爲沒人在這兒！」喬結結巴巴地說，準備飛快地退出去，正如她飛快地衝進來。

但是，男孩大聲地笑了，雖然看上去有一點吃驚，但還是高興地說——

「不用管我，想待就待著吧！」

「不會打擾你吧？」

「一點都不會。要知道，很多人我都不認識，才溜到這兒來的。」

「我也是。請別走，除非你真的想離開。」

小夥子又坐下了，看著腳上的輕軟跳舞皮鞋。這時，喬開口了，她努力做到自然而有禮貌——

「我想以前幸會過的。先生住在我家附近，對吧？」

「就在隔壁，」他擡起頭，率直地笑了，因爲喬一本正經的樣子頗爲滑稽。這時，他想起了把貓送回她家時，他們談論板球的情形。

這就打破了喬的拘謹。她也笑了，並用最誠摯的語氣說——

「你送來的聖誕禮物，我們開心了好一陣子。」

「是爺爺送的。」

「嗨，是你想出來的，對吧？」

「你的貓怎麼樣了，馬奇小姐？」男孩問，努力裝出一副嚴肅的樣子，但黑眼睛卻閃著調皮的神情。

「很好，謝謝。勞倫斯先生。不過，我不是馬奇小姐，叫我喬就行了。」小女孩答道。

「我也不是勞倫斯先生，叫我勞里就行了。」

「勞里．勞倫斯──這名字真怪！」

「我名叫西奧多，可我不喜歡，因爲夥伴們都叫我多拉，女人的名字，所以讓他們改叫勞里。」

「我也不喜歡我的名字──多傷感！希望大家都叫我喬，而不是約瑟芬。你是怎樣才讓那些男孩不叫你多拉的？」

「揍他們。」

「我可不能打馬奇姑婆，所以只好隨她這麼叫了。」喬無可奈何歎口氣。

「你喜歡舞會嗎？」過了一會兒，她問。

「難道你不喜歡跳舞嗎，喬小姐？」勞里問，似乎覺得這個稱呼挺適合她的。

「要是場地大，人人都很開心的話，我倒喜歡跳的。可像這樣的地方，我總要打翻點東西，免不了踩人家的腳趾頭，或者做些可怕的事。所以就不去胡鬧，讓美格去跳吧。你也不跳嗎？」

「有時候跳。要知道，我在國外待了很多年，這兒我朋友還不多，還不清楚你們這兒的習慣。」

「國外，」喬喊道，「哦，快跟我講講！我很喜歡聽別人講他們行萬里路的。」

勞里似乎不知道從哪裡講起，可是喬問得很急切，很快他便講開了。他告訴她瑞士韋威的學校生活。在那裡，男孩們從來不戴帽子，卻在湖上有幾艘小船，假期裡他們和老師一起步行到瑞士各地野營。

「多想去一趟啊！」喬大聲說。「去巴黎了嗎？」

「去年寒假就在那裡度過的。」

「會說法語嗎？」

「在韋威只許講法語的。」

「那說說看！我能看，不能說。」

「Quel nom a cette jeune demoiselle en les pantoufles jolis?」勞里親切地說。

「講得真不錯嗳！我想想看——你說的是『穿漂亮鞋子的那個女孩叫什麼？』，是不是啊？」

「Oui, mademoiselle。」①

「她是我姐姐，瑪格麗特，你早就知道的！你看她漂亮嗎？」

「漂亮。使我想起德國女孩，清新，文靜。」

聽到對姐姐進行男孩子氣的讚美，喬高興得臉上放光。她暗暗記下這話，準備回去說給美格聽。兩人在幕後邊看邊評論，一聊就聊成了老友重逢。勞里臉上的害羞神情也很快消失了，喬的男兒風度使他感到心情暢快；喬自己也恢復了樂呵呵的本性，忘了燒壞的衣服，也沒人對她擰眉頭了。她更加喜歡「勞倫斯家少年」了，要仔細地打量他幾次，準備回家向姐妹們描述一番。她們家既沒有兄弟，表兄、堂兄也不多，所以與男孩子很少接觸。

「黑色的捲頭髮，棕色的皮膚，又黑又大的眼睛，秀氣的鼻子，整齊的牙齒。手腳都不大，個子要比我高一點，溫文爾雅卻又開朗。不知道他有多大了？」

喬剛開口想問，卻又及時收了口，顯出了少有的老練，試圖旁敲側擊。

「我猜，你很快就要上大學了吧？我看你老是在啃書本——不，我是說你用功學習。」喬為那個冒失的「啃」字脫口而出而感到臉紅。

勞里笑了笑，似乎並不感到驚訝。他聳聳肩，回答道——

「還有一、兩年呢。反正，不到十七歲，我是不會去上大學的。」

「難道你只有十五嗎？」喬看著這位高大的小夥子問，本來以為他已經十七了。

「下個月才滿十六。」

「我多想上大學啊！看來你並不喜歡。」

「我討厭上大學。不是埋頭啃書，就是到處閒蕩。再說，我也不喜歡美國青年的生活方式。」

「那你喜歡什麼呢？」

「喜歡住在義大利，以自己的方式快活。」

喬很想問問，他自己的生活方式是怎樣的，但他緊鎖雙眉，顯得十分可怕。於是，她轉換了話題，一邊用腳打著節拍，一邊說：「那首波爾卡舞曲真是棒極了！你爲什麼不去試試呢？」

「要是你也一起來的話，我就去。」他回答時，微微地鞠了一躬，顯得頗有風度。

「我不行，我答應過美格不跳舞，因爲——」喬欲言又止，似乎在猶豫，不知道是說出真相呢，還是一笑了之。

「爲什麼？」勞里好奇地問。

「你不會跟別人說吧？」

「絕對不會！」

「那好，我有個壞習慣，老是站在火爐邊上，所以經常燒壞衣服，這件衣服我也燒焦了，雖然補得很好，可還是看得出來。美格讓我待著別動，這樣就沒人會看到了。要是你想笑就笑好了，我知道這很滑稽。」

勞里並沒有笑，只管低頭看了一會兒。他輕聲說話時的表情，使喬感到疑惑不解：「別管它。告訴你，我們可以跳舞。那邊有一條長長的走廊，我們可以盡情地跳，沒人會看到。來，好嗎？」

喬感謝他，欣然過去了。看到舞伴戴著漂亮的珍珠色手套，她真希望自己也有一副乾淨的手套。走廊裡空蕩蕩的，他們盡情地跳了一曲波爾卡。勞里舞跳得很不錯，他教喬跳德國舞步；這種舞步充滿了旋轉和跳動，喬非常喜歡。一曲終了，他們在樓梯口坐下喘氣。勞里正在講德國海德堡的學生聯歡活動，這時美格過來找妹妹。她招招手，喬不情願地跟著美格走進一間側屋，只見她坐到沙發上，手抱著腳，臉色蒼白。

「腳踝扭了。該死的高跟鞋一歪，把我狠狠地扭了一下。痛得要命，差一點就站不住了，真不知道該怎麼回家。」她痛得直搖晃。

「我早就知道，穿那雙笨鞋，會把腳扭傷的。我想現在也沒法子，只能叫輛馬車，要麼待在這兒過夜。」喬說著，輕輕地揉那可憐的腳踝。

「叫馬車要不少錢，我敢說，現在是叫不到的。大多數人都是乘私家馬車來的，要走很遠才能叫到車，再說也沒人去叫。」

「我去。」

「不要，千萬別去！都晚上九點多了，外面又黑漆漆的。不能留宿在這兒，屋子裡客人住滿了。主人有幾個女友留下過夜，我想先休息一下，等漢娜來了再想辦法。」

「我去找勞里，他會去的。」喬一想到這個主意，頓時顯得輕鬆了許多。

「求你了，別去！別找人，也不要跟人說。把我的膠鞋拿過來，把這雙舞鞋放到我們的包裡去。不能跳舞了，晚飯一吃完，就等著漢娜來。她一來就告訴我。」

「他們現在要去吃晚飯，我會陪著你的，我願意陪著。」

「不，乖乖，快去，替我拿些咖啡來。我累得要命，動都動不了！」

說完，美格斜靠在沙發上，剛好遮住了膠鞋。喬跌跌撞撞地朝餐廳走去。她先闖進一間放瓷器的儲藏室，接著又打開一扇門，卻發現加德納老先生在那裡獨自小憩，最後才來到餐廳。她飛快地奔向桌子，倒了一杯咖啡，慌亂中又把咖啡濺到衣服上，弄得衣服前胸跟後背一樣糟糕。

「哦，天哪，我真笨！」喬驚叫一聲，趕忙用美格的手套擦衣服，卻又毀了手套。

「可以幫你嗎？」傳來一個友好的聲音。是勞里，他一手拿著盛滿咖啡的杯子，一手拿著霜淇淋盤子。

「我在給美格拿點吃的，她很累。不知誰撞了我一下，就成了這模樣。」喬回答說。她看看滿是汗跡的裙子，又看看咖啡色的手套，顯得十分沮喪。

「太可惜了！我正要找個人，把手裡的這份東西給送出去。可以拿給你姐姐嗎？」

「那就謝啦！我來帶路。東西我不想拿，否則，肯定又會惹麻煩的。」

喬帶路，勞里好像是慣於爲女士效勞的，他拉過一張小桌子，又爲喬拿來一份咖啡和霜淇淋，十分殷勤周到，連挑剔的美格都稱他是個「好小夥子」。他們邊吃糖果，邊談論糖紙上的格言，過得很愉快。正當他們與另外兩、三個剛溜達進來的年輕人安靜地玩文字遊戲時，漢娜來了。美格忘記了腳痛，猛地站起來，痛得叫了一聲，趕緊抓住喬。

「噓！什麼也別說。」她小聲跟喬嘀咕，接著又大聲地說，「沒什麼，我腳扭了一下，沒事。」然後，她一瘸一拐地走到樓上穿外套。

漢娜責怪，美格痛哭。喬不知所措，最後決定親自料理一切。她偷偷地溜了出來，飛快地跑下樓，找到了僕人，問他是否可以爲她找一輛馬車。碰巧這個僕人是雇來的侍者，對鄰里環境也是一無所知。喬正在找人幫忙，這時勞里聞訊走了過來，告訴她，爺爺的馬車剛到，是來接他的，她們可以搭他的馬車回家。

「早著呢！你還不會走吧？」喬說，如釋重負，可心裡還在猶豫是否接受幫助。

「我回家通常都較早──很早，真的！請讓我送你們回家吧。你知道的，我也是順路，聽說還在下雨呢。」

問題解決了。喬告知美格的痲煩，滿心感激地接受了援助，然後飛快地跑上樓，把其他人帶下來。漢娜像貓一樣對下雨深惡痛絕，她並沒有發難。他們乘著豪華的封閉式馬車回家了，覺得十分高雅，非常愉快。勞里和車夫坐到一起，讓美格把腳擱起來，女孩們無拘無束地談論著舞會的情景。

「我真是太開心了，你呢？」喬問，一邊把頭髮弄蓬鬆，使自己放鬆。

「我也是，可那是在扭傷腳以前。薩莉的朋友安妮·莫法特和我交上了朋友，薩莉去她家的時候，要我一起去住上一個星期。薩莉開春時去，那時歌劇正好上演。如果媽媽同意我去的話，真是太好了。」美格回答說。一想到這個，她就興奮起來。

「我看到你和紅頭髮的小夥子在一起跳舞，就是我躲開的那個。他人好嗎？」

「哦，很好！他的頭髮是赤褐色，不是紅色。很有禮貌的。我還跟他跳了一曲雷多瓦舞

「他跳新舞步的樣子很像發情的蚱蜢，勞里和我都禁不住笑了。你聽到笑聲了嗎？」

「沒有，這樣做很沒禮貌。整個晚上你躲在那裡幹什麼？」

喬講了自己的奇遇，等她講完，已經到家了。她們萬分感激地跟勞里道「晚安」，然後悄悄地走進屋裡，希望能不打擾任何人。但隨著她們把門嘎吱地打開，跳出兩個戴著睡帽的小腦袋，兩個睡意朦朧的聲音興奮地喊道——

「講講舞會！講講舞會！」

喬還特地爲小妹妹們藏起了幾顆糖果，儘管美格認爲這樣「極不禮貌」。聽了整個晚上最盡興的事，她們很快就安靜下來。

「我敢說，真像當了一回富家女，居然舞會散後坐馬車回家，穿著禮服，旁邊還有侍女伺候著，」美格說，喬正在用山金車酊止痛藥包紮她的腳，並且替她梳頭。

「想來富家女享福也不過如此了，儘管我們頭髮燒焦，禮服破舊，手套落單。鞋子太緊；還傻乎乎穿著去跳舞，不扭傷腳才怪呢。」我看喬說得一點沒錯。

①法語，即「對，小姐。」

四　負擔

「唉，天哪，又得背上包袱往前走，真難哪！」舞會後第二天早上，美格歎息道。假期已經結束，盡情享受了一個星期，又要做不喜歡做的工作，不容易適應。

「希望天天都是聖誕節、過新年，那樣是不是會很有趣？」喬說著沮喪地打了個哈欠。

「我們能像現在這樣享福，應該知足了。可要是能吃宵夜、買鮮花、參加舞會、乘馬車回家、看看書、休息休息、又不用工作，那真是太好了。要知道，有些人過的就是這種生活，我常常羨慕那些女孩，她們的日子可舒坦著呢。我真的喜歡享受，」美格說。她正在設法辨別兩件破舊的衣服中哪件尚可一穿。

「哎，這種生活我們是過不上囉。那就不要再抱怨了，我們要像媽咪那樣，樂觀地背起包袱，繼續向前。我知道，姑婆是個十足的累贅，但如果能學會容忍她，不抱怨，這個負擔就會自動卸掉，或者輕鬆起來，這差事也就變得不在話下了。」

喬覺得這個主意挺好玩的，心情豁然開朗。但美格卻一點都開心不起來，她要照看四個嬌生慣養的孩子，擔子顯得比以前任何時候都要重。平常她會圍上一條藍絲巾，然後把頭髮梳得美麗動人。可現在，她連梳妝打扮的心思都沒有了。

「漂亮有什麼用？除了那些調皮的小鬼，沒人會看我，也沒人會關心我是不是漂亮。」她咕噥著，猛地關上抽屜。「我得沒日沒夜地辛苦，偶爾才有一點點開心。我變得又老又醜，變得尖酸刻薄，就是因爲我窮，不能和平常女孩一樣享受生活。真遺憾！」

美格下樓去了，一臉很受傷的樣子，吃早餐時脾氣不好。大家似乎都很懊惱，喜歡無病呻吟。貝絲頭痛，便躺在沙發上，跟貓兒和三隻小貓相互安慰。艾美功課學不會，氣急敗壞的，橡皮也找不到了。喬不停地吹口哨，準備工作鬧出很多動靜。馬奇太太忙著給一封信收尾，必須馬上寄出去的。漢娜脾氣不好，她不適應熬夜的。

「一家人如此怒氣衝衝，這是前所未有的！」喬大聲說。她撞翻了墨水台，兩根鞋帶都拉斷了，還坐到了帽子上，便發了脾氣。

「怒氣衝衝，你最厲害！」艾美回嘴道。她用掉在石板上的眼淚刷去算錯的題目。

「貝絲，假如你不把這些可怕的貓兒關到地下室裡去的話，我就把牠們統統淹死，」美格憤怒地恐嚇著。一隻小貓兒爬到她背脊上，就像樹瘤一樣粘在上面，卻搆不到。她拚命要甩掉牠。

喬笑了，美格罵罵咧咧的，貝絲懇求開恩，艾美哀叫著，因爲她不記得九乘以十二等於幾。

「女孩們，女孩們，大家請靜一下！我必須趕早班郵車把這個寄出去的。你們的煩惱使我分心啊，」馬奇太太大聲說。她已經在信中劃掉第三個寫壞的句子了。

暫時靜下來了，這平靜卻被漢娜打破了。她衝進來，把兩個熱酥餅放到桌上後，又走了出去。酥餅是女孩們每天必備之物，早晨寒冷，她們沒有暖爐，卻發現熱酥餅完全可以焐手。漢娜不管家務多麼忙碌，自己有多麼委屈，一天不落地做酥餅，因爲路途漫長，走路時又沒有遮蔽。可憐的女孩們沒有專門備午餐，而且很少有兩點以前回家的。

「抱好你的貓兒，頭痛快點好，貝絲。再見，媽咪。今天早上，我們成了一窩壞蛋，但回家的時候會成爲正宗天使的。走吧，美格！」喬上路了，覺得朝聖者沒有按照要求出發。拐彎前，她們總是回頭看看，母親總會靠在窗口點頭微笑、朝她倆揮手的。她們似乎覺得，不這樣做，一天就無法踏實。不管心情如何，最後看一眼慈母的臉龐，她們肯定會如沐春暉。

「假如媽咪對我們揮拳頭，而不是飛吻，那也是自作自受。世上再沒有比我們更加忘恩負義的渾蛋了，」喬大聲說。她在雪地裡跋涉，寒風凜冽，卻感到了贖罪的欣慰。

「不要使用這麼可怕的說法嘛，」美格從面紗深處搭話。她活像厭世的修女，把腦袋裹得嚴嚴實實的。

「我喜歡意味深長的良性強烈措辭，」喬答道。帽子吹起來，差一點從腦袋上飛落，她趕緊抓住。

「隨便你怎麼罵自己，我可不是壞蛋，也不是渾蛋。我不願意這樣挨罵。」

「你是個希望落空的人，今天的脾氣絕對差，因爲不能一直養尊處優。可憐乖乖，就等我發財吧，保證你日子好過，有馬車坐，有霜淇淋吃，有高跟鞋穿，有花束妝飾，舞會時盡遇到赤髮小夥子。」

「喬，你真是滑稽可笑！」美格對這無稽之談一笑置之，心裡卻不由自主地好過了起來。

「我滑稽是你的福氣呢。要是我跟你一樣垂頭喪氣，儘管消沈下去，就有我們好看的啦。謝天謝地，我總是能找樂子振作自己。不要再抱怨了，回家時要興高采烈。聽話啊。」

兩人分手時，喬鼓勁地拍拍姐姐的肩膀。她們上了不同的道路，各自焐著熱酥餅，盡可能開心一點，儘管天氣奇寒，工作辛苦，年輕人的享樂欲望卻無法滿足。

馬奇先生爲了幫助一位生意不佳的朋友而葬送了家產，當時，兩個大女兒請求做點什麼，至少她們可以自食其力。考慮到要儘早培養她們的幹勁、勤勞和獨立精神，父母答應了。於是，兩人滿懷熱情地投入了工作。困難雖多，但她們堅信最後肯定能成功。瑪格麗特找了一份幼兒家教的工作，工資微薄，她卻感到十分富足。正如她所說，她「喜歡享受」，而她的主要問題是貧窮。她比妹妹們更難忍受貧窮，因爲她還記得過去，那時家裡漂亮，無所不有，生活無憂無慮，充滿歡樂。她努力做到不羨慕別人，對生活知足，可畢竟年輕女孩愛美，渴望交樂天的朋友，祈求學習才藝，過上幸福生活，這些都是她們的天性。在金家，由於孩子們的姐姐都剛剛參加社交活動了，她天天都看到自己想要的一切。美格經常能瞥見做工考究的舞會禮服和鮮花，能聽到有關戲劇、音樂會和雪橇比賽、各種娛樂活動的熱烈討論，看到錢都浪費在了一些瑣事上，可對她來說這些錢是多麼寶貴。美格安貧樂道，可有時心中不平，未免憤世嫉俗。她還不知道，自己其實多麼富有，擁有很多天分、祝福，而唯有這才能帶來幸福生活。

馬奇姑婆腳有點瘸，需要一個手腳勤快的人來服侍，喬碰巧合了她的心意。家裡破產的時候，這位膝下無子的老太太想要過繼其中的一位女孩。要求卻遭到了拒絕，這使她極爲惱火。朋友們告訴馬奇夫婦，他們本來可以被列入這位闊老太太的遺囑，但機會已經失之交臂。可是，漠視錢財的馬奇夫婦只是說——

「就是給金山銀山，我們也不會拋棄自家女兒。不管有沒有錢，我們死活都要在一起，共享天倫之樂。」

有一段時間，老太太都不願搭理他們，但她在朋友家碰到了喬。喬滑稽的臉龐和率直的舉止打動了老太太的心，因此她提出要花錢雇喬跟她做個伴。喬心裡不樂意，由於沒有更好的差事，便應下了這份工作。令人稱奇的是，喬與這位性情暴躁的親戚相處得特別好。偶爾也會遇到暴風驟雨，喬一次還揚長而去回了家，並宣布再也忍受不下去。但姑婆很快就收拾殘局，急忙派人把她請回去，使她不好意思拒絕，因爲她在心底裡還是挺喜歡這位火性子的老太太。

我想，真正吸引她的，還是那一大屋子好書。自從馬奇叔公去世以後，那裡積滿了灰塵和蜘蛛網。喬還記得這位和藹可親的老先生，他以前讓喬用他的大字典搭鐵路和橋樑，給她講拉丁文書籍中古怪圖片的故事，每次在街上碰見喬，還要爲她買幾塊薑餅。房間裡光線暗淡，積滿了灰塵，高高的書架上，幾尊半身像俯視著地板，那裡還有幾張舒適的椅子和幾個地球儀。最妙的要數五花八門的書，喬可以隨意翻閱，把藏書室當成了她的樂園。姑婆打盹或忙著和別人閒聊時，喬就趕忙來到這個清靜之地，蜷曲在安樂椅上，貪婪地閱讀詩歌、小說、歷史、遊記和畫冊，宛如一個十足的蛀書蟲。但是，這與所有的快樂事一樣，不能長久。每當她看到故事的精彩之處，讀到最優美的詩行，或者旅行家最危險的冒險經歷時，總有一個聲音尖叫：「約瑟——芬！約瑟——芬！」這時她便不得不離開她的天堂，出去繞紗線，給獅子狗洗澡，或者朗讀貝爾沙①的《散文集》，一忙就是個把鐘頭。

喬的志向是創一番偉大的事業。到底是什麼事業還是心中沒數，只等著時光來告訴她。同時，她發現自己最大的苦惱是不能盡興讀書，不能跑步騎馬。脾氣暴躁、說話尖刻、坐立不安常使她陷入困境，也注定了她的生活充滿酸甜苦辣，悲喜交加。但她在姑婆家的鍛煉很有必要，雖然老太太沒完沒了地叫「約瑟—芬」，一想到自己做事能維持生計，喬就開心起來。

貝絲由於太害羞沒去上學。她也曾試著上過學，但受不了那種痛苦，於是就輟學，在家裡跟爸爸學習。後來，爸爸走了，媽媽也回應號召爲「戰士援助社」出力出活，即使在這種時候，貝絲仍然始終如一，盡最大努力堅持自學。她這個小女孩頗像一位家庭主婦，幫漢娜把家裡操持得井井有條，使出門掙錢的人過得舒舒服服。她從來不圖回報，只想著有人愛她就滿足了。她度過了漫長而默默無聞的日子，卻從不感到孤獨和無聊，因爲在她的小世界裡，到處是幻想中的朋友，而且她天生就是勞碌命。貝絲還是個孩子，仍然非常喜歡布娃娃，每天早上她都要抱上六個布娃娃，替它們穿衣服。布娃娃沒有一個四肢完整，也沒有一個漂亮的，在貝絲收留它們之前，都是棄兒。姐姐們長大了不再喜歡這些，而這些又舊又醜的東西艾美是不會要的，於是她們就傳給了她。正因爲如此，貝絲格外珍惜這些娃娃，還爲幾個病寶寶設立了醫院。她一絲不苟地餵它們吃飯、穿衣，從不用針去刺它們棉花身體的要害，從不打罵，即使最討厭的玩具也不冷落，始終一視同仁。

一個被遺棄的「寶貝」，破破爛爛，四肢不全，以前是喬的，過的是狂風暴雨般的生活，最後被遺棄在一個雜物袋子裡，貝絲把它從這個沈悶的窮酸袋中拯救出來，放在她的避難所裡。頭頂不見了，她就紮上一頂漂亮的小帽子；四肢也沒了，她就用毯子把它包起來，掩蓋了這些缺陷；並給這位長期臥床的病人安排了一張最好的床。如果有人知道貝絲是如何細心照料這個娃娃的，想必他們即使哈哈大笑，也肯定會被她的真情所打動。她給它送鮮花；她爲它朗讀書報，裹在大衣裡帶出去透新鮮空氣；她爲它唱搖籃曲，每次上床總要先吻一下那髒兮兮的臉，並柔聲細語：「祝你晚安，可憐的寶貝。」

貝絲和姐妹們一樣，也有自己的煩惱。畢竟她不是天使，只是一個人間的小女孩。正如喬所說，她經常「掉眼淚」，因爲她上不了音樂課，也沒有一架像樣的鋼琴。她酷愛音樂，用功學習，耐心地在那架叮噹作響的舊鋼琴上練習，似乎應該有人（不是指姑婆）幫幫她的。可是沒人幫她，貝絲獨自練琴時，面對五音不全的鋼琴潸然淚下，卻沒人看見她把眼淚從發黃的琴鍵上悄悄地擦去。她像一隻小雲雀，唱著自己的工作曲，爲媽媽和姐妹們演唱時也從不覺得累。每天她總是滿懷希望地對自己說：「我知道，只要我乖，總有一天我會學好音樂的。」

世界上有很多個貝絲，靦腆文靜，待在角落裡，直到需要時才挺身而出。她們開心地爲別人活著，沒人留意她們所做出的犧牲。最後，爐上的小蟋蟀停止了恬美的歌唱，燦爛的陽光消逝，只留下了寂靜和陰影。

如果有人問艾美，生活中最大的苦惱是什麼，她馬上會回答：「我的鼻子。」當她還是嬰兒時，喬一次意外失手把她摔落在煤斗裡，艾美堅持認爲，這一摔永遠毀掉了她的鼻子。鼻子不大也不紅，不像可憐的「彼得利亞」②的鼻子；只是有點扁，無論怎樣捏也捏不出個貴族式的鼻尖。除了她自己誰都不在乎這個，鼻子在拚命地長，但是艾美非常希望她的鼻子能挺直一點，於是便畫了整張整張的漂亮鼻子聊以自慰。

「小拉斐爾③」，姐姐們都是這樣叫她，她無疑具有畫畫的天賦。她最大的幸福莫過於描摹花朵，設計仙女，用古怪的藝術形象爲小說畫插圖。老師們抱怨說，她的寫字石板不是用來做加法的，而是畫滿了動物，地圖冊空白的頁面上也臨摹滿了地圖。她所有的書本，一不小心就會掉出許多滑稽的漫畫。她儘量取得了各門功課的好成績，由於品德優良，被大家視爲楷模，因此躲過了數次懲罰。她脾氣好，深受同學喜愛，能輕易取悅別人。她的架子、風度備受仰慕，而且多才多藝，有繪畫特長，還能彈十二首曲子，能用鈎針編織，讀法語讀錯的詞不超過三分之二。她常常悲傷地說：「爸爸有錢的時候，我們是如何如何。」說得很動人，她說話時喜歡用長單詞，被女同學們認爲是「優雅無比」。

艾美差不多被大夥兒寵壞了。都把她當成寶貝，她的虛榮和自私也在迅速膨脹。然而，有一件事卻打擊了她的虛榮心。她只能穿表姐穿過的舊衣服。表姐弗洛倫斯的媽媽沒有一點品味，艾美喜歡戴藍帽子，卻只有紅帽子，衣服和圍裙也不合身，真是痛苦。其實，她穿的每一件衣服都不錯，做工考究，幾乎看不出曾經穿過，但艾美頗具藝術性的眼光卻不能忍受它們，特別是今年冬天，她上學穿的衣服是暗紫色的，上面儘是黃點，又沒有花邊裝飾。

「我唯一的安慰是，」她眼裡噙著淚水對美格說，「不聽話的時候，媽媽沒有像瑪麗亞．帕克的媽媽那樣，把我的裙子折起來。哎，那可真是糟糕透頂。有時她太調皮了，連衣裙被捲到了膝蓋上，連學校都不能來了。每當我想到這種癡（恥）辱，就覺得扁鼻子和上面印有黃色焰火的紫衣算不了什麼了。」

美格是艾美的知心朋友，也是她的監督人。也許是性格上異種相吸的緣故，喬是乖巧的貝絲的知心朋友和監督人。這位害羞的小女孩只跟喬獨訴心事；對她這位高大、冒失的姐姐，不知不覺，貝絲的影響比家中任何人都要大。兩位大姐姐互相十分要好，可每人都照料著一個妹妹，並以各自的方式照管著她們。她們稱之爲「大姐爲母」。她們拿妹妹代替丟棄的娃娃，如同小婦人一般，充滿母愛，對妹妹呵護有加。

「有人說故事嗎？今天太無聊了，迫切需要來一點娛樂，」美格說。那天晚上，姐妹們坐在一起做縫紉。

「今天，我跟姑婆度過的時光十分異乎尋常。我占了上風，就跟你們說說吧，」喬開口了。她可喜歡講故事了。「我在朗讀那本永遠讀不完的貝爾沙散文，跟平常一樣愈讀愈含混，反正姑婆很快就打瞌睡了。然後，我可以取出好書拚命看，直到她醒過來。今天我自己也搞得昏昏欲睡了，她還沒有倒頭睡去，我卻打了個大哈欠，所以她問我，嘴巴張得老大，可以吞下整本書了，這是什麼意思嘛？

「『但願能夠吞下去，一勞永逸，豈不更好，』我儘量和顏悅色地回道。

「這下，她不厭其煩地數落起我的罪孽，並且命令我坐著反省，而她只是稍許『迷糊』一下。她從來都不會很快醒來的，所以她的帽子一開始像頭重腳輕的大麗花一樣搖曳，我就從口袋裡抽出《威克菲爾德的牧師》，大肆閱讀，一隻眼看書，一隻眼盯著姑婆。剛剛看到他們統統投進水裡，我就忘乎所以，大聲笑了出來。姑婆驚醒；打盹以後，脾氣也好了。她命令我朗讀幾段來聽聽，說明我喜歡什麼樣的輕薄作品，居然勝過了教益良深的貝爾沙寶書。我全力以赴，她很喜歡聽的，但嘴裡只是說──

「『我聽不懂，到底講什麼內容啊。倒回去，從頭開始，孩子。』

「我就倒回去了，竭盡全力把其菁華部分讀得有聲有色。有一次，我使壞，在引人入勝的地方故意停下，還溫順地說，『恐怕讓你厭煩了，姑婆。可以停下嗎？』

「她撿起聽得出神時掉下的編織活，透過眼鏡瞪了我一下，以常有的簡短語氣說──

「『要讀完那一章，小姐，不要莽撞。』」

「她承認喜歡它了嗎？」美格問。

「哎喲喲，不肯的啊！可是她讓老貝爾沙一邊涼快去了。我下午跑回去取手套的時候，發現她坐在那裡拚命讀那本《牧師》，根本沒有聽到我的笑聲，而當時我發現好日子就要來了，就在過道裡跳起了輕快的吉格舞。只要她回心轉意，就可以享受多麼愉快的生活啊！儘管她錢多，我根本不怎麼嫉妒她的。我認爲，財主的憂愁跟窮人比，畢竟是只多不少的，」喬補充說。

「這下我記起來了，」美格說。「我也有故事要說的。不像喬的故事那麼有趣，但我回家的時候好好回味了一下的。今天，我發現金家上下全部慌慌張張的。一個孩子說，大哥做出了可怕的事情，爸爸把他攆出去了。只聽金太太在哭泣，金先生的嗓門很大，格雷斯和艾倫碰到我都別過臉去，免得眼睛哭得紅腫讓我看見。我當然沒有去打聽原委，但替他們家難過，慶幸自己沒有胡來的哥哥，做了壞事給家裡人丟臉。」

「我認爲，比起任何惡少做的事情，上學時丟臉要遠遠難熬的。」艾美搖搖頭說，彷彿自己的人生經歷屬於飽經滄桑的那種。「蘇希・潘金斯今天上學，戴了精美的紅玉髓戒指。我也想戴它，想得要命，恨不得我就是她本人。哦，她畫了老師戴維斯先生的畫像，鼻子巨大，還有駝背，從嘴巴放出一個氣球形的說話框，說，『小姐們，我的眼睛注視著你們！』我們大家對著畫哄堂大笑，突然間他的眼睛真的注視我們了。他命令蘇希把石板拿上來。她嚇彈（癱）了，可還是去了，哎喲，你看他怎麼辦？他拎住了她的耳朵——耳朵！想像有多可怕！——把她提到了背誦台，罰她站了半個小時，舉著石板供大家觀賞。」

「女孩們有沒有對著畫兒笑呢？」喬問道。她玩味著這個麻煩局面。

「笑？沒有人敢！她們正襟危坐哇。蘇希痛哭流涕，沒錯。此刻我不嫉妒她了，自己覺得，從此以後，哪怕有百萬枚紅玉髓戒指，也不能讓我開心了。我永遠永遠也無法從這種痛苦不堪的奇恥大辱中恢復過來的。」艾美繼續做她手頭的活計，自豪地體會著美德的作用，而且一口氣成功說出了兩個長詞語。

「今天早上，我看到了喜歡看的東西。原來打算正餐時講出來的，可我忘了，」貝絲說著，一邊把喬亂七八糟的籃子整理好。「我出去幫漢娜取牡蠣，看見勞倫斯先生也在海鮮店裡。不過他並沒有看見我，我藏在鮮魚桶後面呢，他忙著跟店老闆喀特打交道。一個窮苦婦女提著木桶拖把進來，問老闆能不能讓她拖地板打工換一點點魚兒吃，因爲她的孩子們沒有東西吃，而她一天沒有活幹。喀特先生忙不過來，便沒有好氣地說『沒有！』。她準備離開，面露饑色，垂頭喪氣。這時，勞倫斯先生用拐杖的彎頭勾起一條大魚，向她遞過去。她又驚又喜，竟把魚抱在懷裡，對他千恩萬謝。他吩咐她『快去燒魚』，她就匆匆離開了，別提多高興了！他是不是很好啊？哎，她的模樣真的很滑稽，懷裡抱著滑溜的大魚，祝願勞倫斯先生在天國的眠床『適宜（意）』。」

她們笑完了貝絲的故事之後，便請母親也講一個。她想了想，嚴肅地說——

「今天，我在車間裡坐著裁剪藍色法蘭絨上裝，不覺爲爸爸的境況而感到揪心。想到要是他有個三長兩短，我們會多麼孤獨，多麼無助。這樣做並不明智，卻久久不能釋懷。後來，一個老人進來定購衣服。他在我身邊坐下，顯然像個窮人，見他疲憊、焦慮的樣子，我就開始跟他交談。

「『你有兒子在軍隊裡嗎？』我問。他帶來的字條不是給我的。

「『有的，太太。共有四個，兩個犧牲了，一個成了俘虜。我打算去看另一個，他病得厲害，在華盛頓住院。』他平靜地回答。

「『你爲國家貢獻很大呀，先生，』我說，肅然起敬，取代了憐憫。

「『都是我應該做的，太太。我要是中用，還要親自參軍呢。既然不中用，就送子參軍，無償奉獻。』

「他說話時語氣歡樂，態度誠懇，似乎樂於奉獻一切，使我暗自感到羞愧。我只貢獻了一個男人，還認爲太多了，而他貢獻了四個也在所不辭。我在家裡有這麼多女兒安慰自己，而他最後一個兒子在千里之外等候他，也許是爲了跟他『訣別』！想到自己的福氣，我感到很富有，很開心，於是我給他打了一個精緻的包袱，送給他一點點鈔票，衷心感謝他，給我上了一課。」

「媽媽，再來一個——就這樣，帶教益的。如果它們是真人真事，而不是過分說教，我喜歡聽後加以回味。」沈默了一下之後，喬說。

馬奇太太笑笑，立刻開始了。她爲這些聽眾講故事已經多年，懂得如何取悅她們。

「從前有四個小女孩，不愁吃喝不愁穿，生活舒適，童年快樂，父母朋友善良，對她們寵愛有加，而她們卻並不滿足。（這時，聽眾們暗自相互傳遞狡黠的眼色，並開始飛針走線。）這些女孩急欲學好，做出了很好的決定，卻不能持之以恒，不停地說，『要是我們有這個就好了，』『要是我們能那樣做就好了，』忘記了自己已經擁有了多少，自己已經能做多少事情。

於是，她們問一個老太太，可以使用什麼符咒，使自己格外快活。對方說，『你們感到不滿意時，就想想自己的福分，要感恩戴德。』（這時，喬猛地擡起頭，彷彿要說些什麼，但改變了主意，因爲故事還沒有講完。）

「她們是通情達理的女孩，就決定嘗試老太太的建議，很快就驚奇地發現，自己是多麼富有。一個女孩發現，金錢無法把恥辱和悲傷趕出富人家庭；另一個發現，儘管自己貧窮，卻擁有青春、健康、好興致，比某位暴躁、虛弱、不會享受舒適的闊老太幸福多了；第三個發現，儘管幫廚做飯的差事令人討厭，但上門討飯更難熬；第四個發現，哪怕有紅玉髓戒指也不如表現好值錢。於是，她們商定，不再怨天尤人，要盡情享受已經擁有的福分，努力做到受之無愧，免得福分增加不了，反而被完全收走。我相信，她們聽了老太太的話，始終沒有落空，也沒有後悔。」

「啊，媽咪，你真狡猾，用我們自己的故事編派我們。這不是講故事，而是佈道！」美格大聲說。

「我喜歡這種佈道。爸爸以前也是說這種故事的，」貝絲若有所思地說，同時把縫衣針放到喬的針墊上。

「我不像別人那樣抱怨這麼多，現在要更加小心謹慎才是。我從蘇希的下場得到了警示，」艾美能明辨是非。

「我們需要那種教訓，不會忘懷的。如果忘記了，你只要像《湯姆大叔》中的老克羅一樣對我們說，『想想上帝的恩寵吧，孩子們！想想上帝的恩寵吧！』就可以了。」喬怎麼也忍不住從這個佈道中發掘些許樂趣出來，不過，她跟姐妹們一樣，將它認真考慮著。

---

①一位創作風格沈悶的小作家。

②布娃娃的名字。

③義大利文藝復興盛期大畫家。

五　睦鄰友好

「喬，你到底去幹什麼？」美格問。一天下午，大雪紛飛，美格看到妹妹腳踏膠靴，身披風袍，頭戴風帽，一手拿著掃帚，一手提著鐵鏟，正踏著堅實的腳步走出過道。

「出去運動，」喬頑皮地眨眨眼睛說。

「早上散了兩次步，走了那麼遠，該夠了吧！外面又冷又陰沈，我勸你還是和我一樣，待在火爐邊，這裡又暖和又乾燥。」美格說著不禁打了個冷顫。

「我不聽！不能整天待著不動。又不是懶貓，我可不想在火爐邊打瞌睡。我喜歡冒險，想出去找點刺激。」

美格伸腿，繼續烤火，讀《艾凡赫》①。喬開始奮力鏟雪。雪下得不厚，喬很快就繞著花園掃出了一條路。這樣，太陽出來時，貝絲就可以在花園裡散步了，她的病寶寶們需要呼吸新鮮空氣呢。馬奇家與勞倫斯先生的屋子中間只隔了一個花園。這是城郊，還是有點像農村，到處是樹叢、草地、大花園和寧靜的街道。一排矮矮的籬笆把兩家隔開。籬笆的一邊是一間褐色的老房子，光禿禿的，顯得有點破敗，夏天纏繞在牆上的藤蔓和屋子周圍的花朵都早已凋零。另一邊是一座富麗堂皇的石砌樓宇，裡面有大馬車房和玻璃暖房，庭院修整得乾乾淨淨，透過華麗的窗簾，隱約可以看到裡面考究的擺設。這一切都明白地反映出屋內的舒適和豪華。但是，屋子顯得有點孤單，缺乏生氣，草地上看不到孩子嬉鬧，窗口也見不到母親的笑臉，除了一位老紳士和他的孫子，很少有人出入。

喬富有想像力。在她眼裡，這幢漂亮的房子就像一座魔法宮殿，金碧輝煌，充滿賞心樂事，卻沒人享受。她老早就想去看看這些隱藏的豪華擺設，認識一下「勞倫斯家少年」。他似乎也想結識人，只是不知如何開始。自從參加舞會以後，她的這種願望變得更加強烈，並已經設計出許多與他交朋友的方法。可最近沒有看到他，喬開始認爲他已經走了。一天，她看到樓上窗口有一張曬得黑黑的臉，若有所求地俯視著她們的花園，貝絲和艾美正在那裡打雪仗。

「那個男孩正受罪呢，他沒有朋友，也沒有歡樂。」她心裡想，「他爺爺不知道該給他什麼，把他獨自關在屋子裡。他需要一幫快樂的小夥子來陪他玩，需要活潑開朗的年輕人來做伴。我真想過去看看，把這些話告訴那位老先生！」

想到這裡，喬樂了。她膽子大，喜歡做一些魯莽的事，還常常行爲古怪，每每使美格頗爲震撼。喬沒有忘記「過去看看」的打算，這天午後，大雪紛飛，她決定見機行事。她看到勞倫斯先生乘車出去了，趕緊開始掃雪，一直掃到籬笆邊，然後停下來觀察了一番。一切都很安靜——樓下的窗戶都掛著窗簾，看不到一個僕人，連個人影都瞧不見，只有樓上窗口露出一個黑色捲髮的腦袋，在一隻瘦小的手上托著。

「他在那兒。」喬心想，「可憐的小夥子！在這樣陰沈的日子裡，孤苦伶仃，太不像話了。扔個雪球上去，讓他往外看，就可以安慰上幾句了。」

喬抓了一把鬆軟的雪，扔了上去。樓上的人馬上轉過頭來，臉上無精打采的神情一掃而光，一雙大眼睛閃閃發亮，嘴角露出一絲笑容。喬笑著點點頭，揮舞著掃把叫：

「你好，病了嗎？」

勞里打開窗，用烏鴉般嘶啞的聲音說：

「好多了，謝謝。我得了重感冒，已經困在家裡一個星期了。」

「真不幸。你拿什麼來消遣呢？」

「什麼都沒有，這裡無聊得像座墳墓。」

「你不看書嗎？」

「看得不多，他們不讓我看。」

「沒人讀給你聽嗎？」

「爺爺有時候讀給我聽，可我的書他不感興趣，我也不想老是麻煩布魯克。」

「那麼叫人來看你吧。」

「我誰都不想見。男孩們太吵，弄得我頭疼受不了。」

「難道沒有好女孩爲你讀書消遣嗎？女孩們文靜，喜歡照顧人。」

「我沒有認識的。」

「可你認識我們啊。」喬開始說，然後大笑起來，很快又停了下來。

「沒錯！你能來嗎？」勞里大聲問。

「我不文靜啊。要是媽媽答應，我就會來的。我這就去問她。聽話，把窗戶關上，等我來。」

說著，喬扛起掃把，向家裡走去，一邊揣摩著家裡人都會怎麼說。一想到有人做伴，勞里感到一陣驚喜，四處飛奔去做準備。正如馬奇太太所說，他是個「小紳士」。爲了對來客表示敬意，他梳理了捲曲的頭髮，換上了乾淨的襯衣領子，還整理了一下房間；僕人倒有五、六個，房間裡還是亂得一塌糊塗。不久，聽到一聲響亮的門鈴聲，然後是沈著的聲音，要找「勞里先生」，一個滿臉驚奇的僕人跑上來說，是一位年輕的小姐。

「好的，把她領進來，那是喬小姐。」勞里說著來到小會客室的門口迎接。喬走進來，臉色紅潤，親切友好，神情自然；她一手拿著蓋著蓋子的碟子，一手抱著貝絲的三隻小貓。

「我來了，把全部家當都帶來了。」她爽朗地說，「媽媽向你問好，要是我能爲你做些什麼，她會感到高興的。美格要我帶些她親手做的牛奶凍，她做得很好吃的。貝絲說，她的貓咪可以安慰你。我知道你可能會覺得好笑，可我不能拒絕，要知道，她渴望助人。」

不料，貝絲借出的滑稽貓咪還真管用。勞里對著這些貓咪直笑，顧不得害羞，立刻變得善於交際起來。

喬揭開碟子的蓋子，露出牛奶凍，周圍是一圈綠葉和艾美最得意的天竺葵紅花。「那看上去真精美，都叫人捨不得吃。」他說著開心地笑了。

「這算不得什麼，只是她們的一點心意，想要表示一下。叫女傭人放好，你喝茶的時候吃。就這點小東西，你就吃吧。它又軟又滑，你喉嚨痛，吃下去也不礙事。這房間真舒服！」

「如果收拾乾淨的話，是很舒服。可是，女傭們都懶，我也拿她們沒辦法。這讓我傷透了腦筋。」

「過兩分鐘，我就能把房間收拾整齊。只需把壁爐撣一下，這樣吧——把壁爐架上的東西放整齊，就這樣——把書放到這裡，把瓶子放到那裡，沙發不要對著光，枕頭弄鬆一點。好了，這樣就行了。」

真的一切都好了。也就是說笑的那點工夫，喬飛快地把東西整理得井井有條，房間裡煥然一新。勞里靜靜地注視著她，內心充滿了敬意。喬示意他在沙發上坐下來，他滿意地歎了口氣，感激地說：

「你真是太好了！啊，這房間是需要這麼收拾一下。現在請坐到大椅子上，讓我做點什麼，逗客人開心。」

「不用，我來就是逗你開心的。要我爲你讀會兒書嗎？」喬熱切地注視著不遠處幾本誘人的書。

「謝謝，那些書我都看過了，如果你不介意，我寧願聊天。」勞里回答。

「我完全同意。如果你讓我講，我可以講上一天。貝絲說我從來都不知道剎車。」

「貝絲是不是臉色紅潤，老是待在家裡的那位？她是不是偶爾才拎著個小籃子出來？」勞里饒有興趣地問。

「是的，那就是貝絲。她很乖，我最疼她了。」

「漂亮的那位是美格，捲頭髮的是艾美，是吧？」

「你是怎麼知道的？」

勞里臉色霎時間緋紅，但坦然地說：「我常常聽到你們你喊我，我喊你。一個人待在樓上，忍不住要朝你們的房子看。你們姐妹似乎一直都過得很愉快。請原諒我這麼無禮，可有時你們忘了把窗簾掛下，就是放著鮮花的那個窗戶。燈亮的時候，看到爐火前，你們和媽媽圍坐在桌邊，就像是看一幅圖畫。她的臉正好對著我，透過鮮花看上去很親切，我忍不住要看。你看，我沒有媽媽的。」勞里的嘴唇不禁抽搐了一下，但他捅捅爐火，試圖掩飾這一切。

勞里孤獨、渴望的眼神，令喬熱情的心深感震撼。她受到的教育十分單純，腦子裡沒有半點雜念，雖然十五歲了，但她還是像個小孩，天真、率直。生病的勞里深感寂寞。想到自己真是富有，能享受家庭的幸福和溫暖，喬樂於和他分享這份快樂。她滿臉友好的神情，尖嗓門也變得格外文雅，說道：

「我們以後不再拉上那個窗簾，我要讓你看個夠。我只是希望，你別再偷看，可以過來看看我們的。媽媽人很好，她會給你很多的幫助。要是我求求貝絲的話，她還會爲你唱上一曲，艾美會爲你跳舞。我和美格會讓你看我們可笑的舞臺道具，讓你痛快地笑一場。我們會玩得很愉快。你爺爺會讓你過來嗎？」

「我想，如果你媽媽能跟他說，他會同意我過去的。他其實心地很善良，只是看不出來罷了。只要我喜歡的事，他都會放手讓我做的。他只是擔心我會打擾陌生人。」勞里說，心情愈來愈好。

「我們又不是陌生人，我們是鄰居。千萬別擔心。我們想認識你，我可老早就想這麼做了。我們搬到這裡的時間還不長，可所有的鄰居都認識，除了你們。」

「要知道，爺爺就知道讀書，外面發生什麼都不管。還有，布魯克先生，就是我的家庭教師，不住在這裡，沒人陪我四處走走。我只能待在家裡一個人過。」

「太糟糕了。努力一下，要是有人來請，你應該去拜訪的。這樣，你就會認識很多朋友，也可以到很多有趣的地方去。別害羞，多出去走走，就不會再這樣了。」

勞里的臉又紅了，喬說他害羞，他可沒有生氣。喬是出於好意，其中的真情他怎能不領會？

「你喜歡你的學校嗎？」沈默了片刻之後，男孩把話鋒一轉，問道。

「我可不上學，我在工作。我服侍我的姑婆，她還是個既可愛又專橫的老太太。」喬回答。

勞里剛要開口再問，但猛然想起，過多地打聽別人的私事不禮貌，於是就及時地住了口，顯得有幾分尷尬。喬喜歡他有教養，並不介意他嘲笑馬奇姑婆，於是她有聲有色地描繪這位煩躁不安的老太太，她的胖獅子狗，那頭能說西班牙語的鸚鵡，還有自己最喜歡的藏書室，勞里簡直都聽得入了迷。她講到，一次有位老紳士穿戴整齊，來向姑婆求婚，正當甜言蜜語時，鸚哥扯下了他的假髮，令他大爲喪氣。聽到這裡，勞里身子向後一仰，笑得眼淚都流出來了，連一位女傭都探頭進來看個究竟。

「哦！真讓我受益非淺。請接著講。」勞里說。他坐在沙發墊子上，擡起頭來，高興得臉上紅光閃閃。

喬成功了，感到得意洋洋。接著，她便「接著講」，講的都是她們的戲劇與計畫，對爸爸的希望和擔心，以及姐妹們居住的小世界裡最有趣的事情。然後他們開始談書，令喬感到高興的是，她發現勞里與她一樣愛讀書，甚至讀得比她還多。

「看你這麼喜歡書，下來看看我們的書吧。爺爺出去了，不用害怕。」勞里說著站了起來。

「我什麼都不怕的，」喬把頭一擡回答道。

「我相信你不怕！」男孩大聲道，十分欽佩地看著她。可他心裡還是暗暗地想，如果遇到爺爺心情不好，她一點都不怕才怪呢。

整座屋裡的氣氛與夏天一樣熱烈，勞里領著喬逐間觀賞，遇到喬感興趣的地方便駐足細看一番。這樣走走停停，最後來到書房，喬見了興奮得手舞足蹈，她平日特別高興時總是這樣。裡頭一排一排擺滿了書本，放著圖畫、雕塑，小櫥櫃裝滿了錢幣和古玩，引人注目，還有古怪的桌子和青銅器，最令人叫絕的是一個敞開式大壁爐，精緻的花磚砌成的。

「真是金碧輝煌啊！」喬讚歎道，一屁股坐在了天鵝絨面椅子上，神情極爲滿意地環視周圍。「西奧多．勞倫斯，你應該是世界上最幸福的男孩。」她接著說，神態令人難忘。

「人不能光靠書活著，」勞里搖搖頭說，他坐在了對面的桌子上。

他還沒來得及再說幾句，門鈴響了，喬跳了起來，惶恐地叫道：「天哪！是你爺爺來了！」

「沒關係，是又怎樣呢？你不是說，你什麼都不怕的？」男孩調皮地回答。

「我覺得有點怕他，可不知道爲什麼會害怕。媽媽說我可以來，我覺得這樣也對你沒什麼壞處。」喬說。她眼睛盯著門，但努力使自己鎮定下來。

「你來後我已經好多了，非常感謝。我只是擔心，你跟我聊天會很累。談得真開心，我真不忍打斷。」勞里感激地說。

「醫生來看你了，少爺。」女傭說著招招手。

「失陪一會兒，介意嗎？我想得去看醫生。」勞里說。

「我不要緊。我在這裡樂不可支呢，」喬回答。

勞里走了，客人則自娛自樂。她站在那位老紳士精美的肖像前，這時門又開了，但喬沒有回頭，自信地說：「我肯定不會怕他的。嘴巴冷酷，卻慈眉善目，看樣子挺有主見。沒有我外公那麼瀟灑，可我喜歡他。」

「承蒙誇獎，小姐。」一個聲音在她背後生硬地說。勞倫斯老先生就站在那裡，這令她大爲懊喪。

可憐的喬臉紅得不能再紅了。回想起自己剛才所說的話，她的心開始怦怦直跳。霎時她想到了跑，但那是懦夫的行爲，姐妹們會嘲笑她的。於是，她決定留下來，並盡可能擺脫窘境。她又看了他一眼，發現灰色的濃眉下一雙充滿活力的眼睛，比畫中的雙眼要慈祥得多，目光中閃著一絲詭秘，這使她心中輕鬆了許多。在那可怕的沈默之後，老先生生硬地說：「你不怕我，是嗎？」他沙啞的聲音變得更沙啞了。

「不太怕，先生。」

「你覺得我沒有像你外公那麼瀟灑。」

「是的，先生。」

「我挺有主見，是嗎？」

「只是我這麼認爲。」

「即使這樣，你還是喜歡我，是嗎？」

「是的，我還是喜歡，先生。」

聽了這個回答，老先生十分高興。他微微一笑，握握她的手，用手指托起她的下巴，把她的臉往上一擡，嚴肅地仔細端詳，然後放下手點頭說：「長得不像你過世的外公，倒還繼承了他的精神。他是個好人，孩子。更難得的是，他勇敢、誠實，我很自豪與他有交情。」

「謝謝你，先生。」他的話正中喬的下懷，聽了以後心裡很愜意。

「喂，你對我孫子做了什麼？」老先生尖銳地提出了下一個問題。

「我只想盡力做個好鄰居，先生。」喬告訴他來拜訪的緣由。

「你認爲他需要開心一點，是嗎？」

「是的，先生。他好像有點孤獨，年輕人或許能幫助他。我們只是女孩子，可要是能幫得上忙，我們倒很願意的。您送的聖誕禮物很棒，我們還沒有忘記。」喬熱情地說。

「嘖，嘖，嘖！那可是孩子出的主意。窮女人現在怎麼樣了？」

「她很好，先生。」喬快嘴快舌，把赫梅爾家的所有情況講了一遍，並告訴他，媽媽已經說服幾個殷實的朋友來幫助她們。

「和她父親一樣助人爲樂。告訴你母親，抽空我要來看看她。用茶的鈴聲響了，由於男孩的緣故，我們早點用茶。下來吧，繼續做個好鄰居。」

「只要您喜歡請我，先生。」

「我要是不喜歡的話，就不會請你。」勞倫斯先生用傳統的禮節，向喬伸出手臂。

「不知美格對此會怎麼說？」喬邊走邊想，想到自己回家後要描述這裡的情景，眼睛高興得一閃一閃的。

勞里跑下樓來，看到喬竟然和令人生畏的爺爺手挽著手，滿臉驚詫地站住。「嘿！怎麼了，這孩子碰到什麼鬼了？」老先生問。

「不知道您已經來了，先生。」他開口說。喬給他使了個眼色，一副得意洋洋的樣子。

「明擺著的，看你衝下樓的樣子就行了。來喝茶吧，少爺，拿出點紳士的風度。」勞倫斯先生慈愛地扯了扯男孩的頭髮，繼續往前走。勞里跟在他們身後，好一會兒才反應過來，滑稽的樣子引得喬差點哈哈大笑起來。

老先生喝了四杯茶，沒有多說話，只是注視著這兩位年輕人。兩人很快就跟老朋友似的聊開了，孫子的變化沒有逃過他的眼睛。現在，男孩臉色紅潤，充滿生氣，儀態活潑，連笑聲中也充滿了歡樂。

「她說的沒錯，小傢伙確實孤獨。我倒要看看，這些小女孩家能幫他做些什麼。」勞倫斯先生一邊看著他們，聽他們談話，一邊心裡琢磨著。他喜歡喬，因爲她古怪、率直的做事方式正合他的心意，也因爲她似乎十分了解這個男孩，她自己簡直就像是個男孩。

如果勞倫斯祖孫真的如喬原來所說的那樣「循規蹈矩、死氣沈沈」，她完全不會與他們合得來，因爲這樣的人往往使她害羞、尷尬。但她現在卻發現他們坦率、隨和，這就使自己感到無拘無束，也給人留下了美好的印象。他們起身時，她提出要走，但勞里說，他還想請她再看些東西，遂帶她來到暖房。燈火已經特地爲她點亮。喬在走道上徘徊，借著柔和的燈光，欣賞兩邊牆上盛開的鮮花、頭上千奇百怪的藤蔓樹木，盡情呼吸芳香宜人的潮濕空氣，彷彿置身於仙境。這時，新朋友剪了滿滿的一捧美不勝收的鮮花，紮起來，帶著令她愉快的神情說：「請把這些鮮花交給你媽媽，就說我很感謝她送來的藥。」

他們來到大客廳，只見勞倫斯先生站在爐火前，可喬的注意力卻被打開著的大鋼琴深深吸引了。

「你彈琴嗎？」她轉向勞里問，臉上露出敬佩的神情。

「有時候彈，」他謙虛地回答。

「現在請彈一首吧。我想聽聽，回去再跟貝絲說。」

「你先請吧。」

「我不會彈，太笨了，學不會，可我很喜歡音樂的。」

於是勞里彈，喬把鼻子埋入天芥菜花和香水月季叢中聆聽著，十分愜意。他彈得美妙無比，沒有半點造作，這增加了她對「勞倫斯家少年」的敬重。她希望貝絲能夠聽到他彈琴，可她沒有說出來，只是讚不絕口，直到他對此感到局促不安，最後還是爺爺前來解圍。

「好了，好了，小姐，甜言蜜語太多，對他可不好。他彈得是不錯，可我希望他在正經事上能同樣做得出色。要走了嗎？好吧，我很感激你，希望下次再來。替我向母親問好。晚安，喬醫生。」

他親切地與她握手作別，但顯得好像有什麼事不高興。走到過道時，喬問勞里，她是否說錯了話，他搖搖頭。

「沒有，都怪我，他不喜歡聽我彈琴。」

「爲什麼？」

「以後再告訴你。約翰會送你回家，我不行，恕不遠送。」

「不必了，我又不是小女孩，何況沒幾步路。自己多保重，好嗎？」

「我會的，希望你能再來。」

「只要你答應我，病好以後來看我們。」

「我會的。」

「晚安，勞里！」

「晚安，喬，晚安！」

喬把下午的經歷告訴大家，惹得一家人想全體出動去拜訪。每個人都發現，籬笆另一邊的大房子裡，有一種說不出的魅力。馬奇太太想跟老人談談自己的父親，因爲老人還沒有忘記他；美格渴望到暖房去走走；貝絲憧憬著那架大鋼琴；艾美則很想觀摩一下精美的圖畫和雕塑。

「媽媽，勞倫斯先生爲什麼不喜歡勞里彈琴呢？」生性好問的喬問道。

「我也不太清楚，想必是他兒子的緣故。勞里的爸爸娶了位玩音樂的義大利女孩，老人的自尊心極強，心裡很不高興。雖然這女孩賢淑可愛、多才多藝，可老先生就是不喜歡她。他們婚後，他沒有再見兒子一面。勞里很小的時候，父母就雙雙去世了，是爺爺把他領回了家。這孩子生在義大利，身體不太健壯，我猜想是老先生唯恐失去他，因此才會如此小心翼翼地呵護他。勞里和他媽媽一樣，天生就愛音樂，我敢說，爺爺是怕他也想當音樂家吧。無論如何，他的琴藝使老人想起不投緣的媳婦，所以他『瞪眼睛』，正如喬說的那樣。」

「哎喲，真浪漫！」美格嚷道。

「真傻！」喬說。「他喜歡當音樂家就當吧，他討厭上大學，就不要送進去受罪好了。」

「我想，所以嘛，他才有一雙漂亮的黑眼睛和優雅的舉止。義大利人總是風度翩翩，」美格說。她有點多情。

「他的眼睛和舉止你知道什麼呀？你幾乎沒跟他說過話，」喬嚷道。她可並不多情。

「我在晚會裡見過他的，你講的東西說明了他懂得舉止得體。他說的媽媽送藥那幾句話多有意思。」

「想必他是指牛奶凍吧。」

「真是個笨孩子！他是指你，絕對沒錯。」

「是嗎？」喬睜大眼睛，彷彿以前從沒有這樣想過。

「從來沒有見過這樣的女孩！人家恭維你還不知道，」美格說，擺出對這種事情無所不知的小姐的樣子。

「我認爲這種事是胡說八道。別這麼傻，掃我的興，我倒要謝謝了。勞里是個好男孩，我喜歡他，我不要聽什麼恭維呀之類的廢話，太多情。我們都要待他好，他沒了親娘。他可以過來看我們的，您說對嗎，媽咪？」

「對，喬，非常歡迎你的小朋友。我也希望美格記住，少女不應該過早搞得這麼複雜。」

「我認爲自己不算少女，我還不到十三歲呢，」艾美說。「你說呢，貝絲？」

「我正在考慮我們的『天路歷程』，」貝絲答道。她一句話也沒有聽進去。「考慮我們如何下定決心學好，以便走出『深淵』，穿過『邊門』，努力爬上陡坡；也許那邊那座裝滿好東西的屋子，便是我們的『美麗宮』呢。」

「我們得先偷過獅子群身邊啦，」喬彷彿憧憬著。

①英國名著。

六　貝絲找到「美麗宮」

大房子確實是座美麗宮殿，不過大家也是頗費周折才進到裡面。貝絲覺得很難走過「幾隻攔路獅子」：勞倫斯老先生是最大的獅子，不過，他來登門拜訪了，與每個女孩都說笑一番，和她們的母親敘了舊。從此之後，除了靦腆的貝絲沒人再怕他了。另一隻獅子是：她們貧窮，勞里富有。既然不能禮尚往來，她們也就不肯接受恩惠。但是，一段時間之後，她們發現勞里竟把她們當成了恩人，對馬奇太太慈母般的款待、女孩們的熱情相伴，以及在她們那所簡陋的房子裡所感受到的溫暖，他覺得怎麼做都不足以表達感激之情。於是，她們忘記了窮人的志氣，親密往來，不再計較誰付出更多。

新的友誼如春草般茁壯成長，各種愉快的事都在那時發生了。大家都喜歡勞里，而他在暗地裡向家庭教師誇「馬奇家的女孩十分出色」。出於年輕人的熱情，她們把寂寞男孩接納到她們中間，如眾星捧月。她們單純，勞里對這種純潔無邪的友誼感到十分陶醉。由於他從小就失去了母親，又沒有姐妹，因此很快便感受到她們給他帶來的影響。她們忙碌、活躍的生活方式，使他對自己的懶散生活感到羞愧。他厭倦讀書，卻發現與人交往極有樂趣。布魯克先生不得不提交不如意的成績報告單，因爲勞里常常逃學跑到馬奇家去。

「不要緊，讓他放個假，以後再補回來。」老人說。「鄰居那位好太太說，他學習太用功，需要年輕人作伴，需要娛樂和運動。我想她說得有道理，我一直對這小子嬌生慣養，都像他奶奶了。只要他快樂，由著他幹什麼吧。他在那邊的小修道院裡不會搗蛋的，馬奇太太比我們更能培養他。」

真的，她們度過了多麼美妙的時光啊！她們一起演戲、做活人造型，一起坐雪橇、溜冰，一起在馬奇家的舊客廳裡度過愉快的夜晚，有時則在勞里家的大房子裡開小型晚會。美格隨時可以去暖房漫步，盡情地採摘花束。喬在新的書房裡貪婪地飽覽群書，並常常發表高見，使老人捧腹大笑。艾美描摹圖畫，盡情地欣賞其中的美。勞里則非常可愛地充當「莊園主」。

而貝絲呢，雖然對大鋼琴朝思暮想，卻鼓不起勇氣走進那座被美格稱爲「極樂大廈」的房子。她跟喬去過一次，可老人不知道她的弱點，濃眉大眼瞪著她，還大叫一聲「嘿」，嚇得她「雙腳在地板上直打顫」，她後來跟媽媽是這麼講的。她落荒而逃，並宣布以後永遠都不再踏進那裡半步，也顧不得那心愛的鋼琴了。任憑大家百般哄騙勸說，都無濟於事。後來，此事不知怎麼傳到了勞倫斯先生的耳中，於是他自己著手彌補。在一次簡短的拜訪中，他巧妙地把話題引向音樂，談了他見到過的大歌唱家，聽到過的管風琴雅樂，還講了許多趣聞軼事。貝絲聽得著了迷，在她偏僻的角落裡待不住了，悄悄地靠上前來，在他椅子後面停了下來。她站在那裡聆聽，眼睛瞪得大大的，面頰爲自己不尋常的舉動而漲得紅紅的。勞倫斯先生只當沒看見她這個小飛蟲，繼續大講勞里的學業和老師。不久，他好像突然想到一個主意，對馬奇太太說：

「現在這孩子不理會音樂了，我很高興，過去他太迷戀音樂了。可鋼琴閑著不行啊，你家的女孩中有哪個願意來，經常去彈彈，這樣才不會走調。你說呢，太太？」

貝絲上前一步，緊握雙手，就怕一興奮拍起手來。這個誘惑確實是無法抗拒的，一想到在那架華美的鋼琴上練曲子，她就激動不已。馬奇太太還沒來得及回答，勞倫斯先生古怪地微微點頭，笑著說——

「她們不用跟任何人打招呼，可以隨時進來。我總是關著門在屋子另一頭的書房裡，勞里經常出去，傭人們九點以後就不會再進客廳。」

他起身要走，貝絲打定主意要開口了，因爲這最後的安排完全符合她的心願。「請把我的話轉告女孩們。如果她們不想來，那也沒關係。」這時一隻小手握住了他的手，貝絲擡頭望著他，臉上充滿感激的表情。她熱切而靦腆地說：

「先生噢，她們想去，非常非常想去！」

「你就是那個學音樂的女孩嗎？」他問，這回他沒有嚇人地叫「嘿！」，而是慈祥地看著她。

「我叫貝絲，我很喜歡音樂。我會來的，要是您保證沒人聽我彈琴——，也沒有打擾人的話。」她補充說，唯恐不禮貌，又擔心自己冒失，因而說的時候身體有點顫抖。

「不會有人來聽的，乖乖。房子裡有半天是沒人的，來吧，你可以盡情地彈，我會感謝你的。」

「您心腸真好，先生！」

他友好地看著貝絲，她臉紅得像朵玫瑰。但這次她並沒害怕，而是感激地握了握大手，對老先生贈送的珍貴禮物，她沒有感激的話可說。老先生輕輕地撫著她的瀏海，俯身下去，吻了她一下，用幾乎沒人聽到過的語氣說——

「我以前有一個小孫女，眼睛很像你。願上帝保佑你，乖乖！再見，太太。」說完，他匆匆地走了。

貝絲和媽媽狂喜一番，由於姐妹們不在家，她跑到樓上，把振奮人心的消息告訴那些病娃娃家人。那天晚上，貝絲歡快地歌唱著，連深夜睡覺的時候，她都在艾美的臉上彈鋼琴，把艾美弄醒了，引得全家人都取笑她。第二天，看到祖孫倆都出了門，貝絲猶豫再三後，壯著膽從側門進去，然後躡手躡腳地來到放著她的崇拜對象的過道。當然是十分湊巧，鋼琴上竟安放著一些簡單而悅耳的樂譜。貝絲不時停下朝四面窺探，最後用顫抖的手指彈起了琴鍵。接著，她立刻忘掉了恐懼，忘掉了自己，忘掉了其他一切，完全陶醉在音樂中。音樂就像是她的一位心愛朋友的話語，給她帶來了無以言表的快樂。

她一直彈到漢娜來叫她回家吃飯，但她沒有胃口，只是坐在一邊，一個勁地對著大家會心地笑。

打那以後，幾乎每天都能看到一個戴棕色帽子的小女孩穿過樹籬，一個音樂精靈在過道裡出沒。可她從來都不知道，勞倫斯先生常常打開書房門，聆聽他喜歡的老曲子；她也沒看到勞里在走廊裡放哨，不讓傭人走近；她更沒懷疑放在樂譜架上的樂譜和新曲子都是特意爲她安排的。每當勞倫斯先生跟她漫談音樂時，她只知道他在善意地給指點迷津。她盡情倘佯在音樂中，以爲自己已經如願以償，可事實不盡如此。也許是因爲她對這種福分心存感激，更大的賜福正接踵而來，但無論如何，她都是受之無愧。

「媽媽，我要爲勞倫斯先生做一雙便鞋。他待我很好，我得謝謝他，可我想不出其他什麼方法。這樣行嗎？」在勞倫斯先生那次重要拜訪的幾個星期後，貝絲問。

「行，乖乖。這是謝他的好辦法，他會高興的。姐妹們會幫你做，我來出錢。」馬奇太太回答。她愉快地答應了貝絲的要求，因爲貝絲很少爲自己提過要求。

經過與美格和喬多次認真商議後，選定了樣式，買好了材料，於是便動手做鞋。深紫色的底色襯著一簇樸素而富有生機的三色堇花，鞋子設計得美觀大方，大家交口稱讚。貝絲起早貪黑地做，偶爾遇到難做的地方才找人幫忙。她儼然一個俐落的針線工，還沒等大家感到厭煩，鞋子就完工了。然後，她寫了一張簡短的便條，一天早上趁老人還沒起床，讓勞里幫忙悄悄地把東西放到書房桌子上。

一陣忙碌過後，貝絲等待著即將發生的什麼。一天過去了，到了第二天中午，仍沒有消息，她開始擔心冒犯了這位脾氣古怪的朋友。到了第二天下午，她出去辦點事，順便帶上喬安娜，就是那個病娃娃，去做例行運動。回來走到大街時，她看到三個，哦，是四個腦袋在客廳的窗口探頭探腦。一見她，她們就一齊朝她揮手，快樂地高聲尖叫——

「老先生來信了！快過來看！」

「哦，貝絲，他送你——」艾美搶先說，並拚命地用手比劃著，可沒等她再說下去，喬就猛地關上窗，堵住了艾美的口。

貝絲提心吊膽地往家裡趕。剛到門口，姐妹們就圍住了她，簇擁著來到客廳，齊聲說：「快看那兒！快看！」貝絲擡眼望去，驚喜得臉色都白了。那兒立著一架小鋼琴，光滑的琴蓋上放著一封信，就像是一塊招牌，上面寫著：「致伊麗莎白·馬奇小姐」。

「給我的？」貝絲氣吁吁地說。她抱住喬，感覺好像要昏倒，畢竟這件事讓她高興得不知所措。

「是的，是給你的，寶貝！他是不是很棒？你覺得他是不是天底下最可愛的老先生？鑰匙是放在信封裡的。信還沒拆看，可我們都很想知道他說了些什麼。」喬叫了起來，一邊抱住妹妹，一邊把信遞給她。

「你讀吧！我不行！感覺頭很暈！哦，真是太好了！」貝絲把臉埋在喬的圍裙中，被禮物弄得神魂顛倒。

喬打開信，看到開頭幾個字就大笑起來——

「**馬奇小姐：**

「**親愛的女士**——」

「稱呼真好聽！真希望有人也會這樣給我寫信！」艾美覺得這種傳統的稱呼很優雅。喬繼續往下念。

我一生中穿過很多雙鞋，不過，你做的那雙最合腳。

三色堇是我最喜歡的花，它們會不時讓我想起這位溫柔的贈送者。無以回禮，我想你會同意「老先生」把這份禮物送上，它是我已故小孫女的。謹致誠摯的謝意和深深的祝福。你永遠的——

心存感激的朋友和謙卑的僕人，

詹姆斯・勞倫斯

「你看，貝絲，我敢說，這就是值得驕傲的事。勞里跟我說過，勞倫斯先生最疼愛死去的小孫女，她用過的東西都小心珍藏。你想，他把她的鋼琴都送給你了。那是因爲你有一雙大大的藍眼睛，又喜歡音樂，」喬說。貝絲從來都沒有這麼激動過，她興奮得渾身發抖，喬在安慰她。

「看這些漂亮的燭臺，還有漂亮的綠綢折成花紋，中間點綴著一朵黃玫瑰，再看看這漂亮的樂譜架和琴凳，一樣不缺。」美格接著說，她打開鋼琴，向大家展示精妙無比的造型。

「『謙卑的僕人，詹姆斯・勞倫斯』，聽，他居然這樣寫。我一定要告訴同學們，她們肯定覺得妙極了。」艾美說。

「彈彈看，乖乖。讓大家聽聽這寶貝琴的聲音。」漢娜說，她一向與全家人同甘共苦。

於是貝絲試彈了一下，大家都說這是她們聽到過的最動人的琴聲。顯然，鋼琴剛調過音，外表收拾得整整齊齊。貝絲腳踩發亮的踏板，手指滿懷深情地在漂亮的黑白琴鍵上跳動，臉上洋溢著最開心的笑靨。鋼琴雖然很美，但我想，其真正的魅力在於此——俯在琴上的那張笑臉。

「你得上門去感謝他。」喬開玩笑說，她以爲妹妹根本不敢去。

「好的，我是要去謝謝他。我現在就去，要不然，又會害怕得不敢去的。」貝絲從容不迫地走過花園，穿過樹籬，走進勞倫斯家，這令全家人都感到萬分驚訝。

「哎！我敢發誓這是我見過的最怪的事。鋼琴竟然使她頭腦發熱！要是腦子沒問題的話，她肯定不會去的。」漢娜望著貝絲的身影驚叫道，女孩們也被這一幕驚得啞口無言。

如果她們看到貝絲此後所做的，肯定會大驚失色。信我的話，她想都沒想就敲了書房的門，聽到一個粗啞的聲音說：「進來！」她真的進去了，走到驚訝的勞倫斯先生跟前，伸出手，聲音只是稍微有點顫抖地說：「我是來感謝您的，先生，謝謝您——」。她沒有說完，他的慈祥面容使她一下子忘了要說的話，腦子裡只想著他失去了鍾愛的小孫女，便雙手摟住老人的脖子，吻了他一下。

即使屋頂突然掀掉，老先生也不會更驚訝。不過，他喜歡這樣——哦，老天，是的，他喜歡得不得了！——那信賴的輕輕一吻，使他那麼感動、那麼高興，生硬的脾氣就此一掃而光。他讓貝絲坐在膝頭，佈滿皺紋的臉靠著她的紅紅臉頰，彷彿覺得找回了自己的小孫女。從那一刻起，貝絲不再怕他，坐在那裡跟他輕鬆地聊著天，彷彿一生下來就與他相識，因爲愛能消除恐懼，感激能征服傲慢。她回家時，老人送她回到家門口，與她誠摯地握手，往回走時又碰了一下帽簷向她致意，身子挺直，神情莊重，就像一位英俊瀟灑的老紳士，事實上，他也確是如此。

女孩們看到這一幕時，喬掩飾不住內心的喜悅，跳起了吉格快舞；艾美驚訝得差點掉到窗外；美格舉著雙手驚叫：「完了，我看世界末日要到了！」

七　艾美的恥辱谷

「那小子真像希臘神話的獨眼巨人，你說呢？」艾美說。這時勞里正策馬得得而行，經過時還把馬鞭一揚。

「你怎敢這樣說話？他一雙眼睛完整無缺，而且漂亮得很哩，」喬叫起來。她容不得人家說她的朋友半點閒話。

「我又沒有評說他的眼睛，不明白你怎麼會發火，人家只是羨慕他的騎術而已。」

「噢，老天爺！這戇頭鵝原來是指半人馬神啊，卻把他叫成了獨眼巨人，」喬爆發出一陣大笑。

「不用如此無禮，這只是戴維斯老師所說的『口吳（誤）』而已，」艾美反駁道，用其拉丁語水平把喬鎮住。「我只是希望，能擁有一丁點兒勞里花在那馬上的錢，」她彷彿自言自語，但卻希望姐姐們聽到。

「做什麼？」美格好意問道。而喬卻因艾美第二次用錯詞而再次大笑起來。

「我負了一身債，急需用錢，但還要等一個月才能領到零用錢。」

「負債，艾美？怎麼回事？」美格神情嚴肅起來。

「哦，我至少欠下一打醃酸橙。那我得有錢才能還呀。媽媽不許我在商店賒帳的。」

「把事情詳細說說。現在時興酸橙啦？以前可是挑刺橡膠塊來做膠球。」美格儘量不動聲色，而艾美則神情嚴重，不肯放鬆。

「哦，是這樣的。女孩們成天都買酸橙，你也得跟著買不是？否則別人覺得你小氣。現在只有酸橙時興，上課時人人都埋在書桌下吃酸橙，下課時用酸橙交換鉛筆、念珠戒指、紙娃娃什麼的。如果女同學相互要好，就送上一個酸橙。如果討厭她，便當著她的面吃一個，不叫她來咂一口。她們輪流做東，我已經吃了人家不少，一直沒有還禮，我應該回請，那可是信用債啊。」

「還差多少錢才能使你恢復信用？」美格一面問，一面拿出錢包。

「一個二角五分硬幣已經綽綽有餘，還剩下幾分錢請你。你不喜歡酸橙嗎？」

「不怎麼喜歡，我那份你吃掉了吧。這是錢，儘量省著用吧。錢不多啊。」

「謝謝！有零用錢真好！我要大吃一頓了，這星期就沒有嘗過酸橙呢。人家給我吃，怪不好意思的，無法還人情嘛。真想吃一個啊。」

第二天，艾美上學很遲，可最終還是忍不住把潮濕的棕色紙包炫耀了一番，神情雖然頗爲自得，不過這倒也情有可原。然後，她才把紙包放到課桌最裡面的角落。沒過幾分鐘，艾美．馬奇有二十四個美味酸橙（**她在路上吃了一個**），可以請客的消息，就在她的那幫「同夥」中流傳開來。朋友們獻的殷勤讓她受不了。凱蒂．布朗當場邀請她參加下一次舞會；瑪麗．金斯利硬把手錶借她戴到下課；珍妮．斯諾是一個尖酸刻薄的小姐，在艾美沒有酸橙送的時候曾經卑鄙地挖苦過她，可她現在立刻與艾美握手言和，並主動提供一些難題的答案。但是，艾美沒有忘記斯諾小姐尖刻的話：「別看某些人鼻子扁塌，可是她能聞到人家的酸橙。某些人雖然勢利傲氣，可是她會伸手跟人家要酸橙的。」於是，艾美得理不饒人，立刻把「斯諾小姐」的希望打得粉碎：「不用馬上這麼客氣起來，你別想吃到。」

那天上午，剛好有位名士來學校參觀，艾美的地圖畫得漂亮，受到了讚揚。斯諾小姐對冤家的這種榮譽耿耿於懷，馬奇小姐卻爲此擺出一副洋洋得意的架子。不過，唉，可悲啊，驕兵必敗，一心想報仇的斯諾扭轉局面，令冤家一敗塗地。來客照例講了一番陳詞濫調；他剛鞠躬退出，珍妮馬上就假裝問一個重要問題，卻向老師戴維斯先生告密，艾美．馬奇課桌裡藏著醃酸橙。

原來，老師早就宣布酸橙爲違禁品，並鄭重聲明要把查到的第一個違禁者當眾繩之以法。這位相當頑強的先生經過了一場曠日持久的激烈鬥爭，成功地禁絕了口香糖，沒收燒毀了小說和報紙，取締了一所地下郵局，並禁止做鬼臉、起綽號、畫漫畫等；爲了把五十個反叛的女孩訓得服服貼貼，他能做的都做了。老天作證，男孩們已經夠人受的了，可誰知女孩們更難對付。在那些神經緊張、脾氣暴躁又缺乏教學天賦的人看來，情況更是如此。戴維斯先生精通希臘語、拉丁文、數學，各門學問很好，所以被命名爲好老師，畢竟沒人特別看重舉止、德行、情操、表率。珍妮心裡明白，這個時候告發艾美，她只有倒楣的份了。那天早上，戴維斯先生顯然把咖啡調得太濃，又由於刮東風使他神經痛，而他的學生又沒有理所當然地給他爭光。因此，用一個女生不太優雅但很形象的話說：「他緊張得像個巫婆，脾氣大得像頭熊。」「酸橙」簡直就是引爆火藥的火苗，他黃臉氣得通紅，用力一拍桌子，嚇得珍妮飛快地逃回自己的位子。

「小姐們，請注意！」

聽到一聲斷喝，嘰喳聲嘎然而止。五十雙藍色的、黑色的、灰色的、褐色的眼睛乖乖地盯著老師那張可怕的臉。

「馬奇小姐，到講臺前來。」

艾美站起來，雖然表面鎮靜，內心卻暗暗地害怕，酸橙壓得她心頭喘不過氣來。

「把你桌子裡的酸橙帶過來。」她還沒來得及離座，又聽到一聲意外的命令。

「不要把所有的都拿去。」同桌同學倒還算冷靜，低聲地對艾美說。

艾美匆匆抖出六個，然後把剩下的放在老師面前，心想任何有人情味的人聞到那股香噴噴的氣味，都會爲之心動。不幸的是，戴維斯先生特別厭惡這種時尚蜜餞的氣味，這使他更加怒火中燒。

「全部都在這裡了？」

「還有幾個，」艾美結結巴巴地說。

「馬上把剩下的交出來。」

艾美絕望地朝同夥望了一眼，只得遵命。

「肯定沒有了？」

「我從不撒謊，老師。」

「那好，現在把這些噁心的東西兩個兩個扔到窗外。」

眼看最後一線希望破滅，女孩們都忍不住發出一陣輕輕的歎息聲。要知道，酸橙是她們渴望已久的美味，現在又到了嘴邊，卻被無情地奪走。艾美又羞又惱，臉漲得通紅，她來回走了足足六趟。每當一對倒楣的酸橙——噢！瞧，它們是那麼飽滿多汁——從她手中極不情願地被扔下去，街上就響起一聲歡呼。這表明女孩們的零食落到了她們的死敵，就是那些愛爾蘭小鬼的嘴裡，他們還爲此歡呼雀躍，可這卻使女孩們痛苦不已。這——這確實太過分了，一個個都把目光投向冷酷無情的戴維斯，有的憤怒，有的懇求，一位酷愛酸橙的女孩眼淚都流了出來。

艾美扔完最後兩個酸橙回來時，老師令人毛骨悚然地「哼」了一聲，然後故作威嚴地訓斥道：「小姐們，你們應該記得我一周前說的話。發生這種事情，我深感遺憾。決不縱容違紀者，我一向說話算數的。馬奇小姐，把手伸出來。」

艾美嚇了一跳，雙手藏到背後，啞口無言，只是哀求地望著他，其實這種表情比任何語言都能打動人。她可是「老戴維斯」（當然，大家都是這麼叫他的）的一位頗爲得意的門生。不知哪位女孩按捺不住「噓」地一聲以示義憤，要不是這樣，我個人相信，他會收回成命的。那噓聲儘管很輕，卻激怒了這位生性暴躁的紳士，也決定了這位犯規者的命運。

「手伸出來，馬奇小姐！」這是對她無聲哀求的唯一回答。艾美生性高傲，既不哭也不開口哀求，她咬緊牙關，把頭往後一甩以示自己的抗議，毫不畏縮地任由小手掌挨了幾下打。儘管只是輕輕地拍了幾下，但這對艾美來說與痛打沒什麼區別。這是她有生以來第一次挨打，在她看來，這與把她打倒在地沒什麼不同，是奇恥大辱。

「現在，你就站在講臺前，一直到下課。」戴維斯先生說，他決定一不做，二不休。

這太可怕了。回座看著夥伴們憐憫的目光和少數敵人幸災樂禍的神色，這已經夠受的了，而要蒙著新羞面對全班師生。一剎那，她覺得自己就要當場栽倒在地，然後放聲痛哭一場。但那種痛苦的委屈感，和對珍妮．斯諾的仇恨使她堅持住了。踏上那個可恥的地方，下面就像是一片人海。她兩眼直勾勾地盯著上方的壁爐煙囪管，一動不動地站在那裡，臉色煞白。看到這樣一位悲慘的人站在她們面前，女孩們都無心上課了。

在接下來的一刻鐘裡，好強而敏感的小女孩忍受著恥辱和痛苦的煎熬，永遠刻骨銘心。在別人看來，這可能只是小事一樁，或許一笑了之，可對她來說，這是一次痛苦的經歷。在她十二年的生活中，她完全被愛所包圍，以前從未遇到過這樣的打擊。此時，她忘記了小手的刺痛和心靈的創傷，心頭只縈繞著一個念頭：「回家講了這件事，她們聽了會對我多麼失望！」

十五分鐘簡直就是一個小時，可終於等到了下課。「下課」這個詞對她來說，從來都沒有這麼親切過。

「你可以走了，馬奇小姐。」老師說。看得出來，他心裡也不好受。

臨走時，艾美充滿怨恨地瞪了他一眼。她一句話都沒說，徑直走到休息室，抓起自己的東西就走。她激昂地對自己說，要「永遠」離開這個鬼地方。她到家時神色黯然。不久，姐姐們都回家了，馬上召開一次聲討大會。馬奇太太顯得神色不安，但沒多說話，只是用無限的溫情安慰這個受傷的女兒。美格邊掉眼淚，邊用甘油塗那受傷的手；貝絲感到，對於這樣的心靈創傷，她可愛的小貓咪也無濟於事；喬憤怒地提出，應該馬上逮捕戴維斯先生；漢娜對那「壞蛋」揮舞著拳頭，用力地搗著馬鈴薯做飯，彷彿那個壞蛋就在她的搗杵下面。

除了她的幾個夥伴，沒人注意到艾美逃學。不過，一些眼尖的女孩發現，戴維斯先生下午態度和藹，而且顯得分外緊張。就在放學前不久，喬來了。只見她板著臉，闊步走到講臺前，扔下母親的一封信，收拾起艾美的東西就走。臨走時，在擦鞋墊上仔細地刮去靴底的泥，彷彿要把此地的塵土從腳上徹底抖落。

「好吧，你可以不去上學，放個假，可我希望你每天能和貝絲一起學點東西。」那天晚上，馬奇太太說，「我不贊成體罰，特別是對女孩子。我並不欣賞戴維斯先生的教學方法，不過你結交的也不是使你受益的好女孩。我打算問一下你爸的意見，然後把你轉學。」

「太好了！希望所有人都走掉，搞垮他那個破學校。一想起那些誘人的酸橙，簡直會讓人發瘋。」艾美歎息道，聽口氣好像自己是一個殉道者。

「丟了酸橙，我並不難過，畢竟違反校規，應該受罰。」母親嚴厲地回答。這位小姐本來一心想得到安慰，沒想到母親竟然這麼說，她感到十分失望。

「你是說，我在全班面前丟臉，你很高興？」艾美嚷嚷道。

「用那種方法來修正過錯，我覺得並不可取。」媽媽回答說，「可我不敢說，換種溫和點的方法就會對你有好處。你現在變得愈來愈自負，乖乖，該改一改了。你有許多天賦和優點，可沒必要爲此誇耀。要知道，要是自負，再出色的天才也會一事無成。真正的才能和美德不怕長期埋沒，哪怕真的沒人發現，只要自己知道擁有它，並能恰到好處地利用，就一定會感到滿足。一切才華的巨大魅力，就在於謙虛。」

「千真萬確！」在一旁跟喬下象棋的勞里大聲道。「我曾認識一個女孩，她音樂天賦極高，卻並不自知，她從不知道自己私下作的小曲有多美，即使別人告訴她，她自己也不會相信。」

「我能認識那位好女孩就好了，她或許可以幫助我，我這麼笨，」貝絲說。她站在勞里身邊認真傾聽。

「你確實認識她，她比任何人都更能幫你，」勞里答道，快樂的黑眼睛調皮地望著她，貝絲霎時羞紅了臉，把臉埋在沙發墊裡，被這出乎意料的發現弄得不知所措。

喬讓勞里贏了棋，以獎勵他稱讚了她的貝絲。貝絲經這麼一誇，怎麼也不肯出來彈琴獻藝了。於是勞里一展身手，他邊彈邊唱，心情顯得特別輕鬆愉快，因爲他在馬奇一家人面前極少流露自己的憂鬱性格。他走後，整個晚上一直悶悶不樂的艾美似乎靈機一動，突然問道——

「勞里是否稱得上多才多藝？」

「沒錯，他接受過優等教育，又富有天賦，如果沒有寵壞，是個人才，」她母親回答。

「而且他不自大，對嗎？」艾美問。

「一點也不。所以他才這麼富有魅力，我們全都這麼喜歡他。」

「我懂了，多才多藝、優雅高貴當然好，但不能向人炫耀，也不能瞧不起人。」艾美若有所思地說。

「如果使用得當，這些品質總可以從一個人的言談舉止中看得見、摸得著。根本沒必要去炫耀嘛。」馬奇太太說。

「就像你一下子戴上帽子，穿上衣服，再飾上絲帶，就怕別人不知道你衣飾多。這確實不行的。」喬補充說，訓話於是結束，隨之響起一陣笑聲。

八 喬遭遇惡魔

「姐姐們，你們去哪裡？」一個周六的下午，艾美走進房間，看到美格和喬正準備出去，一副神秘兮兮的樣子，於是便好奇地問。

「別管，小女孩家不要問這麼多。」喬尖刻地回答。

如果有什麼可以讓我們年輕人傷感情的話，就是有人對我們說「小孩子家別問這麼多」；說上一句「乖乖，走開點」，會令我們更難受的。艾美聽了這樣的侮辱怒不可遏，決心即使磨上一個小時，也一定要搞清這個秘密。美格從來都沒有堅決拒絕過她，於是她轉向美格，花言巧語地說：「告訴我吧！我想你們也會讓我一起去的。貝絲整天彈琴，弄得我沒事可做，真孤單。」

「不能啊，乖乖，人家可沒邀請你。」美格開口了，可喬不耐煩地插話說：「好了，美格，別說了，要不會把整件事搞糟的。艾美，你不能去，別耍小孩子脾氣，嘟嘟囔囔的。」

「你們要跟勞里一起去，肯定是。昨天晚上，你們在沙發上說悄悄話，還笑呢。等到我一進來，你們就不說了。你們是不是要跟他一起出去？」

「是的，沒錯，現在可以靜下來了吧，別煩我們。」

艾美沒有再說，只是眼巴巴看著。她看到美格把一把扇子塞進口袋。

「我知道了！我知道了！你們要去戲院看「鑽石湖上七城堡」！」她嚷嚷道，接著堅決地說，「我要去，媽媽說過這齣戲我可以看。我有零用錢的。不立刻告訴我，太小氣了。」

「聽我說幾句，乖。」美格用安慰的口氣說，「媽媽不希望你這個星期去，你的眼睛還沒好，受不了這部童話劇的燈光刺激。下個星期，你可以和貝絲、漢娜一起去，再享受不遲。」

「我想跟你們和勞里一起去，不喜歡和她們一起。請讓我去吧。我感冒這麼長時間了，老待在家裡。我想找點快樂，想得要命。求求你，美格！我會很聽話的，」艾美懇求道，努力裝出一副可憐的樣子。

「要是我們帶上她，只要把她裹得嚴實點，我想媽媽也不會反對吧。」美格說。

「她去，我就不去。我不去的話，勞里會不高興的。再說，這樣也很沒禮貌，他只邀請了我們兩個，而我們要拉上艾美一起去。我還以為，不要她的地方，她是不會去插一腳的。」喬生氣地說，她只想自己痛快一場，不想費神去照看一個坐立不安的小孩。

她的口氣和態度激怒了艾美。艾美開始穿上靴子，一邊用令人惱火的口氣說：「我就要去，美格說我可以去。我自己付錢的話，就與勞里無關。」

「又不能和我們坐在一起，我們已經訂了座位，你又不能一個人坐，勞里會把他的座位讓給你，那我們就會掃興。他也可能給你再找一個座位，可那不合適，因為他沒邀請你。你一步都別動，就待在這裡。」喬責罵道，她匆忙中刺痛了手指，變得更加生氣。

艾美穿著一隻靴子坐在地板上，放聲大哭起來。美格勸她，這時勞里在樓下叫，兩位女孩匆匆下樓，任憑妹妹嚎啕大哭。艾美經常裝出一副大人的樣子，可她也時常忘記這一點，就像一個寵壞的孩子。兩位姐姐剛要出門，艾美在樓梯的扶欄上用威脅的口吻喊道：「喬・馬奇，你會後悔的，我們走著瞧。」

「你敢！」喬說著砰地關上了門。

「鑽石湖上七城堡」十分精彩，看了很過癮，她們度過了美妙的時光。不過，儘管紅小鬼滑稽可笑，小精靈光彩奪目，王子公主美不勝收，喬的快樂卻總是夾雜著些許苦澀。看到美若天仙的王后一頭黃色鬈髮，她便想到艾美，幕間休息時便猜測艾美會如何行動來令她「後悔」，以作消遣。她和艾美在生活中發生過多次激烈的小衝突，兩人都是急性子，惹急了都會採取暴力。艾美挑逗喬，喬激怒艾美，非常偶然，會爆發脾氣，事後兩人都慚愧不已。喬雖然年長，卻最不能自制。她的火暴性子屢屢使她惹禍上身，卻著實難以加以約束。她的怒氣總是不持久，等到低三下四地認了錯，她便誠心悔改，努力學好。姐妹們常說，她們倒挺喜歡把喬逗得勃然大怒，因爲之後她便成了溫柔的天使。可憐的喬拚盡全力要學好，但深藏心中的敵人總是隨時發脾氣，把她扳倒。經過數年的耐心努力，方才加以壓服。

美格和喬到家，看到艾美正在客廳裡看書。當她們進來時，她裝出一副受委屈的樣子，低頭看著書，連眼都不擡，也沒問一個問題。要是貝絲沒在那裡問這問那，聽兩位姐姐興奮地描述劇情，好奇心也許就會戰勝憤恨，艾美也許就會上去問個明白的。喬走上樓去放她的外出帽，她首先看看衣櫃，因爲上次她們吵架時，艾美把喬的頂層抽屜在地板上翻了個底朝天，以發洩內心的怨恨。還好，一切都沒動，喬匆匆地掃視了自己的衣櫥、袋子和箱子，接著便認定艾美原諒了自己，忘記了冤屈。

這回喬想錯了，第二天，她發現少了件東西，於是引發了一場狂風暴雨。傍晚時分，美格、貝絲和艾美正坐在一起，這時喬衝進房間，神情激動，氣喘吁吁地問：「有誰拿了我的書？」

美格和貝絲滿臉驚訝，立刻說「沒有」。艾美捅了捅爐火，一聲不吭。喬見她臉色都變了，便衝過去。

「艾美，你拿了我的書。」

「沒有，我沒拿。」

「那你知道在哪裡！」

「不知道。」

「撒謊！」喬嚷道。她一把抓住艾美的肩膀，神態兇狠，就是比艾美再膽大的孩子見了也會害怕。

「沒撒謊。我沒拿，也不知道在哪裡，得了吧。再說我也不想知道。」

「你肯定心中有數，最好馬上說出來，不然，看我怎麼收拾你。」喬稍微推搡了她一下。

「隨你怎麼罵，反正，永遠都別想再見到你那本荒唐的書。」艾美嚷道，她也變得激動起來。

「爲什麼？」

「我把它燒了。」

「什麼！我那麼喜歡那本小書，反覆推敲，本來想在爸爸回家前寫完的！竟然把它燒了，是不是真的？」喬問。她臉色蒼白，兩眼迸出憤怒的目光，雙手神經質地抓住艾美不放。

「是的！燒了！誰叫你昨天發火，我說過要讓你付出代價的。於是，我就——」

艾美沒有再往下說，因爲喬已經怒不可遏。她一邊使勁地推搡艾美，弄得艾美牙齒咯咯作響，一邊悲憤交加地喊道——

「你這個惡毒的丫頭！我再也寫不出來了，我一生一世都不會原諒你的。」

美格趕緊上前救下艾美，貝絲也過來安慰喬。可喬已無法控制自己，臨走時打了妹妹一記耳光，隨後衝出房間，跑上閣樓，坐在舊沙發上，單方面結束了爭吵。

馬奇太太回到家裡後，樓下的風暴才平息。她聽說了此事，很快就使艾美認識到自己做了對不起姐姐的事。喬的書是她心目中的驕傲，也被全家當作前途無量的文學萌芽。只不過是五、六則小童話，可喬默默地加以千錘百煉。她全身心地投入了創作，盼望寫出些優秀的作品能夠發表。她剛仔仔細細地謄抄了一遍，並毀掉了舊草稿，因此艾美的一把火燒掉了她幾年的心血。這對別人來說只是個微不足道的損失，可在喬看來，卻是一場可怕的災難，她覺得這是永遠都不能彌補的損失。貝絲傷心得像失去了一隻小貓咪，美格拒絕保護她的寶貝艾美，馬奇太太神色嚴峻，傷心萬分，艾美現在也比誰都後悔，除非她認錯道歉，否則沒人會愛她了。

茶點的鈴聲響起時，喬露面了，臉色鐵青，對人不理不睬。艾美鼓足勇氣怯弱地說——

「請原諒我，喬。我真的非常、非常抱歉。」

「我永遠都不會原諒你的。」喬嚴厲地回答。從那一刻起，她完全不理艾美了。

沒人再提起這場大禍，連馬奇太太也不例外。大家都知曉一條經驗：喬情緒如此低落時，說什麼也白搭。最好的辦法就是等待一些小事的發生，或者要靠她自身寬容的天性，來化解內心的忿恨，治癒心靈的創傷。這天晚上，雖然照常做針線活，母親照樣朗讀佈雷默、司各特①、埃奇沃思②的作品，但心情根本不快活，原來甜蜜、平靜的家庭生活打亂了。到了唱歌時間，大家的感覺更加深切，貝絲只是默默撫琴，喬呆立一旁，活像個石頭人，艾美失聲痛哭，只剩下美格和母親孤軍作戰地吟唱。但是，雖然她們力圖唱得像雲雀一樣輕快，銀鈴般的歌喉已失去往日的和諧，全都覺得走調了。

喬接受晚安吻別時，馬奇太太輕輕地說：「乖乖，別因爲心中有恨，就見不到太陽，你們要互相原諒，互相幫助，明天一切都從頭開始。」

喬真想撲到媽媽懷裡痛哭一場，把悲傷和憤怒都發泄出來，但人道是男兒有淚不輕彈。而且，她內心感到深深的傷痛，真的不能原諒誰。她勉強地眨眨眼，點了點頭。見到艾美在一邊聽，她便粗聲粗氣地說：「這麼卑鄙可惡，不值得原諒。」

說著，她大步朝臥室走去。那天晚上，姐妹們沒有說笑，也沒講悄悄話。

艾美主動提出講和，但卻遭到拒絕，便惱羞成怒。她後悔自己不該低聲下氣，覺得受到了莫大的傷害，於是便炫耀起自己的優良品質，顯得特別令人惱火。喬臉上依然烏雲密布，這一天，所有事情都亂套了。早晨寒風刺骨，喬把珍貴的酥餅掉到了陰溝裡；馬奇姑婆坐立不安。美格憂鬱著，貝絲等她到家時擺出一副愁眉苦臉、憂思的樣子，而艾美在大放厥詞，指責某些人雖然嘴上老說要學好，可當有人已經做出了表率，她們卻還不肯行動。

「每個人都這麼可惡，我還是找勞里一起滑冰去。他總是那麼親切，那麼快活。我知道，和他在一起，心情會好些。」喬心想，然後跨出門去。

艾美聽到冰鞋的碰撞聲，向外一望，急得大叫：「快看！她答應過我，下次帶我一起去，這可是最後一次結冰了。可要這個人帶我去，等於白說，瞧，她脾氣多暴躁。」

「別這麼說。你昨天太不聽話了。誰叫你把她的寶貝書燒了呢，她當然不肯輕易原諒你。不過，我想她現在會原諒你的，我猜她會的，只要在適當的時候再向她道歉。」美格說，「跟著她們，不要說話，等到喬和勞里玩得開心，你再悄悄地上前，只要吻她一下，或者做件友好的事，我敢說，她又會真心誠意地跟你和解的。」

「我去試試。」艾美說。這個主意正合她意。一陣匆忙之後，她準備好了，朝他們追了上去。兩位朋友正消失在山的那邊。

這裡離河邊不遠，兩人沒等艾美來到就已經準備好了。喬見她過來了，就轉過身去。勞里沒有看見她，正小心翼翼地沿著河岸滑冰，探測冰的聲音，因爲在冰天雪地的前幾天有過一段暖和的天氣。

「我先到第一個彎口去，看看可不可以滑，然後再開始比賽。」艾美聽到勞里這麼說。只見他身穿一件皮毛鑲邊的外套，頭戴帽子，就像俄國的小夥子，飛也似地滑去。

喬是聽見艾美奔跑來的，在她身後氣喘吁吁，一邊跺腳，一邊穿冰鞋，還往手上呵氣。她就是不轉身，沿河岸歪歪扭扭地慢慢滑行，妹妹遇到了麻煩，她心裡反而感到幸災樂禍，但也只是一種苦澀而不悅的快意。滿腔怨恨，愈積愈深，最後使她喪失了理智，猶如罪惡的念頭和情緒，不及時排除，必釀成大禍。勞里轉過彎，回頭大聲喊道——

「要靠岸邊滑，中間不安全。」

喬聽到了，可艾美還在使勁站穩腳跟，一個字都沒聽見。喬扭頭瞟了她一眼，藏在她心中的小魔鬼在耳邊說——

「管她有沒有聽到，隨她去吧。」

勞里繞過轉彎處不見了，喬剛好來到轉彎處，艾美還遠遠地落在後面，她正朝河中央平滑的冰面滑去。喬呆呆地站了一下，心中升起一種不祥的預感。她還是決定繼續向前滑行，可莫名的東西使她停下腳步，回頭正好看到妹妹撒開雙手，身體往下掉，隨之聽到一聲融冰的破裂聲，看到水花濺起，同時傳來一聲慘叫，嚇得喬心都快要停止跳動了。她試圖叫勞里，可就是叫不出聲；她想往前衝，可雙腳疲軟無力，不聽使喚。有一會兒，她只能一動不動，呆立在那裡，滿臉恐懼，兩眼直勾勾地盯著黑油油水面上的那頂藍色小帽。一個身影從她身邊一閃而過，勞里大聲喊道——

「快！快！拿根橫杆來。」

她是怎麼拿的，連自己都不知道。但在接下來的幾分鐘裡，她好像中了邪似的，茫然地聽從勞里的吩咐。勞里則十分鎮定，他平臥在冰面上，用手臂和冰球棒勾住艾美。等到喬從籬笆上抽出一根橫杆，他們一起把孩子拉出來。艾美嚇得要命，幸好，沒有受傷。

「必須儘快把她送回家，我們的衣服給她蓋上，先要把她這雙該死的冰鞋脫掉。」勞里邊喊邊把皮衣給艾美裹上，他使勁地扯鞋帶，解帶從來都沒有這麼麻煩過。

他們把艾美送回了家。她顫抖著，渾身都濕透了，還一個勁地哭喊。經歷了這場驚心動魄的意外之後，艾美全身裹著毯子，在爐火前睡著了。在這陣手忙腳亂的時候，喬連話都沒說，只是急得團團轉，臉色蒼白，神色慌張，衣服脫去不少，裙子撕了個口子，雙手也被冰塊、橫杆和堅硬的釦子擦傷了。艾美安然入睡，屋子裡漸漸地安靜下來，馬奇太太坐在床邊，把喬叫到身邊，替她包紮手上的傷口。

「您肯定她沒事了嗎？」喬輕聲地問，她望著長滿金髮的腦袋，心裡滿是悔恨，差一點這個腦袋就要在險惡的冰層下消失，再也見不到了。

「沒事了，乖乖。她沒有受傷，我想她連感冒都不會得。你們做得很對，用衣服把她裹住，又馬上送她回家。」母親歡樂地回答。

「都是勞里做的。我當時只是聽天由命。媽媽，要是她死了，都是我的錯。」喬倒在床邊，眼裡噙滿了悔恨的淚水。她訴說著發生的一切，狠狠地責備自己竟然鐵石心腸。她泣不成聲地禱告，感謝老天，使她倖免了嚴厲的懲罰。

「都怪我脾氣不好！我想努力改正。我還以爲已經改好了，誰知比以前更糟了。媽媽啊，我該怎麼辦？怎麼辦？」可憐的喬絕望地喊道。

「自己當心，再加上祈禱，乖乖。不要灰心，也不要覺得缺點改不掉。」馬奇太太說著，體貼地親吻滿是淚水的面頰，可喬哭得更凶了。

「您不知道，您猜不到我的脾氣有多壞！我發火時好像什麼事都做得出來。我會變得很野蠻，誰都會傷害，還幸災樂禍。我怕有一天會做出可怕的事，毀了我的一生，誰都會恨我。媽媽噢，幫幫我吧，求您幫幫我吧！」

「我會的，寶貝，我會的。別哭得這麼傷心，要記住這一天，下決心保證不重犯。乖乖，我們都要面臨魔鬼的誘惑，有些比你碰到的還要厲害得多，往往要努力一輩子來抵禦。你覺得你的脾氣是世上最壞的，可我以前脾氣跟你一樣壞。」

「您的脾氣？怎麼，可從沒見過媽媽您生氣啊！」喬驚訝得暫時忘掉了悔恨。

「四十年來，我一直在努力改正，只是學會了如何控制。在我一生中，幾乎每天都生氣，可我學會了不發作。我還希望隨遇而安，可能又得熬上四十年，才能做到吧。」

她深愛著的母親臉上所表現的忍耐和謙卑，對喬來說，是最賢明的教導和最嚴厲的責備。有了母親給她的安慰和信心，她立刻舒暢多了。知道母親也有她這樣的缺點，也在努力改正，她更覺得容易承受些。要痛下決心，改正缺點，雖然四十年當心和祈禱的周期，對一個十五歲的少女來講，顯得那麼漫長。

「媽媽，當馬奇姑婆責罵，或有人煩擾您時，您有時緊閉雙唇走出屋外，那是不是在生氣？」喬問道，覺得自己跟媽媽越發親近了。

「是的，我學會了壓住衝到嘴邊的氣話，覺得這些話要不由自主衝口而出時，我就走開一會，爲自己的軟弱、惡意敲敲警鐘，」馬奇太太歎口氣，笑了笑，邊說邊把喬散亂的頭髮理順、紮好。

「您是怎樣學會保持冷靜的？我正爲此麻煩不斷——刻薄話總是不假思索地飛出口；說得愈多愈糟糕，最後惡語傷人、惡毒攻擊成了樂趣。告訴我您是怎樣做的，親愛的媽咪。」

「我的好媽媽過去總是幫我——」

「就像您幫我們一樣——」喬插嘴說道，感激地獻上一吻。

「但我在比你稍大一點的時候便失去了她。我自尊心極強，不願對別人坦白自己的弱點，因此多年來只能獨自掙扎。我失敗過許多次，並爲此灑下無數痛苦的淚水。喬，難哪，儘管我非常努力，但似乎總是毫無進展。後來你父親出現了，我沈浸在幸福之中，發現學好並非難事。但後來，當我膝下有了四個小女兒，家道中落時，老毛病又犯了，因爲我天生缺乏耐性，看到自己的孩子缺這少那，心裡便煎熬得厲害。」

「可憐的媽媽！那麼是什麼幫助了您？」

「你父親，喬。他從不失去耐心——從不懷疑，從不怨天尤人——而是樂觀地企盼、工作和等待，跟他唱對臺戲就令人感到羞恥啊。他幫助我，安慰我，讓我知道如果想要自己的女兒擁有美德，自己就要身體力行，我就是楷模呀。想到爲你們努力，而不是爲自己，事情就容易了；每當我說話太沖，你們投來又驚又駭的目光，就比言語叱責更厲害。我努力以身作則，贏得了孩子的愛戴、尊敬和信任，這就是最美好的報償。」

「呵，媽媽，我及得上您一半，就心滿意足了，」喬深受感動地說道。

「我希望你會做得好得多，乖乖。但你得時時提防你『藏在心中的敵人』，正如你爸爸所說的；不然，即使它沒有毀掉你一生，也會使你終身痛苦。你已經得到了警示；要牢記在心頭，竭盡全力控制自己的暴躁脾氣，以免釀成更大的悲劇，抱憾終身。」

「我一定努力，媽媽，真的。但您得幫助我，提醒我，防止我禍從口出。我以前看見，爸爸有時用手指按住雙唇，用異常親切而嚴肅的眼光望著您，您便緊咬嘴唇，或是走出門去。他這樣是不是在提醒您？」喬輕輕問道。

「是的。我叫他這樣幫助我，他也從不忘記。看到那個小小的手勢和親切的目光，我的惡言便收口了。」

喬看到母親講話時眼睛噙滿淚水，嘴唇輕輕顫動，擔心自己說得太多了，便趕緊輕聲問道：「這樣望著您，跟您談這個問題不對嗎？並非有意冒犯，可是跟您談心我就暢快，就感到又安全又幸福。」

「我的喬，你可以向母親傾訴衷腸。我的女兒向我訴說心裡話，並明白我是多麼愛她們，這對我是最大的幸福，最大的驕傲。」

「我以爲使您傷心了呢。」

「不，乖乖，只是提起父親，我便想到多麼想念他，多麼感激他，多麼應該忠實地爲他照看他的四個小女兒，使她們平安、學好。」

「但是您卻叫他上前線去，媽媽。他走時您沒哭，現在也從不埋怨，似乎您從不需要幫手。」喬不解地說。

「我把最美好的東西獻給我心愛的祖國，一直到他走後才讓眼淚流出來。我爲何要埋怨呢？我們兩人只是盡了自己應盡的責任而已，而且最終一定會因此而更加幸福。我似乎不需要幫助，那是因爲我有一個比父親更好的朋友在安慰我，支持我。孩子，你生活中的煩惱和誘惑正在露頭，而且可能還會有許多，只要你感受到天父的力量和仁愛，正如你感受到地上的父愛一樣，你就能戰勝它們，超越它們。你對天父之愛愈深，信任愈大，你就覺得與他愈接近，對世俗的力量和智慧依賴就少。天父的慈愛和關懷曠日持久，永遠與你同在，它是人生和平、幸福和力量的源泉。堅守這個信念，向上帝盡情傾訴自己的種種苦惱、希望、悲傷和罪過吧，就像你向媽媽傾訴一樣。」

喬的唯一反應是緊緊地擁抱母親。隨後是沈默，她作了最虔誠的祈禱，做到心如止水，說話便是多餘的了；在那悲喜交加的時刻，她不僅懂得了後悔和失望的痛苦，也體會到了自我否定和自我控制的愉悅。在母親的引導下，她與天父更近了。天父用愛歡迎每一個孩子，這種愛比任何父愛更強烈，比任何母愛更溫柔。

艾美在睡夢中動了一下，歎了口氣。喬擡頭看去，臉上泛起了從未有過的表情，恨不得馬上就修正自己的過錯。

「我一生氣就見不到太陽，我不願原諒她，今天要不是勞里，就一切都追悔莫及。我怎麼會這麼缺德？」喬不由得說出聲來。她俯身看著妹妹，並輕輕地撫摸著散落在枕頭上的濕頭髮。

艾美似乎聽到了她的話，睜開眼睛，伸出雙臂，面帶笑容，這一笑猶如一股暖流直達喬的心田。她們什麼都沒說，只是隔著毯子緊緊地互相擁抱，真是一吻泯怨仇。

①蘇格蘭作家（1771－1832）。

②愛爾蘭作家（1767－1849）。

九 美格涉足浮華市

「那幫孩子現在出痲疹，真是再幸運不過的了。」美格說。這是四月的一天，她在自己房間裡整理「出門」的行李，妹妹們圍在身邊。

「安妮．莫法特真好，說話算話。整整兩個星期玩它個痛快。」喬答道，一邊伸長胳膊把幾件裙子疊起來，樣子活像一架風車。

「天氣也很好，我很喜歡這樣的天氣。」貝絲接著說，一邊從她的寶貝箱子裡仔細地挑出幾條領圈和髮帶，借給美格參加這次重要聚會。

「但願是我出去過好日子，戴上所有這些漂亮的東西。」艾美說。她嘴裡銜了一口針，美觀地插入姐姐的針墊裡。

「但願你們都去，可那不可能，只能回來時再說情況了。你們對我這麼好，把東西借給我，又幫我整理東西，這點小事我肯定能辦到。」美格說著，掃視了一下房間，最後把目光落在簡單的行李上，可這在她們眼裡幾乎是完美的了。

「媽媽從百寶箱裡拿出了什麼給你？」艾美問。馬奇太太有個杉木箱子，裡頭裝著幾件曾經輝煌時的舊物，準備在適當時送給女兒們。那天打開箱子時，艾美不在場。

「一雙長統絲襪，那把漂亮的雕花扇子，還有可愛的藍色腰帶。我原想要那件紫羅蘭色的真絲裙子，來不及修改了，只好穿我那條舊塔拉丹紗裙。」

「穿在我的新薄紗裙子外面很配，襯上腰帶就更加漂亮了。真後悔我的珊瑚手鐲給砸壞了，不然你便可以戴上它，」喬說。她慷慨大方，什麼都肯出借，只是東西大都破舊不堪，派不上什麼用場。

「百寶箱裡有一套漂亮的舊式珍珠首飾，但媽媽說鮮花才是年輕女孩最美麗的飾物，而勞里答應我要什麼就送什麼。」美格回答。「來，讓我看看，這是新的灰色旅行衣——把羽毛捲進我的帽子裡，貝絲——那是星期天和小型晚會穿的府綢裙子——春天穿顯得沈了點，對吧？如果是紫羅蘭色的絲綢裙子就好了，唉！」

「不要緊，參加大型晚會還有塔拉丹連衣裙呢，再說，你穿白衣裳就像個天使，」艾美說道，望著那一小堆漂亮衣飾，心馳神往。

「它不是低領，拖曳效果也不夠，但也只好將就一下了。我那件藍色家居服倒是挺好，翻了新，並剛剛鑲了飾邊，感覺和新的一樣。我的絲綢外衣一點都不時髦，帽子也不像薩莉那頂。我原不想多說，但我對自己的傘失望極了。我原叫媽媽買一把白柄子的黑傘，她卻忘了，帶回一把黃柄子的綠傘。這把傘結實精緻，不該抱怨，但跟安妮那把金頂絲綢傘相比，我就要羞死了。」美格歎息著，極不滿意地審視著那把小傘。

「把它換過來，」喬提議。

「我不會這麼傻，媽媽爲我花錢已經很不容易了，不想傷她的心。這只是我的荒唐想法罷了，我不會陷進去的。我的絲襪和兩雙新手套足慰平生。你把自己的借給我，真是好妹妹。我有兩雙新的，舊的也洗得乾乾淨淨，平常使用，我覺得已經十分富裕氣派的了。」美格又朝她放手套的盒子瞥了一眼，心情又愉快了起來。

「安妮．莫法特的晚禮帽上頭，有幾個藍色和粉紅色的蝴蝶結；你可以幫我打上幾個嗎？」她問，這時貝絲拿來一堆剛剛從漢娜手中接過的雪白薄紗。

「不，我不想打，漂亮的帽子跟沒有飾邊的素淨衣服不配。窮人不戴花嘛。」喬斷然說道。

「不知道到底我有沒有福氣，穿上有真蕾絲花邊的衣服，戴帽子打蝴蝶結呢？」美格熱切地說。

「那天你還說，只要可以去安妮．莫法特家，就心滿意足了，」貝絲輕聲評論。

「是這樣說過的！哦，我是很滿足，不會煩惱了。似乎人得到的愈多，胃口也就愈大，對不？噢，行了，隔底放好了，一切齊備，就剩舞會禮服了，那要等媽媽來收拾，」美格說著，眼光從裝得半滿的行李箱落到熨補過多次、被她鄭重其事地稱爲「舞會禮服」的白色塔拉丹薄紗裙上，心情愉快起來。

第二天天氣晴朗，美格氣派地出發了，去領略兩個星期的新奇樂趣。馬奇太太好不容易同意，生怕美格回來時對家裡會更加不滿意。但美格極力懇求，而且薩莉也答應照顧她；再說，整個冬天美格都在做煩悶的工作，出去消遣一下也是一大快事。最後，母親終於做出讓步，答應讓女兒去初次品嘗時尚生活的滋味。

莫法特家確實很時髦，樓房富麗堂皇，主人優雅端莊，純樸的美格見了有些震撼。儘管莫法特家過的是浮誇生活，可她們待人熱忱，沒過多久，這位客人便不再拘束。不知爲什麼，美格隱隱感到，她們教養有限，智力一般，而且闊氣掩蓋不了平庸的本質。當然，乘漂亮的馬車，每天都錦衣華服，一個勁地玩樂，這樣養尊處優的日子很愜意，也正合美格的心意。不久，美格便開始學著周圍人的言談舉止，擺點小架子，裝腔作勢，說話時還帶幾句法語，把頭髮捲曲，把衣服改小，盡可能評論流行時尚。安妮．莫法特的漂亮東西，美格看得愈多愈眼紅，也愈渴望富有。現在想起來，自己家徒四壁，工作也變得格外艱辛。儘管有母親給的新手套和真絲長襪，可她還是覺得自己貧窮，深感委屈。

不過，她沒有太多的時間抱怨，因爲這三位小女孩忙於享受「美好時光」。她們白天逛商店、散步、騎馬、探親訪友；晚上，上戲院、看歌劇或者在家裡嬉鬧；而安妮交友甚廣，深知待客之道。她的姐姐們都是漂亮的小姐，其中一位已經訂婚，美格覺得訂婚是極有趣極浪漫的。莫法特先生是位富態樂天的老紳士，與美格的父親相識；莫法特太太也是位肥胖、快樂的老太太，她跟女兒一樣十分喜歡美格。所有人都寵愛她，親切地稱她爲「黛茜」，寵得美格真有點頭腦發熱。

到了「小舞會」的那天晚上，她發現別人都穿上了薄薄的衣服，打扮得漂漂亮亮的，相比之下，自己的府綢衣服根本不行。於是塔勒坦布裙子出場了，可與薩莉嶄新的塔勒坦布裙子一比，立刻顯得陳舊不堪、又皺又破。美格看到女孩們瞥了一眼，接著面面相覷，面頰頓時開始發燒，因爲儘管她生性溫柔，畢竟還是傲氣十足。大家一個字都沒說，可薩莉提出幫她梳理頭髮，安妮提出爲她繫腰帶，貝爾，就是已經訂婚的那位姐姐，稱讚她手臂潔白。在美格看來，她們的好意只不過是同情她貧窮。她心情十分沈重，獨自站在一邊，而其他人有說有笑，還像翩翩蝴蝶到處飛奔。美格正感到十分難受痛苦時，女傭送來一盒鮮花。沒等她開口，安妮就把蓋子打開了。看到裡面這些美麗的玫瑰、杜鵑和綠蕨，眾人都驚叫起來。

「肯定是給貝爾的，喬治經常送花給她。這些花真的令人陶醉。」安妮深深地聞了一下鮮花，大聲嚷著。

「那位先生說，這些花是送給馬奇小姐的。這兒有張紙條。」女傭插話道，說著把紙條遞給美格。

「多有意思！會是誰送的呢？以前並不知道你有情人。」女孩們呼喊著，紛紛圍住美格，顯得十分好奇、驚奇。

「紙條是媽媽寫的，花是勞里送的。」美格簡單地說。不過，她心裡非常感激勞里沒有忘記她。

「真的啊！」安妮說，臉上帶著一種滑稽的表情。美格把紙條塞進口袋，把它當作戰勝嫉妒、名利和孤傲的法寶。寥寥數語充滿深情，她感覺好多了，美麗的鮮花更使她高興起來。

美格幾乎恢復了愉快的心情，她拈出幾支綠蕨和玫瑰留給自己，隨即將剩下的分成幾把精美的花束，分贈給朋友們點綴在胸前、頭髮和衣裙上。她做得這麼漂亮，大姐卡萊拉不禁稱她爲「她所見到的最甜美的小傢伙」，眾人也爲她的小小心意所感動。這一善舉把她的沮喪心情打發走了。大家都跑到莫法特太太跟前展覽去了，她獨個兒把幾支綠蕨插在自己的鬈髮上，又把幾朵玫瑰在裙子上別好，這時裙子在心目中變得不那麼難看了，一照鏡子，看到了一張喜氣洋洋、雙目明亮的臉孔。

那天晚上，她玩得很痛快，盡情地跳舞。所有人都很熱情，她獲得了三次恭維。安妮請她唱歌，有人稱讚她的嗓子非常動人；林肯少校問那位「長著漂亮眼睛、充滿青春活力的小女孩」是誰；還有晚上，莫法特先生堅持要請她跳舞，說她「不拖泥帶水，舞步輕盈」，他說得極爲動聽。總之，她度過了一段美好的時光。後來，無意中她聽到一些議論，令她忐忑不安。她正坐在暖房門口，等舞伴給她送霜淇淋，突然聽到花牆的另一邊有個聲音問——

「他多大了？」

「我想，也就十六、七歲吧。」另一個聲音回答。

「那些女孩中總有一個會碰到這種絕妙好事，你說對吧？聽薩莉說，他們現在關係很親密，那個老的也很溺愛她們。」

「我敢說，姓馬的自有打算，雖然早了點，可這把牌她會打得很好。顯然，女孩們還沒想到這一點呢。」莫法特太太說。

「她剛才在胡扯，說紙條是她媽寫的，好像她已經知道了。可鮮花送來的時候，你看她的臉都紅成什麼樣子了。可憐的人哪！要是她打扮得入時一點，確實很漂亮。要是我們在星期四把衣服借給她，你覺得她會生氣嗎？」另一個聲音問。

「她很高傲，不過，我想不會介意的，畢竟她只有那條難看的塔勒坦布裙子。今天晚上她可能會撕破裙子，那樣就有理由借給她一條像樣的裙子啦。」

「再說吧。我要去邀請小勞倫斯，當然是特意爲了她，到時我們就等著看好戲吧。」

這邊，美格的舞伴過來了，看到她臉色通紅，且神色頗爲不安。聽了剛才這些話，她感到既屈辱又氣又噁心。她確實很高傲，那時也幸虧這樣，她才沒有發作。她再天真無邪，可還是能明白朋友們的這些閒話。她努力忘記它，可就是忘不掉，心頭一直縈繞著「姓馬的自有打算」，「胡扯」，「難看的塔勒坦布裙子」。她真想痛哭一場，然後飛奔回家，把苦惱告訴家人，求教於她們。可那做不到，她只能強顏歡笑。由於她舉止上顯得神情激動，倒並沒有露出半點破綻來，沒人想到她是在強裝笑臉。她很高興舞會終於結束了，便靜靜地躺在床上，思考、疑惑、氣憤，一直想到頭痛，還有幾滴涼絲絲的眼淚落在熱辣辣的臉頰上。那些荒唐的好意之言，爲美格打開了一個新的世界，在此之前，她一直都在舊的天地裡孩子般地快樂生活，可這些閒話擾亂了那份寧靜。她與勞里純真的友誼也因爲這些無聊話而玷污了；她對母親的信任也因莫法特太太小肚雞腸的一席話而有些許動搖；她原以爲自己是窮人家的女兒，應滿足於樸素的穿著，想不到女孩們無端憐憫，把邋遢衣服看成是天底下最大的災難。她對自己的理性決斷感到茫然。

可憐的美格一夜無眠，起床時眼皮沈重，心情極壞。她既怨自己的朋友無事生非，又愧自己不敢坦白真相，以正視聽。那天早上，女孩們全都懶懶散散，直到中午時分才提起勁頭打毛線。美格馬上意識到，她的朋友們舉止異常；她們待她更加敬重，對她的言談十分關注，並且用頗好奇的眼光看著她。這一切令她既驚奇又得意，只是無法理解。最後，貝兒寫字時擡起頭來，傷感地說——

「黛茜，親愛的，我給你的朋友勞倫斯先生送了一份請帖，請他星期四過來。我們也想認識認識他，這可是特意爲你而請的喲。」

美格紅了臉，但她突然想捉弄一下這些女孩們，於是裝作一本正經地回答——

「你們的心意我領了，只是我恐怕他不會來。」

「爲什麼，chérie①？」貝兒小姐問。

「他太老了。」

「我的孩子，你說什麼？請問，他究竟有多大年紀？」卡萊拉小姐嚷道。

「差不多七十吧，我想，」美格答道，數數打了多少針，拚命忍住笑。

「你這狡猾的傢伙！我們指的當然是年輕的那位，」貝兒小姐笑了，喊道。

「哪裡有什麼年青人！勞里只是個小男孩。」姐妹們聽到美格這樣形容自己的所謂「情人」，不禁互相使了個古怪的眼色，美格見狀也笑了。

「和你年紀相仿，」南妮說。

「和我妹妹喬年紀接近，我八月份就十七歲了，」美格把頭一仰，答道。

「他真棒，給你送鮮花，對吧？」不識趣的安妮還在說。

「對，他經常這樣做，送給我們全家人，因爲他們家裡多的是，而我們又是這麼喜歡鮮花。你們知道，我媽和勞倫斯老先生是朋友，兩家孩子在一起玩，是相當自然的事情。」美格希望她們停下來。

「顯然黛茜還沒有進入社交圈，」卡萊拉小姐朝貝兒點點頭說。

「田園鄉間，天真無邪，」貝兒小姐聳聳肩說道。

「我準備出門給我家女孩們買點東西；各位小姐要我捎點什麼嗎？」穿著一身鑲邊絲綢裙子的莫法特太太像頭大笨象一樣緩緩走進屋來，問道。

「不用費心了，太太，」薩莉回答。「我星期四已經有一條粉紅色的新絲綢裙子，什麼都不缺了。」

「我也不——」美格欲言又止，她突然想到，自己確實想要幾樣東西，卻得不到。

「你那天穿什麼？」薩莉問。

「還是那條白色的舊裙子，但我得先補一補，昨晚不小心給撕破了。」美格想儘量講得隨便一點，卻感到很不自在。

「爲什麼不捎信回家再要一條？」不善察顏觀色的薩莉問。

「我只有這一條，」美格好不容易才說出這話。但薩莉仍然沒有明白過來，她友好地驚叫起來——

「只有那麼一條？真好笑——」她的話沒說完，貝兒趕忙朝她搖頭，插進來友善地說——

「不好笑；她又不進社交圈，要這麼多衣服有什麼用？黛茜，即使你有一打，也不必往家裡要。我有一條漂亮的藍色綢裙子，我已經穿不下，白白擱著，不如你來穿上，遂遂我的心意，好嗎，乖乖？」

「謝謝你的好意，但如果你們不在意，我倒不在乎穿我的舊裙子，像我這樣的小女孩，這樣穿挺合適，」美格說。

「請你一定讓我把你打扮得氣派一點。我就喜歡這樣做。上下打扮整齊了，你一定是個標準的小美人。我要把你打扮好才讓你見人，然後我們像灰姑娘參加舞會一樣突然亮相，」貝兒用富有說服力的聲調說。

美格無法拒絕如此友善的提議，她很想看看，自己打扮後是否會變成個「小美人」，於是點頭同意，把原來對莫法特一家的不舒服感覺拋在腦後。

星期四晚上，貝爾和女傭關起門來，一起把美格打扮成漂亮小姐。她們把美格的頭髮燙卷，脖子和胳膊上撲了香粉，爲了使雙唇更紅潤，又在她嘴唇上塗了深紅色的唇膏，要不是美格竭力反對，女傭霍滕斯還要給她抹「一點胭脂」。她們給她套上天藍色的裙子，裙子緊得讓她都透不過氣來，而且領口很低，正派的美格站在鏡子前，看著自己一個勁地臉紅。接著又戴上一套銀首飾：手鐲、項鏈、胸針，還有耳環，霍滕斯用一根看不見的粉紅色絲線把它們都連在一起。胸前戴上一束香水月季花苞，還有一條褶襇蕾絲花邊遮著。美格終於同意露出楚楚動人的潔白雙肩，再加一雙藍色高跟綢靴，令她心滿意足。拿上一塊鑲有蕾絲花邊的手帕、一把羽毛扇和銀夾子夾著的一束鮮花，她打扮好了。貝爾小姐滿意地審視美格，就像一個小女孩端詳打扮一新的玩偶。

「小姐真charmante, trés jolie②，不是嗎？」霍滕斯做作地拍手歡叫。

「出去讓大家瞧瞧吧，」貝兒小姐說，一邊領美格去見在房間裡等著的女孩們。

美格拖著長裙跟在後面，裙子窸窣有聲，耳環叮噹作響，鬈髮上下波動，心兒砰砰猛跳。剛才那面鏡子已明明白白地告訴她，自己是個「小美人」，她覺得似乎她的「好戲」真的已經開始了。朋友們熱情洋溢，反覆著那個溢美之詞；她站在那裡好一陣，好像寓言裡的鷯哥，盡情享受著借來的羽毛，眾人則像一班喜鵲，嘰嘰喳喳地叫個不停。

「南妮，趁我換衣裳，你教她走步，別讓裙子和法式高跟鞋絆倒了。卡萊拉，你用銀蝴蝶髮夾，把她左鬢的那綹長鬈髮夾起來。你們誰也別弄糟了我這一手漂亮功夫啊，」貝兒說著匆匆走開，對自己的成功顯得相當得意。

「我不敢走下去，覺得頭暈目眩，身子僵硬，好像只穿了一半衣服，」美格對薩莉說。此時鈴聲響起，莫法特太太派人來請小姐們立即赴會。

「大不一樣咯，不過這樣很漂亮。我都不能跟你比了。瞧，貝爾多有品味，當然你也滿有法國味道的，真的。就讓花這麼掛著，不用太在意，小心摔倒。」薩莉說著，努力裝出一副不在乎美格掠美的樣子。

瑪格麗特牢記這個告誡，小心翼翼地下樓到客廳，莫法特一家和幾位早到的客人都聚集在那裡。她很快發現，華麗的衣服有一種魅力，總能吸引某類人的注目禮。有幾位小姐以前從不注意她，可一下子熱情起來；幾位年輕紳士在上一場舞會中只是盯了她一眼，而現在他們不光是盯著她看，還要求與她認識，對她講了各種愚蠢的貼心話；還有幾位老太太坐在沙發上，喜歡對大家品頭論足，也饒有興趣地打聽她的身分。只聽莫法特太太對其中的一位說：「黛茜．馬奇的父親是上校軍官，是我們家的遠親，可現在家道中落，可惜吧？她們也是勞倫斯家的密友；告訴你，她可溫柔著呢；我家內德對她可癡迷呢。」

「啊！原來是這樣。」老太太說著，戴上眼鏡又把美格審視了一遍。美格假裝沒聽到，心裡還是很吃驚，莫法特太太竟然胡說八道。

「頭暈目眩」的感覺還沒有消失，可美格想像自己就在扮一位優雅小姐的新角色，因此她表現頗爲得體；哪怕裙子太緊，束得她兩肋隱隱作痛，腳底下不斷地踩著裙裾，儘管她還膽戰心驚，唯恐那對耳環會甩出去，弄丟或者摔破。旁邊一個小紳士正在想方設法賣弄詼諧，講著一些並不可笑的笑話，她搖著扇子咯咯地笑。突然，笑聲嘎然而止，只見她滿臉煩亂，因爲，就在對面，她看見了勞里。他盯著她，明顯地流露出心中的詫異，不以爲然。這她感覺得到，儘管勞里屈身鞠躬，面帶笑容，可他真誠的雙眼裡流露出一種眼神，使她羞愧不已，都怪自己沒穿上舊裙子。她看到，貝爾脴膊肘推推安妮，然後兩個人都把目光轉向勞里，這使她心裡更間去和朋友握手。

加煩亂。好在勞里生性靦腆，看上去特別像個孩子，她才放寬心。

「這些人真無聊，都想到哪裡去了！反正我不在乎。」美格心想，趕忙窸窸窣窣地跨過房

「你能來我很高興，本來還怕你不來了。」她裝出一副大人的口氣說。

「是喬要我來的，回去還要回報你打扮得怎樣。於是我就來了。」勞里回答，眼睛並沒有朝她看，只是暗自取笑她的母親般口吻。

「那你打算怎麼跟她說呢？」美格問，她急切想知道他對自己怎麼看，可心裡第一次感到局促不安。

「我想說，都認不出來了。你看上去這麼像大人，實在是面目全非，我很擔心。」他說著，撫摸著手套上的釦子。

「真荒唐！女孩們把我打扮成這模樣，是覺得好玩，我也挺喜歡的。要是喬看到的話，她會不會盯著我看？」美格問，一心想要他說出她這個樣子是否比以前有長進。

「是的，我想她會的。」勞里黯然地回答。

「難道你不喜歡我這樣嗎？」美格問。

「我不喜歡。」勞里生硬地答道。

「爲什麼？」美格急切地問。

他掃了一眼卷卷的頭髮，裸露的肩膀，花俏的裙子，回答中丟卻了往常彬彬有禮的風度，

那種神情更使她窘迫不安。

「我不欣賞過分炫耀。」

這話竟然出自比她年輕的小夥子之口，美格怎麼也聽不下去。於是她走開了，冷冷地扔下一句話，「從沒見過你這樣無禮的男孩子。」

美格火冒三丈，她來到一個沒人的窗口，站在那裡讓涼風吹拂火辣辣的臉頰，緊繃的裙子繃得她臉色通紅，極不舒服。她站在那裡時，林肯少校從身旁經過，不一會兒，美格聽到他跟他母親說：「她們在戲弄那個小女孩。我本來想讓你見見她，可她們把她徹底毀了，今晚她只是個玩具娃娃而已。」

「哦，天哪！」美格歎了口氣，「我真該放聰明點，穿自己的衣服，那樣就不會惹別人噁心，我自己也不會感覺這麼不舒服，我真害臊！」

她把額頭靠在冰涼的窗櫺上面，讓窗簾半掩著自己的身影，拿手的華爾茲已經開始，也全然不覺。這時，一個人碰碰她；她回過身來，看到了勞里。他一臉悔意，畢恭畢敬向她鞠了個躬，伸出手來說——

「恕我一時無禮，來和我跳個舞吧。」

「恐怕這不合你的口味吧。」美格試圖裝出一副生氣的樣子，卻一點也裝不出來。

「沒的事情，我極想跟你跳的。來吧，我會學好的。雖然不喜歡你的衣服，但我真的覺得你——反正漂亮極了。」他揮揮手，似乎語言還不足以表達他的仰慕之情。

美格一笑，回心轉意了。當他們站在一起等著合上音樂節拍時，她悄悄說道——「小心裙子把你絆倒；我受盡折磨，穿上它真是個戇頭鵝。」

「圍著領口別起來就可以用了，」勞里說著，低頭看看那雙小藍靴，顯然對它們倒很滿意。

他們敏捷而優雅地邁開舞步，由於在家裡練習過，這對活潑的年輕人配合得相當默契，給舞場平添了快樂的風景線。他們歡快地旋轉起舞，覺得經歷了這次小口角之後，彼此更加接近了。

「勞里，我想請你幫個忙，願意嗎？」美格問。她剛跳一會兒便氣喘吁吁地停下來，也不解釋，勞里便站在一邊替她扇扇子。

「那還用說！」勞里欣然回答。

「回到家裡，千萬不要告訴她們我今天晚上的打扮。她們不會明白這個玩笑，媽媽聽到會擔心的。」

「那你爲什麼這樣做？」勞里的眼睛顯然是在這樣問。美格急得又說——

「我會親自把一切告訴她們，向媽媽『坦白』我有多傻。但我寧願自己來說；你別說，行嗎？」

「我向你保證守口如瓶，只是她們問我時該怎樣回答？」

「就說我看上去挺好，玩得很開心。」

「第一項我會全心全意地說的，只是第二項怎麼說？你看上去並不像玩得開心，不是嗎？」勞里盯著她，那種神情促使她悄聲說道——

「是，剛才是不開心。不要以爲我那麼討厭。我只是想找樂子，但我發現這種樂子毫無益處，我已經開始厭倦了。」

「內德．莫法特走過來了，他想幹什麼？」勞里邊說邊皺起黑色的眉頭，彷彿並不認爲這位小主人的到來可以增加樂趣。

「他認下了三場舞，我想他是來找舞伴的。煩死人！」美格說完擺出一副倦怠的神情，把勞里也逗樂了。

他一直到晚飯時候，才再跟她說上話，當時她正跟內德和他的朋友費希爾一起喝香檳。勞里自言自語，那兩人表現得「十足像一對傻瓜」，他覺得自己有權像兄弟一樣監護馬奇姐妹，必要時站出來保護她們。

「如果多喝，明天就會頭痛得厲害。我可不這樣做。美格，你看，你媽媽不喜歡這樣的，」他在她椅邊俯下身來低聲說道，此時內德正轉身給她續杯，費希爾則彎腰撿起了她的扇子。

「今天晚上我不是美格，而是個輕狂得無惡不作的『布娃娃』。明天我就會收拾起這副『過分炫耀』的嘴臉，拚命學好，」她皮笑肉不笑地答道。

「但願明天已經到來啊，」勞里咕噥著，怏怏走開了。看到她變成這副樣子，他心裡很不是滋味。

美格一邊跳舞一邊調情賣俏，嘀嘀咕咕地聊著，傻笑著，就像別的女孩們一樣。晚飯後，她跳德國華爾茲舞，自始至終跌跌撞撞，長裙子也差點把舞伴絆倒。勞里見到她這種瞎蹦亂跳的模樣心生反感。他一邊看著，心裡想好了一番數落的話，卻沒有機會發表，因爲美格總是躲著他，一直到他過去道晚安。

「記住！」她說道，強顏歡笑著，劇烈的頭痛已經開始了。

「守口如瓶，至死不渝，」勞里誇張地拖著長音，轉身離去。

這小小的插曲激起了安妮的好奇心，但美格累得不想再扯閒話，上床歇息了。她覺得自己像參加了一場化裝舞會，卻玩得並不如意。第二天，她整天都不舒服，到了星期六，就回家了。她已經被兩個星期的玩樂弄得筋疲力盡，感到自己已經享受夠了「奢侈的生活」。

「安安靜靜的生活真好，不用整天客套應酬。家裡雖然不漂亮，可真的是舒服。」美格說。星期天晚上，她與母親和喬坐在一起。

「聽到你這麼說，我很高興，乖乖。我本來還擔心，去過了豪宅，會覺得家裡又破又無聊。」母親回答，那天她不止一次地看著美格，滿臉擔憂的神情。其實，慈母的眼睛，一眼就能察覺孩子們臉上的絲毫變化。

美格高興地講了她的經歷，接著一遍又一遍地重複，說她度過了一段多麼美好的時光。可有些事情好像還沈在心底；看到妹妹們都上床睡覺去了，她若有所思地坐著，兩眼盯著爐火，沈默寡言，滿面愁容。時鐘敲響了九點，喬提出要去睡覺，美格突然站了起來，坐到貝絲的凳子上，雙肘靠在母親膝上，鼓足勇氣說——

「媽咪，我要『坦白』。」

「我早就想到了。你要說什麼，乖乖？」

「要我迴避嗎？」喬謹慎地問。

「不用不用，我有什麼事瞞過你啦？在小妹妹們面前我不好意思說。我在莫法特家做了不少可怕的事情，我想你們應該了解的。」

「說吧。」馬奇太太微笑著說，顯得有些擔憂。

「我已經說過，她們把我打扮起來。可我沒跟你們說，她們給我抹粉、穿緊身裙、燙頭髮，把我弄得像個時髦女郎。勞里覺得那樣不妥當，我知道他是這麼想的，儘管嘴裡沒說。還有人叫我『布娃娃』。我知道這樣很笨，可她們討好我，誇我是個大美人，還說了一大堆廢話，於是我就任由她們作弄了。」

「就這些？」喬問。馬奇太太則靜靜地注視著漂亮女兒低垂著臉，不忍心再責備她幹了那些細小蠢事。

「還有，我還喝了香檳，和別人戲鬧追打，還學著調情，總之令人噁心。」美格責備自己。

「我想，還有吧。」馬奇太太撫摸著那張嬌嫩的臉。突然，美格臉色通紅，支支吾吾地說：

「還有，都很無聊，可我想說出來，因爲我最恨別人這樣議論我們和勞里的關係。」隨後，她便把自己在莫法特家聽到的閒言碎語一一講了出來。美格說的時候，喬看到母親克制地咬緊嘴唇，竟有人在美格純真的心靈裡灌輸這種想法，不禁十分氣憤。

「哎呀，這是我聽到過的最混帳的廢話！」喬義憤塡膺。「你爲什麼不當場跳出來說個明白？」

「我做不到，這太難爲情了。起初我是無意間聽到的，但後來我又怒又羞，倒沒想起該走開了。」

「待我看到安妮．莫法特，你就知道我怎樣解決這種荒唐可笑的事情！什麼『早有打算』，什麼對勞里好是因爲他家有錢，以後會娶我們！如果我告訴他，那些無聊的東西是怎樣談論我們窮孩子的，他不叫起來才怪！」喬說著笑起來，似乎這種事情回想起來不過是個大笑話而已。

「如果你告訴勞里，我決不原諒你！她不該說出去，對嗎，媽媽？」美格焦慮地說道。

「對，千萬不要重複那種愚昧的閒話，要儘快忘掉它，」馬奇太太嚴肅地說。「我讓你置身於那些我了解甚少的人們中間，真是很不明智——我敢說，他們心地不壞，但精於世故，缺乏教養，對年輕人滿腦子粗俗念頭。我對這次出訪可能對你造成的傷害，說不出有多麼難過，美格。」

「不要難過，我不會因此而受傷害的。我會把壞的全拋到腦後，只記住好的，因爲確實也玩得很盡興，很感謝您放我去。我不會因此而傷心，也不會不知足，媽媽。我知道自己是個傻小女孩，我會留在您身邊，直到可以自己照顧自己。不過，讓人家誇讚、仰慕，心裡真是美滋滋的。我還是忍不住要說我喜歡哩，」美格說道，對自己的坦白內容顯得有點不好意思。

「這再自然不過了，如果這種喜歡沒有變成狂熱，不會導致做傻事或做女孩家不該做的事情，那就無傷大雅。要學會認識和珍惜名副其實的讚美話，用謙虛和美麗來激發優秀的人們對你的敬意，美格。」

瑪格麗特坐著想了一會，喬則背手而立，既發生了興趣，又帶著幾分迷惑。她看到美格紅著臉談論愛慕、情人之類的東西，倒是新鮮事。喬覺得，姐姐似乎在那半個月裡驚人地長大了，從她身邊飄走，飄進了一個她不能跟隨的世界。

「媽媽，你有沒有莫法特太太所說的那類『打算』呢？」美格含羞問道。

「有，乖乖，多著呢；每個母親都有自己的打算，但我的打算恐怕跟莫法特太太所說的不全相同。我會告訴你其中一部分，是到了跟你嚴肅談一談的時候了，把你小腦袋、心裡的浪漫念頭撥到正道上來。你還小，美格，但也不至於幼稚得不明白我的話。這種話，由母親來跟你們說最合適不過了。喬，也許很快就會輪到你的，也一起來聽聽我的『打算』吧。如果是好打算，就幫我一起執行。」

喬走過來，坐到椅子扶手上，彷彿她以爲她們就要參與到什麼極其嚴肅的事情中去一樣。

馬奇太太執著兩個女兒的手，若有所思地望著兩張年輕的面龐，語調嚴肅而輕快地說──

「我希望女兒們美麗善良，多才多藝；受人愛慕，受人敬重；青春幸福，姻緣美滿。願上帝垂愛，使她們儘量無憂無慮，過愉快而有意義的生活。被一個好男人愛上並選爲妻子，是一個女人一生最大的幸福，我熱切希望我的女孩們可以體會到這種美麗的經歷。考慮這種事情是很自然的事，美格，期望和等待也是對的，做好準備是明智的。這樣，幸福時刻到來時，你才會覺得自己已準備好承擔責任，無愧於這種幸福。我的好女兒，我對你們寄予厚望，但並不是要你們急衝亂撞──僅僅因爲有錢人豪門華宅，財大氣粗，便嫁給他們。這些豪宅並不是家，因爲裡頭沒有愛情。金錢是必要而且寶貴的東西──如果用之有道，還是一種高貴的東西──但我決不希望你們把金錢看作首要的東西，唯一的奮鬥目標。我寧願你們成爲擁有愛情、幸福美滿的窮人家的妻子，也不願你們做沒有自尊、沒有安寧的皇后。」

「貝兒說，如果不主動出擊，窮人家的女孩就永遠不會有機會。」美格歎息說。

「那我們就做老處女好了。」喬堅決地說。

「說得好，喬，寧願做快樂的老處女，也不做傷心的太太或不正經的女孩子，四處亂跑找丈夫，」馬奇太太堅定地說。「不要煩惱，美格。貧窮根本嚇不倒真誠的戀人。我認識的優秀、高貴的夫人都是窮人家的女孩，可這些可愛的女孩都沒有成爲老處女。讓時間來解決這些問題吧。讓這個家充滿歡樂，這樣當你們自己成家的時候，才適合承擔起自己的家庭；萬一沒有，也可對這個家感到知足。寶貝們，有一點要記住，媽媽永遠是你們的知己，爸爸也是你們的朋友；不管我們的女兒結婚還是獨身，我倆都希望，也都相信她們永遠是我們的驕傲和安慰。」

「我們會的，媽咪，我們會的！」姐妹倆真誠地喊道。說完，馬奇太太和她們道了晚安。

①法語，乖乖。

②法語，迷人，真漂亮。

十　試驗

「終於到了六月一號！金家明天就去海邊度假啦。整整三個月的假期，我真是太幸福了！」美格讚歎道。這天天氣暖和，美格剛剛回到家裡，只見喬躺在沙發上，顯得疲憊不堪，貝絲替她脫下骯髒的靴子，艾美正在榨檸檬汁，爲大家提神。

「馬奇姑婆今天已經走了，哦，我真是高興！」喬說，「我本來怕得要命，就怕她叫我一起去；要是她真的叫我去，那我也沒辦法。要知道，梅園死氣沈沈，簡直就像教堂裡的墓地，能不去就不去。把老太太送走時真忙亂，每次她開口，我都感到害怕。爲了早點把她打發走，我做得特別起勁，顯得特別親熱，可就怕她捨不得和我分開。她總算上了馬車，我這才鬆了口氣。誰知最後又嚇了一跳，馬車剛要走，她伸出頭說：『約瑟芬，你能不能——？』我轉身落荒而逃，下面的話也沒聽到。我是拚命跑步的，直到轉彎處，這顆心才放下來。」

「可憐的喬，她進來的時候好像後面有幾隻熊在追趕。」貝絲邊說邊把姐姐的雙腳慈愛地抱在懷裡。

「馬奇姑婆真是個十足的海蓬子，可不是嗎？」艾美評論道，一邊挑剔地品嘗著混合飲料。

「她是說吸血鬼①，不是海草。不過這沒關係，天已經熱了，也不必對用詞太在意。」喬咕噥著說。

「整整一個假期，你們打算怎麼過？」艾美問，她機靈地把話題一轉。

「我要好好補眠，最好什麼都不做。」美格陷坐在搖椅上回答，「一個冬天了，都是一早就被叫醒，又整天都得替人家工作。我現在要休息，痛痛快快地玩個夠。」

「不行。」喬說，「我可不想老是睡覺。我已經搬來了一大堆書，要充實一下這美好時光，就坐在老蘋果樹上，除非是玩——」

「不要說『玩樂』！」艾美懇求道。因爲喬糾正了她的「海蓬子」，這回艾美也要奚落一下喬，作爲報復。

「那就說『玩唱』吧，和勞里一起，那樣總算妥當，夠確切了吧，反正他的歌唱得很動聽。」

「我們別做功課了，貝絲。只是暫時的，玩個痛快，好好休息，女孩子就應該這樣嘛。」艾美提議。

「好吧，我會的，要是媽媽不反對。我想學唱幾首新歌。夏天到了，我的那幾個孩子也要重新打扮一下，他們沒有衣服，亂得要命。」

「可以嗎，媽媽？」美格轉向馬奇太太問。馬奇太太坐在被女孩們稱爲「媽咪角」的地方，正在做縫紉。

「你們可以試著過一個禮拜，看看感覺如何。我想，到星期六晚上，你們會發現，光玩不工作其實和光工作不玩一樣糟糕的。」

「噢！天哪！不會吧！光玩不工作肯定很痛快。」美格得意地說。

「現在我提議大家乾一杯，我『朋友和夥伴甘普』②就這麼說過。祝我們永遠快樂，不用工作！」這時檸檬汁遞了開來，喬站起身，手舉杯子高聲喊著。

她們痛快地一飲而盡。接著試驗開始了，大家懶洋洋地打發了那天剩下的時光。第二天上午，美格到了十點鐘才露面，她一個人吃早飯，只覺得真沒滋味；喬沒有在花瓶裡插上鮮花，貝絲也沒有打掃，艾美的書扔得到處都是，房間裡顯得冷冷清清，而且零亂不堪。只有「媽咪角」還是跟往常一樣，收拾得整整齊齊，令人賞心悅目。美格就坐在那裡，「悠閒地看書」，一邊打著哈欠，憧憬著用自己掙的錢買幾件什麼樣的漂亮夏裝。喬和勞里在河上玩了一個上午，下午爬到蘋果樹上讀《茫茫世界》，一邊讀一邊還傷心落淚。貝絲也開始了試驗，她把布娃娃們居住的大壁櫥裡的一切都翻了出來，可做了一半就累了，於是把它們亂七八糟地撇在一邊，管自個兒去彈鋼琴了；心裡暗暗慶幸不用洗碗了。艾美把自己的涼亭整理了一番，穿上最漂亮的白色外衣，梳理了那頭捲曲的秀髮，然後坐在金銀花下面畫畫。她一心盼望著有人會看到，打聽這位年輕的畫家是誰。誰知道，根本沒人過來，倒有一隻好事的盲蛛饒有興趣地端詳她的作品。她只好出去散步，卻淋了一場雨，回到家時成了一隻落湯雞。

喝茶的時候，她們互相交流各自的感受。大家都有同感，這一天過得很開心，只是顯得異常漫長。下午，美格去購物，買了塊「漂亮的藍色平紋紗」，裁下幅面後才發現，這料子不經洗；這次不幸弄得她略有點沒好氣。喬在划船時鼻子上曬蛻了一層皮，書讀久了又弄得頭痛腦脹。由於壁櫥弄得亂七八糟，貝絲心裡頗有幾分擔心，而且發現一次要學三、四首歌也很不容易。艾美淋濕了外衣，深感可惜，因爲第二天就是凱蒂・布朗的舞會，現在她和花神麥克弗林賽③一樣，「沒什麼可穿」。可這些都只是小事，她們要母親放心，試驗進展得很順利。母親笑了笑，什麼都沒說，在漢娜的幫助下，把她們荒廢的工作做完，把家收拾得舒服安逸，於是家庭機器又恢復了正常運作。

可說來也怪，這種「享樂和休息」的過程，竟然產生了一種奇特的、令人不舒服的事態。日子變得愈來愈漫長，大家的脾氣也跟天氣一樣變化無常，每人都心裡沒著落，而魔鬼撒旦總能爲這些無聊的人找些惡作劇來做。

作爲最奢侈的享受，美格把一些針線活拿去讓別人做，可接著卻發現日子過得很沈悶，最終又操起裁剪活來，結果在按莫法特的樣式翻新衣服時，把自己的衣服剪壞了。喬整天看書，直看得兩眼昏花，對書厭倦，心情也變得異常煩躁，連一向性情溫和的勞里都跟她吵了一架。她情緒十分低落，只恨自己當初沒有跟馬奇姑婆一起去。貝絲過得挺好，因爲她老是忘記這幾天「光玩不用工作」，時不時地回到老套套。不過，有一種莫名的東西還是潛移默化，不時地擾亂她的那份寧靜。她也顯得有幾分不安，甚至有一次，她竟然推了幾下可憐的布娃娃喬安娜，罵她是個「怪物」。艾美的境況最糟糕，因爲她玩的東西不多，姐姐們丟下她，讓她管自己玩。本來她還以爲自己是個多才多藝、舉足輕重的小人物，可現在很快就發現，其實自己卻是個沈重的負擔。她不喜歡布娃娃，童話又太幼稚，人總不能老是畫畫。茶會算不了什麼，野餐也不過如此，除非組織得很好。「要是能有間漂亮的房子，裡面有很多美麗的女孩，要麼去旅行，這樣的夏天才會開心。可在家裡和三個自私自利的女孩待在一起，還要再加上個大男孩，波阿斯也會受不了的。」這位亂用聖經典故的小姐抱怨道。這幾天她充分體驗了充滿快樂、煩惱和煩悶的生活。

沒人願意承認自己對試驗已感到厭倦；可到了星期五晚上，人人都暗自高興，一個星期馬上就要熬到頭了。馬奇太太富有幽默感，她希望加深女孩們對這個教訓的印象，決定以適當的方式結束這次試驗。於是，她給漢娜放了一天假，以讓女孩們充分領略光玩樂的後果。

星期六早上，她們起床就發現，廚房裡沒有生火，餐廳裡沒做好早餐，連母親的蹤影都瞧不見。

「天哪！出什麼事了？」喬大叫，驚愕地四下張望。

美格跑上樓，很快又回來了，顯得一臉輕鬆，不過十分困惑，又有點慚愧。

「媽媽沒有生病，只是覺得很累，她想靜靜地在房裡待一天，讓我們盡力而爲。真的有點怪，媽媽以前可不是這樣的。她說了，這個星期她過得很累，所以我們不要抱怨，還是自己照顧自己吧。」

「那太簡單了，我就喜歡這樣。我正想找點事做——就是換個玩法，是吧？」喬馬上就接下去說。

其實，她們眼下是要找點事做，要好好調劑一下；因此她們都樂意承擔這些工作，可不久她們就認識到漢娜說得沒錯：「做家務可不是鬧著玩的。」貯藏櫃裡有許多食品，貝絲和艾美擺桌子，美格和喬做早餐，一邊做一邊還納悶，爲什麼傭人們都說家務難做。

「我還是給媽媽拿點上去，儘管她吩咐我們不用管她，說她會照顧自己的。」美格說。她把持茶壺坐正座，儼然一副主婦的樣子。

趁大家還沒開吃，她們先裝滿一個盤子，然後連同廚師的問候一起送上樓去。雖然茶煮得又苦又澀，煎蛋燒焦了，餅乾也沾上了點點蘇打粉，不過馬奇太太還是接過她的那份早餐，並連聲道謝，等喬走了以後，她對著餐盤會心地笑了。

「可憐的小傢伙，恐怕今天她們會過得很難受。不過，她們不會遭罪，這畢竟對她們有好處。」說著，她拿出自己早已準備的美味，把難吃的早餐扔掉，免得她們傷心——這是母親的小小把戲，令她們感激萬分。

樓下怨聲載道，大廚師面對失敗深感委屈。「沒關係，午飯我來做。我當僕人，你當主人，動口不動手，儘管陪客人，發號施令就是了。」喬說，其實她對做飯燒菜的事比美格懂得還少。

瑪格麗特愉快地接受了這份熱心幫助，於是退到了客廳。她把垃圾掃到沙發下面，把百葉窗拉上，省去了撣塵的麻煩，很快便把客廳整理得井井有條。喬十分自信，還想彌合吵架造成的裂痕，與勞里重歸於好。她馬上寫了一張紙條，放入家庭郵局，邀請勞里過來吃午飯。

「最好先弄清楚拿什麼請客，再考慮請人家吃飯。」美格得知此事後說。這一舉動雖然好客，可不免有點倉促。

「哦，有醃牛肉，還有很多馬鈴薯。我再去買些蘆筍，買隻龍蝦，『換個口味』，漢娜就是這麼說的。我們可以買些萵苣做沙拉。我不知道怎麼做，可書上有的。我要用牛奶凍和草莓做甜點，要是你想高雅一點的話，還可以煮上咖啡。」

「不要做這麼多，喬，你做的只有薑餅和糖蜜還湊合著能吃。這個餐會我是不會插手的，既然你自己請了勞里，就由你來招待他好了。」

「什麼都不要你做，只要你對他客氣些，做布丁時幫一把就夠了。萬一我搞糊塗時，麻煩指點一下，行嗎？」喬嘴上說著，心裡可受到了傷害。

「行，可我也懂得不多，只有麵包和一些小吃還行。最好先請媽媽批准，再去買東西。」美格謹慎地回答。

「那當然囉。我又不是傻瓜。」喬說著走開了。她怒火中燒，竟然有人懷疑她的能耐。

「你們想做什麼就買什麼，不用來打擾我，午飯我出去吃，家裡的事就管不到了。」喬來徵求意見時，馬奇太太說，「我向來都不喜歡做家務，今天我休息，讀讀書、寫點東西、串串門，好好輕鬆一下。」

看到一向忙碌的母親一反常態，一早就悠閒地坐在搖椅上看書，喬感到好像發生了什麼異常自然現象：即使日食、地震，甚至火山爆發，也不會令她覺得更奇怪。

「怎麼回事，一切都亂套了。」她邊想邊走下樓梯。「貝絲正在那裡哭，這證明家裡肯定又出現了什麼麻煩。要是艾美在搗鬼，我一定要揍她幾下。」

喬感覺自己心境不佳，匆匆走進客廳，看到貝絲正對著金絲雀皮普哭泣。只見牠躺在籠子裡死了，小爪子可憐地往外伸出，彷彿在乞求食物。牠是餓死的。

「都是我的錯——我把牠給忘了——穀子一粒不剩，水也一滴沒有。噢，皮普！噢，皮普！我怎麼能對你這麼殘忍？」貝絲哭道，把可憐的小鳥放在手裡，試圖把牠救醒。

喬瞄瞄小鳥半開的眼睛，摸摸牠的心臟，發現牠早已僵硬冰冷，於是提出用自己的衣盒來給牠裝殮。

「把牠放在爐裡烘，或者會暖和甦醒過來，」艾美滿懷希望地說。

「牠是餓壞的。既然已死了，就不要再去烤牠。我要給牠做一件壽衣，把牠葬在園子裡。我以後再不養鳥了，再不了，皮普！我不配養的，」貝絲低聲哭訴著，雙手捧著寵鳥坐在地板上。

「葬禮今天下午舉行，我們都參加。好了，別哭了，貝絲。這事很可惜，但這星期事情全都亂了套，皮普便是遭受了這個試驗的最大犧牲。給牠做好壽衣，把牠放在我的盒子裡，宴會後，我們舉行一個隆重的小葬禮。」喬開始感到，自己彷彿承攬了大量的工作。

喬留下別人安慰貝絲，自己來到廚房。裡面一片狼藉，一看就令人灰心喪氣。穿上一件寬大的圍裙，她開始工作了。她把碗碟疊起來，剛準備洗就發現火滅了。

「真是前途光明！」喬咕噥著，砰地一下打開爐門，用力地捅煤渣。

把爐火捅旺了以後，她想趁著正在燒水這會兒去一趟菜市場。一走路，精神又振奮起來，她買了一些便宜貨，返家途中心裡暗暗高興。她買了一隻幼小的龍螯蝦、一些老蘆筍，還有兩盒酸草莓。等到她收拾停當，午飯的時間到了，爐子也燒紅了。漢娜留下了一盤等著發酵的麵包。美格老早就著手發麵包，把它放在爐子上又發酵了一遍，然後就忘了。現在，美格在客廳裡招待薩莉．加德納，突然門飛開了，進來一個人，渾身沾滿麵粉和煤屑，頭髮蓬亂，紅著臉尖叫道：「我說，麵包脹到盤子外面是不是發酵夠了？」

薩莉開始大笑，美格則點點頭，眉頭揚得老高，那個鬼影子見狀立刻就消失了，馬上去把發酵過頭的麵包放入烤爐。貝絲正坐在一旁縫壽衣，她心愛的小鳥靜靜地躺在骨牌盒子裡。馬奇太太四處打量了一番，並且對貝絲安慰了幾句，然後就出門了。隨著母親灰色的帽子在拐彎處消失，女孩們心中頓生一種孤立無援的異樣感覺。沒過幾分鐘，克羅克小姐出現了，說是來吃午飯的，女孩們徹底絕望了。這位小姐是位面黃肌瘦的老女孩，長著尖尖的鼻梁和一雙好奇的眼睛。她不會放過任何瑣事，看到什麼都會說長道短一番。女孩們都不喜歡她，可母親關照過要善待她，就是因爲克羅克小姐又老又窮，也沒幾個朋友。美格爲她搬來安樂椅，勉力招呼她，而克羅克小姐則問這問那，指手畫腳，還閒扯她的那些熟人的事情。

那天早上，喬弄得精疲力竭、焦頭爛額，真是難以言表。不僅如此，她做的午餐還成了一個十足的笑柄。由於不敢再向人討教，她只能孤軍奮戰，這才發現，要當個好廚師，光憑力氣和願望是不夠的。她把蘆筍煮了一個小時，卻傷心地發現蘆筍頭煮沒了，中間那段卻硬得要命。麵包烤得焦黑；由於沙拉調料做得她大爲惱火，她索性就撒手不管，直到最後，她終於相信自己烤的麵包沒法吃。龍蝥蝦不知怎的變成了猩紅色的謎團，她敲開蝦殼，然後撥開，一點點蝦肉掉到一堆萵苣葉子中間，消失得無影無蹤。蘆筍不能擱得太久，馬鈴薯要快點煮，結果煮得半生不熟。牛奶凍結塊了，草莓被店家巧妙地「以次充好」，其實沒有看上去那麼熟。

「好吧，她們要是肚子餓的話，可以吃牛肉，有麵包夾黃油。只是整整一個上午的工夫花下去，什麼都沒做出來，真是丟臉。」喬心裡想，她比平時遲了半個小時才打響了開飯的鈴。她又熱又累，垂頭喪氣地站在一旁，審視這頓爲勞里和克羅克小姐準備的美餐。要知道，一個是吃慣了各種美味佳肴的，而另一個有挑剔的眼睛，會記下一切失誤；她那愛搬弄是非的嘴巴，能把這一切廣爲傳播。

菜肴一一嘗過後，就被冷落了，可憐的喬真想鑽到桌子底下去。這時，艾美咯咯直笑，美格滿臉愁容，克羅克小姐噘起嘴，勞里拚命地又說又笑，想搞活宴會的氣氛。喬的拿手本領是水果，糖加得恰到好處，再拌上一罐濃味的奶油。當漂亮的玻璃盤一一擺上時，大家高興地看著漂在奶油大海上的玫瑰紅小島，她發熱的臉頰才稍微冷卻了一點，並深深地舒了口氣。克羅克小姐第一個品嘗，只見她面容歪曲，慌忙喝水。喬看到水果在挑剔的叉子搗鼓下可悲地縮小，心想可能不夠，於是她起先還不敢吃。她瞥了一眼勞里，見他正在勇敢地吃著，不過嘴微微皺起，眼睛盯著自己的盤子。艾美向來喜歡精製的食品，舀了滿滿一匙，噎住了，用餐巾捂著臉，猛地逃離了餐桌。

「噢，怎麼啦？」喬高聲問道，聲音有點顫抖。

「放糖變成了放鹽，奶油是酸的。」美格回答，一邊還打了個災難性的手勢。

喬歎了口氣，一下就癱倒在椅子上，這才記起廚桌上有兩個盒子，自己拿起一個就倉促地往草莓上倒，牛奶又忘了冷藏。她的臉色霎時變得通紅，幾乎要哭出來。這時，她與勞里的目光相遇了，他在勇敢地大嚼鹽漬草莓，眼睛裡還裝出開心的樣子。她突然覺得，這件事是多麼的滑稽，於是大笑起來，直笑得眼淚都淌下來。其他人也都笑得前抑後揚，連被女孩們稱作「牢騷鬼」的老女孩也不例外。大家黃油加麵包、吃著橄欖，有說有笑，這頓不幸的午餐開心地結束了。

「我現在沒有心思收拾，先舉行小鳥葬禮吧，讓自己冷靜下來，」喬看到大家站起來便說道。克羅克小姐一心趕著要在下一個朋友的餐桌邊編派這個新故事，便向大家告辭。

爲了貝絲，他們全都靜默下來了；勞里在叢林裡的蕨草下面挖了個墓穴，小皮普被安放在裡頭，牠那柔情萬丈的女主人哭得成了個淚人兒。墓穴蓋上苔蘚，上立一塊石碑，碑上掛一個用紫羅蘭和繁縷編成的花環，並刻了墓誌銘。銘文是喬一面做飯一面想出來的——

墓主皮普・馬奇，
卒於六月七日；
一身寵愛，故主傷心，
小鳥小鳥，永垂不朽！

小鳥的葬禮結束後，貝絲回到自己的房間，心情十分沈重。但她卻找不到休息的地方，幾張床都沒有整理。她把枕頭拍拍鬆，又把東西收拾了一番，悲傷的心才覺得舒坦些。美格幫助喬收拾桌子，花了半個下午才做完。她們已經疲累不堪，決定晚餐就喝清茶，再吃點烤麵包就打發了。勞里帶著艾美去乘馬車，他確實做了件善事，因爲艾美吃了酸奶油心情不好。下午，馬奇太太回家時，看到三個姐姐都在努力工作。她看了一眼壁櫥，心裡就明白，一部分試驗已經成功了。

這些家庭主婦還沒來得及休息，又有幾個人來拜訪。一陣混亂，才準備好招待他們，接著沏茶，做各種跑腿的瑣事。一、二件非做不可的針線活只能留到最後再做了。夜幕降臨，一切都沈寂下來，外面起露水了，女孩們一個個都聚集在走廊上，那裡的六月月季花露出了美麗的花蕾。大家都坐下來，不是呻吟就是歎息，彷彿都筋疲力盡、心事重重。

「這一天真可怕！」喬照例還是第一個開口。

「好像比平時短一點，可很難熬。」美格說。

「一點都沒個家的樣子。」艾美接著說。

「沒有媽咪和小皮普，不可能像家。」貝絲歎息道，滿含深情地瞥了一眼頭上空蕩的鳥籠。

「媽媽來了，乖乖，如果你想要的話，明天可以再養一隻。」

馬奇太太說著來到她們中間。看得出來，她的假日似乎也愉快不了多少。

「女兒們，對試驗滿意嗎？還想再這樣過一個星期嗎？」她問，這時貝絲湊到母親跟前，其他姐妹也圍了過來，臉上發亮，就像朵朵鮮花轉向了太陽。

「我不想。」喬堅定地高聲喊道。

「我也不想。」其他人都附和道。

「那，你們認爲，承擔一些責任，活著爲別人考慮一點，這樣更好些，是不是？」

「閒逛玩樂可沒什麼好處。」喬說著點點頭，「我已經厭煩了，想馬上找點事情做。」

「假如學會燒家常菜，這本領可有用啦，主婦少了它可不行。」馬奇太太說。這時，她想起了喬一手操辦的午餐會，暗暗地發笑。她已經碰到過克羅克小姐，聽說了有關的情況。

「媽媽，你出去了，什麼事都不管，就爲了看看我們會怎麼樣，是不是啊？」美格大聲問道。她心存疑竇已經有一整天了。

「是的，我想讓你們看到，只有每個人都做好本分工作，大家才能過得舒服。平時是我和漢娜替你們做，你們的日子過得很舒坦。不過我總覺得，你們不會開心，也不會領情。所以我想給你們一個小小的教訓，讓你們知道，如果每個人都只顧著自己，事情會怎樣結局。只有互相幫襯，做好日常工作，才能享受休閒的快樂；只有大家互相容忍，互相克制，我們才會覺得家裡舒服、可愛，你們說是不是這樣？」

「是的，媽媽，我們就是這麼想的！」女孩們齊聲喊道。

「那麼我就建議你們，再一次挑起自己的小擔子。雖然有時擔子顯得很沈重，但對我們有好處，如果學會了怎麼挑法，擔子就會輕鬆了。工作是一件好事，而我們每個人都有許多工作要做；它有益於身心健康，使我們不會感到無聊，不會做壞事。比起金錢和時裝來，它更能給我們一種能力感和獨立感。」

「我們會像工蜂一樣工作，並且熱愛工作，看著吧！」喬說，「我要把做飯當作我的假日任務來學，下一次宴會一定會成功。」

「我要幫爸爸做一批襯衣，而不用您來操勞，媽咪。我能做到的，也願意這樣做，雖然我並不喜歡針線活；這樣做比成天講究自己的衣著更有好處，事實上我的衣著也已經很不錯了，」美格說。

「我要每天做功課，不再花這麼多時間彈琴和玩洋娃娃。我天性愚笨，應該多用功，而不是玩。」貝絲下定了決心。艾美則學姐姐們的樣子大聲宣布：「我要學會開鈕孔和區分各種詞類。」

「很好！這樣的話，我對這個試驗十分滿意，我想我們也不用再試一次了。不過，你們不要走另一個極端，像奴隸那樣過度勞累。要勞逸結合，讓每一天都過得既開心又有收穫，證明自己懂得時間的寶貴，能充分利用它。那樣的話，青春就會變得幸福；哪怕沒錢，生活也會變得豐富多彩，充滿成功，老來也不會有太多的遺憾。」

「我們一定記住，媽媽！」她們確實也記住了。

①英語中海蓬子samphire和吸血鬼vampire的讀音相近，這裡屬艾美的誤讀。

②Gamp是Charles Dickens的小說Martin Chuzzlewit中的人物，手持大布傘。

③M' Flimsey是神仙，其雕像一絲不掛。

十一 勞倫斯營地

貝絲是郵局局長，她在家的時間最多，能夠按時收取郵件。再說，她也非常喜歡每天打開信箱小門，分發郵件的工作。七月的一天，她雙手捧滿郵件進來了，然後滿屋子分發書信和包裹，儼然一副郵差①的模樣。

「這是您的花束，媽媽！勞里總是把這事記在心上，」她邊說邊把鮮花插進擺在「媽咪角」的花瓶裡。花瓶也是那位感情細膩的男孩送的。

「美格．馬奇小姐，一封信和一隻手套。」貝絲繼續工作，把郵件遞給坐在媽媽身邊縫衣袖的姐姐。

「咦，我在那邊丟了一雙，怎麼現在只有一隻？」美格望望灰色的棉手套。「你是不是把另一隻丟在園子裡頭了？」

「沒有，我保證沒有，因爲郵箱裡就只有一隻。」

「我討厭單隻手套！不過不要緊，另一隻會找到的。我的信只是我要的一首德語歌的譯文。我想是布魯克寫的，不是勞里的字跡嘛。」

馬奇太太瞅一眼美格，只見她穿著一襲方格花布晨衣，額前的小鬈髮隨風輕輕飄動，顯得美麗動人，女性味十足。她坐在堆滿白布卷的小工作臺邊，哼著歌兒飛針走線，腦子裡只顧做著如皮帶上的三色堇一樣五彩斑斕、天真無邪的少女美夢，一點也沒有覺察到媽媽的心事。馬奇太太笑了，感到十分滿意。

「喬博士有兩封信，一本書，還有一頂滑稽的舊帽子，把整個郵箱都蓋住了，還伸出外面，」貝絲邊說邊笑著走進書房，喬正坐在書房裡寫作。

「勞里真是個狡猾的傢伙啊！我說如果流行大帽子就好了，因爲我每到天熱就會把臉曬傷。他說：『何必管它流行不流行？就戴一頂大帽，舒服要緊！』我說如果我有就會戴的，他就送了這頂來試我。我偏要戴上它，跟他鬧著玩，讓他知道我不在乎流行不流行的。」喬把這頂舊式闊邊帽子掛到柏拉圖的半身像上，開始讀信。

一封是媽媽寫的，她讀著便雙頰飛紅，熱淚盈眶了，信上說——

乖乖：寫條子是要告訴你，看到你為控制脾氣不遺餘力，我甚感高興。你不辭勞苦，不計成敗，也許以爲除了那位每天給你幫助的「朋友」（我相信是那本封面卷了角的指導書）外無人知曉。不過，我也一一看在眼裡，而且完全相信你的誠意和決心，因為你的決心已經開始開花結果了。繼續努力吧，乖乖，耐著性子，鼓足勇氣，記住有一個人比任何人都更關心你，更愛護你，她就是你親愛的媽媽

「此話對我很有好處，這封信抵得上萬千金錢和無數溢美之辭。噢，媽咪，我確實是在努

力！在您的幫助下，我一定不屈不撓地堅持下去。」

喬把頭靠在臂上，筆下的小說稿紙上灑下了幾滴喜淚。她原以爲沒有人看到和欣賞她的學好努力，現在變了。她一向最敬重母親的話，母親的讚揚出人意表，顯得彌足珍貴，更加鼓舞人心。她把紙條當作護身符別在上衣裡面，以便時刻提醒自己，更增加了迎戰、征服那惡魔的信心。她接著打開另一封信，準備接受這個不知是好是壞的消息，展現在眼前的是勞里大大咧咧的字——

親愛的喬——嗨嗨！

明天有幾個英國小孩來看我，準備玩個痛快。如果天氣晴朗，將去長草坪搭帳篷，大家一起划船去，吃午飯，玩槌球——生篝火，燒東西吃，學吉普賽人，享受各種樂趣。他們人都很善良，都喜歡這樣玩。布魯克也去，他照看我們這幫男孩子，凱特．沃恩管束女孩子。希望你們都能來，無論如何別丟下貝絲，沒人難爲她。至於吃的，請不要擔心，一切都由我來安排。只要人來就行，這才夠朋友！

匆匆擱筆。

你永遠的朋友　勞里。

「好消息！」喬喊著飛奔進屋，去告訴美格。「當然可以去的，媽媽，是吧？還可以幫幫勞里，我能划船，美格會做飯，妹妹們也多少能幫上點忙。」

「希望沃恩姐弟不是講究體面的成年人。你了解他們嗎，喬？」美格問。

「只知道他們是四姐弟。凱特年紀比你大，弗雷德和弗蘭克雙胞胎，年紀跟我差不多，還有個小女孩（格萊絲）九、十歲光景。勞里是在國外認識他們的，他喜歡那兩個男孩子；我想，他不怎麼推崇凱特，因為他談起她便嚴肅地抿起嘴巴。」

「我真高興，我的法式印花布服裝還乾乾淨淨，這種場合穿正合適，又好看！」美格得意地說，「你有什麼出得場面的嗎，喬？」

「紅、灰兩色的划艇衣，夠好的了。我要划船，到處跑動，不想顧忌衣服上過漿而不敢動彈。你也來吧，貝絲？」

「那你得別讓那些男孩子跟我說話。」

「一個也不讓！」

「我想讓勞里高興，我也不怕布魯克先生，他是個大好人；但是我不想玩，不想唱，也不想說話。我會埋頭幹活，不麻煩別人。你來照看我，喬，那我就去。」

「這才是我的好妹妹。你努力克服自己的害羞心理，我真高興。我知道改正缺點並不容易，而一句鼓勵的話兒，就能使人精神一振。謝謝您，媽媽，」喬說著感激地吻了一下母親瘦削的臉龐，這一吻對於馬奇太太來說，比讓她恢復豐滿紅潤的青春笑臉都要寶貴。

「我收到一盒巧克力糖和我想要臨摹的圖畫，」艾美說著把郵件打開給大家看。

「我收到勞倫斯先生一張字條，叫我今晚點燈前過去彈琴給他聽，我會去的，」貝絲接著說，她跟老人的友誼與日俱增。

「我們馬上行動起來吧，今天做雙倍工作，明天就可以玩得無憂無慮了，」喬說道，準備放下筆桿，拿起掃帚。

第二天清早，太陽公公把頭探進女孩們的房間，告訴她們是個大晴天。這時，他看到了滑稽的一幕。女孩們個個都為這次野營做好了必要的準備。美格腦門上掛著一排捲髮紙；喬在曬焦的臉上塗了冷面霜；貝絲把喬安娜帶上床共眠，來補償即將到來的分離；最可笑的要算艾美，她用衣夾夾住鼻子，想以此來使那個令人煩惱的鼻子挺一點。這種夾子原來是畫家用來把紙夾到畫板上的，現在用於這項用途也算物盡其用吧。這可笑的一幕似乎把太陽都給逗樂了。他樂得金光四射，把喬曬醒了，她沖著艾美的這副打扮哈哈大笑，吵醒了眾姐妹。

陽光和歡笑都是開心聚會的好兆頭，很快，兩家的屋子裡都開始忙碌起來。貝絲第一個準備好，她靠在窗前不斷報告鄰居的動態，活躍了三姐妹梳妝打扮的氣氛。

「一個人帶著帳篷出來了！我看到巴克太太把午飯放到一個食盒和大簍裡。現在勞倫斯先生擡頭看天空和風標；但願他也一起去。那是勞里，打扮得像個水手——好小夥子啊！啊呀呀！馬車上全是人，一個高個女士，一個小女孩，還有兩個可怕的男孩子。一個是瘸子，可憐巴巴的！他拄著拐杖。勞里沒跟我們說過。快點，女孩們！時間不早了。呀，我這裡宣告，那是內德·莫法特。瞧，美格，這不是那天我們購物時向你行禮的那個人嗎？」

「可不是嘛。奇怪，他怎麼也來了？我還以爲他在山裡頭呢。那是薩莉；太好了，她回來得正是時候。你看我這樣行嗎，喬？」美格驚慌地問道。

「標準的美人。提起裙子，把帽子扶正，這樣斜翹著有感傷情調，而且風一吹便飛走了。好了，我們出發吧！」

「喬噢，你不是要戴這頂糟帽子去吧？太荒唐了，你不該把自己弄得像個小夥子的，」美格規勸道。此時喬正把勞里開玩笑送來的舊式闊邊義大利草帽用一根紅絲帶圍繫起來。

「我正是要戴著去，它棒極了——又遮陽，又輕，又大。戴上它很滑稽，再說，只要舒服，我不在乎做個小夥子，」喬說罷邁步就走，姐妹們緊跟其後。每人穿一身夏裝，戴一頂逍遙自在的寬邊帽子，滿臉笑容，十分好看，儼然一支活潑快樂的小隊伍。

勞里跑過來迎接，然後十分熱忱地把女孩們一一介紹給他的朋友們。草坪就是接待室，大家在那裡待了沒幾分鐘，氣氛就變得相當活躍。美格發現，凱特小姐雖然二十歲了，可穿戴樸素，心裡頓時鬆了口氣；要知道，這可是美國女孩應該學習的。聽到內德先生一再向她保證，自己是專爲看她才過來的，美格感到受寵若驚。喬知道爲什麼一提起凱特，勞里就抿住嘴巴，裝出一本正經的樣子；原來那位小姐有一種「走開，別碰我」的架子，這與其他女孩自由輕鬆的舉止形成了鮮明的對比。貝絲仔細地觀察了一番剛認識的這些男孩，最後斷定腳跛的那位並不「可怕」，倒是溫文爾雅，且體弱多病，應該對他友好。艾美發現格雷斯人雖小，可舉止優雅、活潑開朗。互相默默地對視了幾分鐘後，他們馬上就成了好朋友。

帳篷、午飯、槌球遊戲器具早就先行送走，所以大家很快登上了小船。兩葉輕舟一起推進，岸上只剩下揮著帽子的勞倫斯先生一人。勞里和喬共划一條船，布魯克先生和內德先生划另一條，而淘氣作亂的雙胞胎之一弗雷德・沃恩則使勁划著一隻單人賽艇，像受了驚的水生動物一樣在旁邊亂衝亂撞，妄圖將兩船撞翻。喬那頂風趣的帽子用途十分廣泛，值得鳴謝。它一開始便打破隔膜，逗得眾人一笑，她划船時帽子上下擺動，扇出陣陣清風，如果下起雨來，還可以給全班人馬當作一把大傘使用，她說。凱特對喬的一舉一動都覺得十分驚訝，特別是她丟了槳時大叫「怪怪！」；而勞里就坐時不小心在她腳上絆了一下。他說：「我的好夥伴，弄痛了沒有？」這更叫她納悶不已。戴上眼鏡把這位奇怪的女孩審視幾遍後，凱特小姐認定喬「古怪，但挺聰明」，於是遠遠對著她微笑起來。

另一條船上，美格舒舒服服地坐在兩個槳手的對面。兩個小夥子見狀大喜，各自使出非凡的「技巧和機敏」，去做平掠回槳的動作。布魯克先生是個嚴肅、沈默寡言的青年，聲音悅耳動聽，棕色的眼睛很神氣。美格喜歡他性格沈靜，把他看作是一部活百科全書，裝著各種有用的知識。他不大跟她說話，但目光卻常常落在她身上，美格肯定他對自己並不反感。內德是大學新生，當然認爲擺足派頭是自己應盡的義務。他並不特別聰明，但脾氣隨和，不失爲維持野炊活動的好人選。薩莉・加德納一面盡心竭力護著自己的凸紋布白裙子不弄髒，一面和無處不在的弗雷德攀談，因爲弗雷德不斷胡鬧，把貝絲嚇得心驚膽戰。

長草坪並不遠，他們到的時候帳篷已經搭好，三門柱也豎了起來。這是塊令人神清氣爽的綠色曠野，當中有三棵枝繁葉茂的橡樹，還有一條狹長而平整的草坪可打槌球。

「歡迎來到勞倫斯營地！」她們剛靠岸，年輕的主人興奮地喊道。

「布魯克是總司令，我是軍需部長，其他男士是參謀，各位女士都當客人。帳篷是特意爲你們搭的，那棵橡樹就是你們的起居室，這棵是食堂，另外一棵是營地伙房。現在，趁天還沒熱起來，我們先來打一局，然後再做午飯。」

弗蘭克、貝絲、艾美和格雷斯坐下來觀看其他八個人打球。布魯克先生挑了美格、凱特和弗雷德，勞里則選了薩莉、喬和內德。英國人玩得很出色，可是美國人更勝一籌，好像受到了一七七六年②精神的鼓舞，士氣十足，寸土必爭。喬和弗雷德之間發生幾次爭執，有一次還差點吵了起來。喬在打最後一道門時，一下擊空了，這使她大爲惱火。弗雷德得分緊隨其後，卻比喬早輪到擊球。他擊了一下，球打到了門柱上，在球門外一寸的地方停了下來。大家離得都很遠，他跑上前來看個究竟，腳尖偷偷地把球輕輕一撥，球隨之到了球門內一寸的地方。

「我進了！嗨，喬小姐，我要收拾你，先贏球。」年輕的紳士大聲喊道，一邊晃動著他的槌棒，準備再次擊球。

「你把它踢進去的，我看到了。現在該輪到我了。」喬說。

「我敢發誓，沒有踢。球剛才也許是滾了一下，可那沒犯規。請你讓開，我要衝擊樁標了。」

「這裡是美國，我們從不賴皮，不過你要賴就賴吧。」喬氣憤地說。

「誰不知道，美國佬最狡猾了。看球！」弗雷德反駁道，並把她的球槌出老遠。

喬剛要張口罵人，可她忍住了，臉漲得通紅，呆呆地站了片刻，使盡全身力氣把一個門柱捶下。也就在這時，弗雷德擊中了樁標，欣喜若狂地宣布自己勝出。喬走過去撿球，好一會兒才在灌木叢中找到了自己的球。她回來後顯得很冷靜，耐心地等著擊球。過了幾個回合，她終於收復失地，可等到這時，另一方幾乎贏定了，因爲凱特是倒數第二個擊球，而球就在樁標邊上。

「哎呀，我們完結了！再見，凱特，喬小姐還欠我一個球呢，你是完蛋了。」弗雷德興奮地喊道，這時大家都走過來觀看最後的決戰。

「美國佬有對敵人寬宏大量的本事。」喬說著瞥了他一眼，使小夥子的臉霎時漲得通紅，「特別是擊敗敵人的時候。」她補充說。喬絕妙一擊，球繞過凱特的球進了球門，她獲得了比賽的勝利。

勞里把帽子往上一拋，突然又想起輸家是自己的客人，不便太高興，於是剛歡呼了幾聲，就趕緊停下來。他對喬悄悄地說：「幹得好，喬！他的確耍賴，我看到了；我們不能跟他直說，可他以後不會再這樣了，相信我吧。」

美格把喬拉到一邊，假裝幫她夾緊一綹鬆下來的辮子，誇獎她說：「這事真叫人生氣，可你沒有發作，我真高興，喬。」

「別誇我，美格，到現在我都想給他個耳光。我躲在蕁麻叢裡，消了消氣才沒說出口，要不，我早就發作了。現在還很火，他最好滾得遠一點。」喬說著咬緊嘴唇，大帽子下的雙眼瞪著弗雷德。

「做飯了。」布魯克先生看了看錶說，「軍需部長，你生火，再提些水來，好嗎？馬奇小姐、薩莉小姐、還有我，攤桌子。誰咖啡煮得好？」

「喬會的！」美格說，高興地推薦妹妹。喬最近經常下廚燒菜，學了不少技藝，覺得這下可以露一手了。她走過去照看咖啡壺，妹妹們拾乾柴，男孩們生火，到附近的泉眼提水。凱特小姐在寫生，貝絲一邊用燈芯草編小墊子做盤子，一邊和弗蘭克聊天。

總司令帶領助手們很快就攤好了桌布。吃的喝的都擺上了，引得眾人直流口水，其中又點綴了幾片綠色的葉子，色香味俱佳。喬宣布咖啡煮好了，大家都坐下來享受一頓豐盛的午餐。年輕人一般腸胃都很好，運動後更是胃口大增。午飯吃得很開心，一切都顯得那麼新鮮、有趣，朗朗的笑聲此起彼伏，竟把正在附近吃草的一匹老馬都驚動了。飯桌疙疙瘩瘩得令人噴飯，弄得杯子和盤子東倒西歪，頻遭厄運。橡子掉到了牛奶裡，黑色的小螞蟻也來分享點心，還有長滿絨毛的毛蟲也從樹上吊下來瞧個究竟。三個白頭髮的小孩從籬笆上探出腦袋，河對岸的一條狗沖著他們拚命地叫個不停。

「要加的話，鹽在這裡。」勞里說著把一碟草莓遞給喬。

「謝謝，我寧可要蜘蛛。」說著，喬從奶油中撈出兩隻小蜘蛛，牠們不小心掉到裡面淹死了。「怎麼還敢提上次糟糕的宴會？就算你的宴會無懈可擊，那又怎麼樣？」喬接著說。兩人都會心地笑了，由於盤子不夠，他們就合用一個盤子。

「那天我吃得特別開心，至今難忘啊。要知道，今天可不是我的功勞。我什麼都沒做，都是你、美格和布魯克一手操辦的，我是感謝不盡啊。我們吃飽了做什麼好呢？」勞里問，他感到自己的王牌已經打完了，吃完午飯就沒什麼安排了。

「玩遊戲，等天涼下來再回去。我帶了『猜作者』遊戲卡，我敢說，凱特小姐會玩一些新花樣。去問問她，她是客人，你應該多和她待在一起的。」

「你不也是客人嘛！我想布魯克跟她合適，可他老是與美格聊天，凱特戴著那副滑稽的眼鏡，盯著他們看。我要走了，你用不著教我那些規矩，你自己做不到的。」

凱特確實會玩幾種新花樣，女孩們不願再吃了，男孩們再也吃不下了，他們都退到了起居室，玩起「廢話接龍」的遊戲。

「一個人開始講故事，說什麼廢話都行，長度沒關係，只是要注意，說到緊要關頭必須打住，讓另一個人接下去。如果做得好，是很有趣的，可以形成一大堆可悲可喜的材料，使人大笑特笑。請開頭吧，布魯克先生，」凱特以命令的口氣說。美格對這位家教是以禮相待的，聽了很吃驚。

布魯克先生躺在草地上，位於兩位小姐的腳邊。他漂亮的棕色眼睛盯著波光粼粼的河面，恭敬地起頭了：

「從前有個騎士，窮得只剩下劍和盾，於是出去闖世界打天下。他歷盡艱辛，周遊歷國了很久，差不多有二十八年，最後來到一個老國王的宮殿。老國王有一匹心愛的小寶馬，但尚未馴服。他下令，誰把馬套好訓練好，就有重賞。騎士同意試一試，決定穩紮穩打；寶馬雄壯驍勇，很快就和新主人建立了感情，雖然性子暴烈，但還是慢慢馴服了。每天訓練時，騎士都騎著國王的寶馬招搖過市，邊走邊尋找一個夢中出現過無數次的漂亮臉蛋，但一直找不到。一天，當他策馬走過一條寂靜的街道時，卻在一座廢棄城堡的窗口裡看到了那可愛的臉。他驚喜萬分，便詢問是誰住在這座舊城堡裡頭，得知原來是幾個擄來的公主，中了魔咒，關在裡頭，整天紡紗織布，存錢贖自由。騎士極想解救她們，但身無分文，於是只能天天路過那裡，盼望著再次看到佳人的臉蛋，希望公主能來到光天化日之下。最後他決定闖進城堡，設法幫助她們。他走過去敲門，大門馬上拉開，他看到了——」

「一位絕色佳人，她狂喜地大叫一聲，高呼：『終於盼來啦！盼來啦！』」凱特接上，她讀過法國小說，喜歡那種風格。「『原來是她呀！』居斯塔夫伯爵喊道，欣喜若狂地拜倒在她的石榴裙下。『起來啊！』她伸出纖纖玉手說道。『不起來！除非你告訴我怎樣才能救你，』騎士跪在那裡發誓。『呵，厄運把我囚在這裡，暴君不死，我就沒有出頭之日。』『那惡棍在哪裡？』『在紫紅色的大廳裡。去吧，勇敢的愛人，快把我救出絕境。』『遵命，我一定與他決一死戰！』說完這幾句豪言壯語後，他衝出去，掄開紫紅色大廳的大門，正要走進去，卻遭到——」

「希臘大詞典的一下痛擊，一個披黑衣的老傢伙向他下了手，」內德說。「某某爵士馬上回過神來，把暴君摔出窗外，大獲全勝，轉身去與佳人相會，但眉頭上頂著大包；卻發現門鎖上了，只好撕破窗簾做成繩梯，下到半途繩梯突然斷裂，他一頭栽進六十英尺下面的護城河。他熟諳水性，涉水繞城堡而行，最後來到一扇有兩名彪形大漢把守的小門；他把兩個腦袋撞在一起，直到腦袋擠得像核桃一樣裂開，接著，不費吹灰之力便破門而入，走上兩級石階，上面積滿了一英尺厚的灰塵，還有拳頭一樣大的癩蛤蟆，大蜘蛛鐵定把你嚇得歇斯底里尖叫，馬奇小姐。在石階上頭，他驀地撞到了一個景象，令他大驚失色，毛骨悚然，他看到──」

「一個高高的身影，一身白衣服，臉上蒙了一幅面紗，瘦骨嶙峋的手提著一盞燈，」美格續上去。「它招招手，無聲無息地沿著一條像墳墓一樣黑暗冰涼的走廊滑行。披著盔甲的塑像陰森森地站立兩邊，周圍一片死寂，燈火發出幽藍的光，鬼影不時向他轉過臉來，兩隻恐怖的眼睛透過白面紗發出閃閃幽光。他們走到一扇掛了簾子的門前，門後面奏起悅耳的音樂；他跳上前要走進去，幽靈把他拽了回來，威脅地在他面前揚著一個──」

「鼻煙盒，」喬陰森森地說，眾人聽得毛髮倒豎。「『謝了，』騎士禮貌地說，一面拈了一撮兒，隨即重重地打了七個大噴嚏，震得腦袋都掉了下來。『哈！哈！』鬼魂狂笑著。惡鬼透過鑰匙孔，看到公主們仍在紡線贖身，便撿起它的犧牲品，把他放進一個大鐵皮箱子裡，箱子裡頭還密密麻麻地塞了十一個無頭騎士，他們全站起身來，開始──」

「跳號笛舞，」弗雷德趁喬停下換氣時插進來。「他們跳舞時，廢城堡變成了一艘鼓滿風帆的戰船。『三角帆向風，收中桅帆升降索，背風轉舵，炮手就位！』船長吼叫道。此時一艘海盜船正駛入視線，前桅飄著一面黑旗。『爲了勝利，弟兄們衝啊！』船長說，於是大戰開始了。當然是英方打贏了，他們向來都是贏家。」

「不對！」喬在一邊叫道。

「把海盜船長俘虜後，戰船直衝那縱帆船，那船甲板上堆滿了屍體，鮮血從下風一側排水孔流了出來，因爲他們下的命令是『拔刀，拚死肉搏！』『副水手長，拿三角帆帆腳繩扣來，如果這壞蛋不趕快招供，就把他幹掉，』英國艦船長說道。那葡萄牙人咬緊牙關，堅決不招，情願走跳板跳海。快樂的水手們歡呼若狂。但那狡猾的傢伙潛入水中，游到戰船下面鑿穿船底，眼看揚滿風帆的船兒沈了下去，『往海底，海底，海底，』那兒——」

「噢，天啊！我該說什麼？」薩莉叫道。此時弗雷德收住了他的連篇廢話，水手用語和生活描寫的大雜燴，全都取材於他最喜歡的一本書。「唔，他們沈到海底，一條美人魚前來迎接，看到裝著無頭騎士的箱子，美人魚十分傷心，便好心地把他們醃在鹽水裡，希望能發現他們的秘密。因爲她是女人，好奇心很強。後來，有個人潛水下來，美人魚便說，『如果你能把箱子拿上去，我便把這盒珍珠送給你。』她很想讓這些可憐的騎士起死回生，但自己卻無力擡起這個沈重的箱子。潛水者便把箱子舉上來後，打開一看，裡頭並無珍珠，大爲失望，便把箱子遺棄在人跡罕至的荒野裡，被一個——」

「小牧鵝女發現了。小女孩在這片地裡養了百頭肥鵝，」艾美在薩莉才思枯竭時接著。

「她很替騎士們難過，便請教一位老太太，怎樣才能救他們。『你的鵝會告訴你的，牠們無所不知，』老太太說。她接著又問，舊腦袋丟掉了，應該用什麼東西做新腦袋，只見那鵝百嘴張開，齊齊尖叫——」

「『捲心菜！』」勞里立即接上去，「『就是它了，』女孩說道，隨即跑到園子裡摘了十二個大捲心菜。她把捲心菜裝上去，騎士們馬上復活了。他們謝過牧鵝女後，欣喜上路，並不知道自己換了腦袋。世上跟他們一樣的腦袋太多了，見怪不怪。我感興趣的那位騎士回頭去找佳人，得知公主們已靠紡紗贖回了自由，除了一位外已全部出嫁了。騎士聽了熱血沸騰，跨上一直跟他赴湯蹈火的小公馬，衝進城堡，看看留下了哪位。他隔著樹籬偷窺，看到他心愛的公主正在花園裡採花。『能給我一朵玫瑰嗎？』他問道。『自己過來拿。我不能走來找你，這樣不規矩，』佳人柔聲說道。他試圖爬過樹籬，但它似乎愈長愈高；然後他想衝破樹籬，但它卻愈長愈密。他一籌莫展，於是耐心地把枝杈一枝一枝折斷，開了一個小洞，從洞裡望進去，哀求道：『讓我進來吧！讓我進來吧！』但俏公主似乎並不理解，依然平靜地採她的玫瑰，任由他孤身奮戰。他有沒有衝進去呢？弗蘭克會告訴大家的。」

「我不會，我沒有參加玩，我從來都不玩的，」弗蘭克說道。他不知道怎樣做，才能把這對荒唐的情人從感情的困境中解救出來。貝絲早躲到喬的身後，格萊絲則睡著了。

「那麼說可憐的騎士就被困在樹籬上了，對嗎？」布魯克先生眼睛仍然凝視著小河，手裡把玩著插在鈕孔上的薔薇，問道。

「我想後來公主給他一束玫瑰，並把門打開，」勞里說，顧自笑著。

「看我們湊了篇什麼樣的廢話！多練練的話，或許就能搞出點聰明的名堂吧？你們知道『真言』嗎？」當大家笑過自己瞎編的故事後，薩莉問。

「但願我知道，」美格認真地說。

「我是指那個遊戲。」

「什麼遊戲？」弗雷德問。

「哦，這樣，大家把手疊起來，選一個數字，然後輪流抽出手，抽到這個數字的人，得老實回答大家的問題。很好玩的。」

「我們試試吧，」喜歡新花頭的喬說。

凱特小姐、布魯克先生、美格和內德退出了。弗雷德、薩莉、喬和勞里開始玩遊戲，勞里抽中了。

「誰是你心目中的英雄？」喬問。

「爺爺和拿破侖。」

「你認爲這裡哪位女士最漂亮？」薩莉問。

「瑪格麗特。」

「最喜歡哪一位？」弗雷德問。

「喬，那還用說。」

勞里說得實事求是，大家全笑起來。喬輕蔑地聳聳肩，說：「你們問得真無聊！」

「再玩一回，『真言』這遊戲挺不錯，」弗雷德說。

「對你來說是好遊戲，」喬低聲反駁道。

這回輪到她了。

「最大的缺點是什麼？」弗雷德問，借此試探她是否誠實。他自己缺乏這種美德。

「脾氣急躁。」

「最希望得到什麼？」勞里問。

「一對靴帶。」喬揣測到他的用意，給予迎頭痛擊。

「回答不老實，必須說出真正最希望得到什麼。」

「天才，難道你不是恨不得你可以給我嗎，勞里？」她望著那張失望的臉孔狡黠地一笑。

「最敬慕男士什麼美德？」薩莉問。

「勇敢真誠。」

「現在該我了，」弗雷德說道，他抽中最後。

「給他來點厲害的，」勞里向喬耳語，喬點點頭，立即問——

「槌球比賽你難道沒有賴皮？」

「嗯，唔，有那麼一點點。」

「好！你的故事難道不是取自《海獅》？」勞里問。

「差不多。」

「你難道不認爲英國在各方面都完美？」薩莉問。

「不這樣，我就無地自容了。」

「真是徹頭徹尾的約翰牛③。好了，薩莉小姐，輪到你了，不必等抽籤。我要問你一個問題，先折磨一下你的感情。你覺得自己是不是有幾分賣弄風情？」勞里說。喬則向弗雷德點點頭，表示講和了。

「好個魯莽漢！當然不是的，」薩莉叫道，那架勢說明事實恰恰相反。

「最恨什麼？」弗雷德問。

「蜘蛛和米粥湯。」

「最喜歡什麼？」喬問。

「跳舞和法國手套。」

「哦，我看『真言』是無聊透頂的把戲；不如換個有意思的，我們玩『猜作者』，來提神吧，」喬提議。

內德、弗蘭克和小女孩們加入了這個遊戲，三個年長一點的則坐到一邊聊天。凱特小姐又拿出她的寫生本，美格看著她畫，布魯克先生則躺在草地上，手裡拿著一本書，卻又不看。

「你畫得真棒！真希望我也會，」美格說道，聲音又仰慕又遺憾。

「那你爲什麼不學？我認爲你有這方面的趣味和才華，」凱特小姐禮貌地回答。

「沒有時間啊。」

「可能你媽媽希望你學別的才藝吧。我媽媽也一樣，但我私下學了幾課，把才華證明給她看，她便同意我繼續學了。你不也一樣可以自己跟家庭教師學啊？」

「我沒有家庭教師。」

「我倒忘了，美國女孩大都上學校，跟我們不一樣。爸爸說，這些學校都很氣派。我猜你上的是私立學校吧？」

「我根本不上學。我自己便是個家庭教師。」

「是嗎！」凱特小姐說。但她倒不如直說：「哎喲，真糟糕！」因爲她的語氣分明有這個意思。她臉上的神情使美格漲紅了臉，懊悔自己剛才太坦誠。

布魯克先生擡起頭，馬上說道：「美國女孩跟她們的祖先一樣熱愛獨立，她們自食其力，並因此而受到敬重。」

「噢，不錯，她們這樣做當然十分體面的。我們也有不少高尚可敬的小姐這樣做，受雇於貴族階層。因爲，作爲紳士家的女兒，她們都很有教養和才藝的呢，」凱特小姐用一種恩賜的腔調說道，這傷及了美格的自尊心，使她的工作變得不但更加討厭，而且更加低人一等了。

「德文歌合你的口味嗎，馬奇小姐？」布魯克先生打破尷尬的沈默，問道。

「當然！優美極了，我十分感激替我翻譯的那個人。」美格板著的臉，說話時又有了生氣。

「你不會德文嗎？」凱特小姐驚訝地問。

「讀得不大好。我父親原來教我，但現在不在家，我自學進展不快，沒人糾正發音嘛。」

「現在就讀讀看；這裡有席勒的《瑪麗．斯圖亞特》，還有一位願意教你的家庭老師。」布魯克先生笑容可掬地把他的書放在她膝上。

「這本書太難，我不敢讀，」美格說道。她十分感激，但在多才多藝的小姐面前又感到很不好意思。

「我先讀幾句來鼓勵你，」凱特小姐說著，把其中最優美的一段朗誦一遍，讀得一字不差，但卻毫無表情。

布魯克先生聽完後不語。凱特小姐把書交回美格，美格天真地說道——

「我想這是詩歌吧。」

「部分是。讀讀這段吧。」

布魯克先生把書翻到可憐瑪麗的輓歌一頁，嘴角掛著一絲怪笑。

美格服從了，順著新教師用來指點的長草葉羞澀地慢慢讀下去。她的聲調悅耳輕柔，那些生澀難讀的字句不知不覺全變得如詩如歌。綠草葉一路指下去，把美格帶到悲泣哀怨的神往境界。她旋即忘掉了聽眾，旁若無人地往下讀，讀到不幸的女王說話時，聲調帶上了悲劇口氣。當時，她要是看到了那對棕色眼睛，一定會突然停下的；但她沒有擡頭，這堂課於是沒有砸鍋。

「讀得好！」布魯克先生待她停下來說道。其實她讀錯了不少單詞，但他當作沒聽到，儼然一副「熱愛教書」的模樣。

凱特小姐帶上眼鏡，把眼前的動人情景掃視了一回，然後合上寫生本，屈尊地說道：「你的口音滿漂亮，日後必成傑出的朗誦者。建議你學一學，德語對於教師來說是很有價值的才藝。我得去照看格萊絲，她在亂蹦亂跳呢。」凱蒂小姐說著慢慢走開了，又自言自語地聳聳肩。「我可不是來照料女家庭教師的，雖然她確實年輕貌美。這些美國佬真是怪人！勞里跟她們一起恐怕會學壞了哩。」

「我忘了英國人瞧不起女家教，不像我們平等相待，」美格望著凱特小姐遠去的身影懊惱地說道。

「可悲的是，據我所知，男家教在那邊，日子也不好過。對於我們打工族來說，再沒有比美國更好的地方了，瑪格麗特小姐。」布魯克先生顯得如此滿足，如此快樂，美格也不好意思再哀歎自己命苦了。

「那真高興我生活在美國。我不喜歡我的工作，不過還是從中得到很大的滿足，所以我不要抱怨，我只希望能像你一樣喜歡教書。」

「如果有勞里這樣的學生，我想你就會喜歡的。可惜我明年就要失去他了，」布魯克先生邊說邊在草坪上狠命戳洞。

「上大學，是吧？」美格嘴裡這樣問，眼睛卻在說：「那你自己做什麼呢？」

「是的，該上大學了，他準備好了。他一走，我就參軍，部隊需要我。」

「我真高興！」美格叫道，「我也認爲每個青年都應該有這個心願，雖然留在家裡的母親和姐妹們日子會感到難過。」她說著傷心起來。

「我沒有母親姐妹，在乎我死活的朋友也寥寥無幾，」布魯克先生有點苦澀地說道。他心不在焉地把乾枯玫瑰放到戳好的洞裡，像小墳墓似的用土蓋上。

「勞里和他爺爺就會十分在乎；萬一你受了傷害，我們也全都會很難過的，」美格真心地說。

「謝謝，聽了令人高興，」布魯克先生振作起來，說道。一語未畢，內德騎著那匹老馬笨拙地走過來，在小姐們面前炫耀他的騎術，於是這一天就再也沒有安寧了。

「你難道不喜歡騎馬嗎？」格萊絲問艾美。她倆剛剛和大家一起跟著內德繞田野跑了一圈，這時站著在歇氣。

「喜歡極了，我爸爸有錢那時候，美格姐常常騎，但我們現在沒有馬了，只有『愛倫樹』。」艾美笑著補充說。

「跟我說說，『愛倫樹』是一頭驢子嗎？」格萊絲好奇地問。

「嘿，你不知道，喬愛馬愛得發瘋，我也一樣，但我們沒有馬，只有一個舊橫鞍。我們園子裡有一棵蘋果樹，長了一枝低樹丫，喬便把馬鞍放上去，在彎起處繫上韁繩，我們有興致時，就跳上『愛倫樹』馳騁。」

「多有趣！」格萊絲笑了。「我家裡有一匹矮種馬，我幾乎每天都和弗雷德和凱特一起去公園騎馬；真愜意，我的朋友們都去，整個羅歐都是紳士小姐們的身影。」

「哎呀，多帶勁！希望有一天能出國，但我寧願去羅馬，不去羅歐，」艾美說。她壓根兒不知道羅歐是什麼，死活不肯請問。

坐在兩個小女孩後面的弗蘭克聽到了她們說話。看到生龍活虎的小夥子們在做各種各樣的滑稽體操動作，他很不耐煩地一把推開自己的拐杖。貝絲正在收拾散亂一地的「猜作者」卡片，聞聲擡起頭來，羞怯而友好地問：

「恐怕你累了吧，我能爲你效勞嗎？」

「跟我說說話吧，求你啦；一個人枯坐悶死了，」弗蘭克回答。顯然他在家裡被悉心照料慣了。

貝絲害羞，即使讓她發表拉丁語演說也不會比這更困難；但她現在無路可逃，喬不在身邊擋駕，可憐的小夥子又眼巴巴地望著她，她於是勇於一試。

「你看談什麼好呢？」她邊收拾卡片邊問，把卡片紮起來時灑落了一半。

「嗯，我想聽聽板球、划船和打獵這類事情，」弗蘭克說道。他尚未懂得自己的興趣應該力所能及。

「天哪！我該怎麼辦？我對這些一無所知，」貝絲想，倉皇之間忘記了小夥子的不幸。她想引他說話，便說：「我從來沒見過打獵，不過我猜你熟門熟路的。」

「以前是，但我再也不能打獵了，跳越一道該死的五柵門時傷了腿，再也不能騎馬放獵狗了，」弗蘭克長歎一聲說。貝絲見狀直恨自己粗心無知，說錯了話。

「你們的鹿兒遠比我們醜陋的水牛美麗，」她說道，轉身望著大草原尋找靈感，很高興自己曾讀過一本喬十分喜歡的男孩子讀物。

事實證明水牛具有鎮靜功能，令人滿意。貝絲一心一意要讓弗蘭克樂起來，心裡早沒有了自己。姐妹們看到她竟和一個原來躲避不迭的可怕男孩談得滔滔不絕，全都又驚又喜，貝絲對此卻全然不覺。

「好心的人兒！她憐憫他，所以對他好，」喬說道，從槌球場那邊對著她微笑。

「我一向都說她是個小聖人，」美格用不容置疑的口吻說。

「很久都沒有聽弗蘭克笑得這樣開心了，」格萊絲對艾美說。她們正坐在一處，邊談論玩偶，邊用橡果殼做茶具。

「我貝絲姐有時候很努力，是個『討人瑕疵』的女孩，」艾美對貝絲的成功很高興，說道。她的意思是「討人喜歡」，不過反正格萊絲也不知道這兩個詞的確切意思，「討人瑕疵」聽起來不錯，而且令對方刮目相看。

大家看了狐狸和大雁的即興馬戲表演，接著打了一場槌球友誼賽，不覺一個下午就過去了。等到夕陽西下，大家拆了帳篷，收拾好籃子，卸下三門柱，把行李裝上船。他們一起順流而下，放聲歌唱。內德傷感起來，用柔和的顫音唱起了一首小夜曲，從那憂鬱的過門——

「孤獨，孤獨，哎喲！孤獨，」

唱到歌詞時——

「我們各自青春年少，各自有心，

呵，為什麼要這樣拉開冷漠的距離？」

他趁機望著美格，表情有氣無力，美格忍不住噗哧一笑，把他的歌打斷了。

「你怎能對我這樣無情？」乘大家活躍地說話時，他咕噥道，「你全天都和那個古板的英國女人混在一起，這會兒又來輕慢我了。」

「我不是有意的，只是你很滑稽，我實在忍不住，」美格答道，避而不談他第一部分的責備。說真的，她對莫法特家晚會以及後來的閒話記憶猶新，整天都躲著他。

內德生氣了，轉頭向薩莉尋求安慰，他小氣地說道：「你說這女孩是不是一點風情也不解啊？」

「半點也不解，不過她是個乖乖兒，」薩莉回答，雖然坦白了朋友的缺點，卻維護了朋友。

「反正不是受挫的『怪怪』兒吧。」內德想說俏皮話，無奈的年輕人火候未到，怎麼會成功呢。

在早晨集合的草地上，大家互道晚安，依依惜別，因為沃恩姐弟們還要去加拿大呢。四姐妹穿過花園回家時，凱特小姐目送著她們說，「儘管美國女孩感情外露，但熟悉之後，便知道她們十分迷人。」她的話裡已經放下了恩賜的腔調。

「我同意你的意見，」布魯克先生說。

①英國舊時平郵郵資，不論遠近，一律收一便士。

②一七七六年美國頒佈了《獨立宣言》，宣告擺脫英國殖民統治。

③英國人的綽號。

十二　空中樓閣

九月的一個下午，天氣暖和，勞里躺在吊床上舒服地搖來搖去，一邊揣摩著那幾個鄰居在做什麼，可又懶得出門去瞧個究竟。這一天他過得毫無收穫，糟糕透頂，為此他正在鬧情緒，恨不得能重新再過一次。悶熱的天氣使他全身懶洋洋的，書也不讀，令布魯克先生無法忍受；又有半個下午在彈琴，弄得爺爺很不開心；他還惡作劇，暗示他的一隻狗快要發瘋，把女傭們嚇得半死；然後又跟馬夫吵了一架，無端地指責對方沒照看好他的馬。最後，他躺在吊床裡，為世人皆愚而忿忿不平。陽光明媚，周圍一片寧靜，心情煩躁的他，也漸漸平靜下來。仰望著頭上的七葉樹綠意盎然，他做起了白日夢。他想像著自己在海上顛簸，作環球航行，一陣說話聲傳來，他從夢中驚醒，回到了岸上。透過吊床的網孔，他看到馬奇家的女孩們正走出來，好像要出遊。

「那些女孩子現在究竟去幹嘛？」勞里心想。他睜開睡意朦朧的眼睛想看個清楚，鄰居女孩們的穿著確實有點古怪。每個人都頭戴掛著邊的大帽子，肩背棕色亞麻布小袋，手裡還拿著一根棍子。美格拿著坐墊，喬夾著書，貝絲拎個籃子，艾美抱著紙夾。她們悄無聲地穿過花園，從後面一扇小門出去，爬上小山，向河邊走去。

「哎，真行啊！」勞里心想，「去野餐也不叫我一聲。她們沒有開船的鑰匙，不可能乘船去。也許是她們忘了，我得給她們拿去，順便看看她們到底去做什麼。」

帽子倒有半打，可他還是費了老長時間才找到一頂，然後又找鑰匙，最後發現竟在自己的口袋裡。等到他翻過籬笆，朝她們跑去時，女孩們早已不見了。他抄近路來到船庫，等著她們出現，見沒人來，就登上小山放眼遠眺。山坡上長著一片松樹，綠林深處傳來一個聲音，清脆得勝過松林的沙沙聲和蟋蟀昏昏欲睡的鳴叫聲。

「這裡風景真美！」勞里暗自讚歎。他透過灌木叢眺望，頓時精神抖擻，心情舒暢。眼前果真是風景如畫，姐妹們圍坐在樹陰下，斑駁的樹影在身上搖曳不定，清風夾著花香撩弄著秀髮，輕拂著發熱的面頰。林中小動物都毫無顧忌地竄來竄去，彷彿在場的不是陌生人，而是老朋友。美格坐在坐墊上，雪白的雙手正在靈巧地做針線活，粉紅色的衣裙，在綠色的映襯下，宛如一朵鮮豔的玫瑰。貝絲正在撿松果，不遠處的鐵杉樹下，已經厚厚地堆了一層，她能用這些松果做出漂亮的玩意。艾美正對著一簇蕨草作素描，喬邊高聲朗讀邊做編織活。勞里看著看著，臉上陰沈了下來，覺得自己是不請自來，應該離開了。可他還在留連，因爲家裡實在孤獨，林中這批人雖說安靜無事，可對於不甘寂寞的他又具有巨大的吸引力。他站著紋風不動，一隻忙於覓食的松鼠從身邊的一棵松樹上跳下來，突然看見了他，尖聲責罵著往後一蹦。貝絲聞聲擡頭一看，看到樺樹後那張渴望的臉，於是會心一笑，向他致意。

「請問我能過來嗎？打擾你們嗎？」他慢慢地走上前問。

美格皺起眉頭，可喬不服氣地瞪了她一眼，立刻說：「當然可以。本該先問問你的，只是我們覺得，你可能瞧不起這種女孩子的遊戲。」

「我向來都喜歡你們的遊戲，可要是美格不歡迎的話，我這就走。」

「我並不反對，可你得做點什麼。這裡可不興閑著沒事幹。」美格神情莊重地說，可語氣裡又帶有幾分親切。

「多謝。要是你們能讓我待一會兒，做什麼都行。你們知道，家裡悶得像撒哈拉大沙漠。要我做什麼？做針線、讀書、揀松果、畫素描，要不都做？你們說吧，我沒問題。」勞里坐下來，一副順從的樣子，看了讓人覺得高興。

「我要把襪子後跟織好，你替我把這故事讀完。」喬說著遞給他一本書。

「好的，小姐。」勞里溫順地答應，說著就讀起來，他要努力證明，他爲有幸參加「勤勞大家縫協會」而感激萬分。

故事並不長，讀完後，他斗膽提出幾個問題，犒賞自己的功勞。

「請問小姐們，能否問問，這個富有魅力和教育意義的機構是不是新組織？」

「你們願意告訴他嗎？」美格問三個妹妹。

「他會笑的，」艾美警告道。

「管他呢？」喬說。

「我想他會喜歡的，」貝絲接著說。

「我當然會喜歡！我保證不笑你們。說出來吧，喬，別害怕。」

「誰怕你啊！哦，你知道我們過去常常玩《天路歷程》。我們整個冬季和夏季都兢兢業業的，沒有放棄。」

「是的，我知道，」勞里說，機靈地點點頭。

「誰告訴你了？」喬問。

「小精靈。」

「不，是我。那天晚上你們都出去了，他萎靡不振，我便告訴了他，逗他樂呢。他很喜歡，所以別罵，姐，」貝絲怯怯地說。

「你守不住秘密。不過算了，現在倒省事了。」

「請接著說吧，」勞里看到喬有點不高興，專心做活兒，便說。

「噢，難道她沒告訴你，我們這個新計劃嗎？喏，爲了儘量不虛度假期，每人都定下一個任務，並全力執行。假期即將結束，定額也全部完成了，我們真高興，沒有蹉跎歲月。」

「不錯，我看做得很好。」勞里想到自己無所事事地打發日子，十分後悔。

「媽媽要我們儘量到外面走走，所以我們把活計拿出來，順便散散心。爲了助興，我們打扮成朝聖者的樣子，東西放在袋子裡，戴上舊帽子，拄著拐杖來爬山，幾年前我們經常這樣玩。我們管這座山叫做『逍遙山』，登高望遠，可以看到我們嚮往居住的鄉村。」

勞里坐起來，順著喬的指點望去。透過樹林的縫隙，可以看到一條碧綠的大河，河對岸是茫茫的草地，一直看到大城市的郊區，舉目遠眺還可以看見一脈高聳入雲的青山。正值秋日，夕陽西下，天邊霞光四射，蔚爲壯觀。金色的紫霞縈繞著山頂，銀白色的山峰在萬道紅光的照耀下，閃閃發光，宛如天城仙宇的塔尖。

「真美！」勞里輕聲讚歎，他一向都很善於欣賞美。

「景色總是這麼美，我們都喜歡欣賞的。從不千篇一律，總是氣象萬千。」艾美答道，希望自己能把這美景畫下來。

「喬談到了我們嚮往居住的地方。她說的可是真正的鄉下，有豬呀、雞呀，還可以曬乾草。那該多好，不過我希望真有這樣美麗的地方，那樣，我們就可以去了。」貝絲若有所思地說。

「還有個地方比這裡更美。等我們學好了，就能慢慢過去了。」美格甜美的聲音答道。

「要等這麼久，又這麼難，我真想馬上插翅飛過去，和那些燕子一樣，飛進那扇壯麗的大門。」

「貝絲，你遲早都會到達的，不用擔心。」喬說，「只有我要奮鬥、要拚搏、要攀登，要等待，最終可能永遠都進不去。」

「要是需要安慰的話，我會陪著你。我先要長途旅行，才能看得見你的天城。萬一我遲到了，你要替我說句好話，你會嗎，貝絲？」

小夥子臉上的表情讓他的這位小朋友感到不安。可她兩眼默默地望著變幻不定的雲朵，打氣說：「要是人們真的想去，真的一生都在努力，我想他們會進去的。我相信那扇門上沒有鎖，門口也沒人把守著。我老想，它肯定和圖畫中畫的一樣，當可憐的基督徒淌過河水升天的時候，閃著金光的天神會伸出雙手來迎接他們。」

「要是我們夢中的空中樓閣都能實現的話，我們都能住進去，那是不是很有趣？」喬沈默片刻後問。

「我有這麼多夢想，真不知道該選哪個好？」勞里平躺在地上說，一邊把一顆松果扔向剛才暴露了他行蹤的松鼠。

「要選最喜歡的那個。是什麼？」美格問。

「要是我說了，你也會說嗎？」

「會的，要是妹妹們也說的話。」

「我們會的，勞里，你現在就說。」

「我打算，先把世界遊個遍，再在德國定居，盡情享受音樂。我要成爲一位著名的音樂家，世界上所有的人都跑來聽我表演。我永遠都不用擔心金錢和生意，只想享受生活，做我想做的事。這就是我的最大夢想。你的呢，美格？」

瑪格麗特似乎覺得說出來有點難。她拿起一根蕨草在眼前揮動著，彷彿要驅散其實並不存在的小昆蟲。她慢吞吞地說：「我夢想有一座漂亮的宅子，裡面儘是各種豪華的東西——美味的食品、漂亮的衣服、闊氣的家具，還有善解人意的夥伴和大把大把的鈔票。我要當女主人，有很多傭人，一切都按我的意思來安排，那樣我就一點事都不用做了。我會多麼開心！到那時，我不會閒著沒事做，只會多做好事，讓每個人都深深地愛我。」

「那你夢想的家裡就不要男主人了？」勞里頑皮地問。

「我是說『善解人意的夥伴』，你耳朵聾了？」美格說話時仔細地把鞋繫好，才沒讓大家看到她的臉。

「你幹嘛不說想要個好丈夫，他博學多才、溫柔體貼；再養幾個小孩，要像天使一樣？要是少了他們，你的家可不會十全十美。」喬率直地說。她現在還想像不到纏綿的愛情，更瞧不起浪漫故事，可對小說裡的那些，她卻情有獨鍾。

「你的家裡什麼都沒有，只有幾匹馬、幾個墨水瓶，再加上幾本小說。」美格氣憤地回答。

「這哪裡不好？我要一個馬廄，養滿阿拉伯駿馬，幾間屋子，裡面堆滿書，再用一個魔法墨水瓶來寫東西，這樣我的作品就會和勞里的音樂齊名。在搬家之前，我想先幹一番大事——英勇的、要麼傑出的大事，總之是等我死了都不會被人忘記的大事。我現在還沒決定是什麼，可我時刻準備著，說不定哪一天能給你們一個驚喜。我想我得寫書，名利雙收，才合我心意，這就是我最大的夢想。」

「我的夢想是平平安安地待在家裡，和爸爸、媽媽住在一起，幫他們看家。」貝絲心滿意足地說。

「難道別的什麼都不想嗎？」勞里問。

「有了那架小鋼琴，我已經很知足了。只希望我們都能身體健康，能守在一起，就足夠了。」

「我有很多願望，可最中意的是想成爲一名畫家，去羅馬，畫一些漂亮的畫，成爲世界上最好的畫家。」這是艾美一個小小的心願。

「我們個個胸有大志，對吧？我們每個人，貝絲除外，都想名利雙收，在每個方面都做得很出色。我在想，我們中間有誰能如願以償。」勞里說著嚼起了青草，活像一頭冥思苦想的牛犢。

「我有實現夢想的鑰匙，不過能不能打開這扇門，還要等著瞧。」喬神秘地說。

「我有實現夢想的鑰匙，不過就是不讓我打開試試看。去他的大學！」勞里咕噥著，一邊不耐煩地歎息道。

「這是我的鑰匙！」艾美揮動著鉛筆喊道。

「我可沒有。」美格失望地說。

「不，你有。」勞里立刻回答。

「在哪裡？」

「你的臉上。」

「胡說。那有什麼用？」

「等著瞧吧，看它是否會給你帶來好事。」小夥子回答。他想到自己知道一個小秘密，不由放聲大笑。

美格遮著蕨草的臉漲得通紅，可什麼都沒問，只是望著河對岸，臉上流露出渴望的神情。那天布魯克講騎士故事的時候，臉上也帶著同樣的表情。

「如果十年後還都活著，我們再聚首，看看有多少人如願以償，或者接近了多少，」喬說，她總是胸有成竹的。

「天哪！到時我該多大了——二十七歲！」美格喊道。現在她剛剛十七，卻以爲是大人了。

「你和我將是二十六歲，勞里。貝絲二十四，艾美二十二。那時，我們將年高德劭了！」喬說。

「希望在此前做出一些值得自豪的事情；可我是個懶漢，恐怕要『蹉跎』了，喬。」

「需要一個動機，媽媽說，一旦有了動機，你肯定就會做得十分出色。」

「真的？我對天發誓一定努力，但願有這樣的機會！」勞里叫道。「我能討爺爺的歡心，就很應該知足了；我也確實盡力而爲，但你們知道，這樣做跟我的性格格格不入，真難哪。他要我像他一樣，做個印度商人，但這還不如把我斃掉。我痛恨茶葉、絲綢、香料，痛恨他的破船運來的每一種垃圾。這些船隻歸我所有後，什麼時候沈到海底我都不會在乎。我去讀大學，應該符合他的心願了吧，我獻給他四年，他就該放我一馬，不用做生意；但他頑固不化，非要我跟他做的一模一樣，除非我像父親一樣離家出走，自得其樂。如果家裡有人陪著老人的話，我明天就遠走高飛。」

勞里言辭激烈，彷佛一點點小事就能惹得他把揚言付諸行動。他正處於突飛猛進的發育時期，雖然行動懶洋洋的，卻有一種年輕人的逆反心理，內心躁動不安，渴望能獨自闖天下。

「我有個主意，你乘上你們家的大船出走，闖蕩一番後再回家，」喬說。想到這麼大膽的英雄行爲，她的想像力一發不可收拾，同情心也被她所謂的「勞里的冤屈」激發起來。

「那樣不對，喬，不可以這樣說話，勞里也不能聽你的壞主意。應該按照爺爺的意願去做，好孩子。」美格的口吻母性十足。「要刻苦努力上大學，看到你盡自己的能力來取悅他，我肯定他對你便不會這麼強硬，這麼不講理。你也說的，家裡沒有人來陪伴他，愛他了。如果你擅自把他拋下，你也永遠不會原諒自己的。不要消沈，不要煩惱，要盡心盡責；這樣你就能得到報償，受人敬愛，就像好人布魯克先生一樣。」

「你知道他些什麼？」勞里問。他對這個好建議心存感激，但對這番教誨卻不以爲然，剛才他不同尋常地發泄了一番，現在很高興把話題從自己身上轉開。

「只知道你爺爺告訴我們的那些——他精心照顧老母，直到爲她送終；由於不願拋下母親，國外很好的人家請他當私人教師他也不去；還有，他現在贍養一位護理過他母親的老太太，卻從不告訴別人，而是盡力而爲，慷慨、耐心、善良。」

「沒錯，是個大好人！」勞里由衷地說。而美格這時沈默不語，雙頰通紅，神情熱切。

「我爺爺就是喜歡這樣，背地裡把人家了解得一清二楚，然後到處宣傳他的美德，使大家都喜歡他。布魯克不會明白，爲什麼你母親會待他這樣好。她請他跟我一同過去，以禮相待，親切周到。他認爲她簡直十全十美，回來後好些天都把她掛在嘴邊，接著又熱情洋溢地談論你們眾姐妹。若我有朝一日如願以償，會讓你們看到我爲布魯克做點什麼。」

「不如從現在做起，不要再把他折磨得生不如死，」美格尖刻地說。

「你怎麼知道我讓他生氣呢，小姐？」

「每次他離開的時候看他的臉色就知道了。如果你表現好，他就顯得心滿意足，腳步輕快；如果你淘氣了，他就臉色陰沈，腳步緩慢，彷彿要回去改進工作。」

「好啊，這樣不錯！原來，你通過布魯克的臉色，就把我的成績好壞全都登記著，對吧？我只看到他經過你家窗口時躬身微笑，卻不知道你從中悟出一封電報呢。」

「沒有的事。別生氣，還有，噢，別告訴他我說了什麼！我這麼說，只是關心你的進步而已。你知道這裡說的全是悄悄話兒，」美格叫起來，想到說話一時大意，不禁有點後悔。

「我從不搬弄是非，」勞里答道，臉上露出特有的「大人物」的神氣，喬如此描述他偶然露出的一種表情。「不過，既然布魯克要做晴雨表，我就得注意，讓他報告好天氣就是了。」

「請別動氣。我剛才並非是要說教或搬弄是非，也並非出於無聊。我只是覺得，喬這麼慫恿你，日後你會爲那種情緒後悔的。你對我們這麼好，我們把你當作親兄弟，把心裡話兒都掏出來的。對不起了，我是一片好心。」美格熱情而又靦腆地打了個手勢，伸出手來。

想到自己剛才一時懊惱，勞里不好意思了，他緊緊握住那隻小手，坦誠地說：「說對不起的應該是我。我脾氣暴躁，而且今天一整天都心情不好。你指出我的缺點，像親姐妹一樣待我，我心裡高興。一時有莽撞得罪之處，請不要放在心上，我還要謝謝你呢。」

他一心要表示自己沒有動氣，儘量表現得和顏悅色——爲美格繞棉線，替喬朗誦詩歌，幫貝絲搖落松果，幫艾美畫蕨葉，證明自己是名符其實的「勤勞大家縫協會」成員。正當他們熱火朝天地討論著烏龜（**河裡剛剛爬出了這麼一隻和藹可親的動物**）的馴養習性的時候，一陣鈴聲遠遠飄過來，通知她們漢娜已把茶「泡開」了，趕回家吃晚飯，時間剛剛好。

「我可以再來嗎？」勞里問。

「可以，可你要乖、好好讀書，就像識字課本上要求孩子們做的那樣。」美格笑著說。

「我會努力的。」

「那你就來吧，我會教你打毛線，跟蘇格蘭男的一樣。現在襪子的需求很大呢。」喬補充說，一邊揮動著手中的襪子。說完，她們便在大門口分手了。

那天晚上，貝絲在月光下爲勞倫斯先生彈琴。勞里站在門簾的陰影裡，聆聽這位小音樂家的音樂。她那樸素的旋律總能使他浮躁的心情平靜下來。勞里注視著坐在一邊的老人，只見他一手托著滿頭白髮的腦袋，深情地回憶著死去的小孫女。想起當天下午的對話，男孩決定心甘情願地作出犧牲，心裡暗自說：「讓我的空中樓閣滾蛋吧，我要和這位老人守在一起。他需要我，因爲我是他的一切。」

十三　秘密

十月，天開始冷起來，下午也變短了，喬在閣樓上忙得不可開交。和煦的陽光從天窗上照進來，兩、三個小時過去了，喬一直坐在舊沙發上奮筆疾書，面前放著一個箱子，上面攤滿了她的稿紙。她的愛鼠「抓扒」在頭頂的橫樑上散步，身邊跟著牠的長子，這漂亮的小傢伙顯然對牠那幾根鬍鬚感到洋洋得意。喬全神貫注地寫著，直到寫完最後一頁，然後龍飛鳳舞地簽上自己的名字，把筆一扔，喊道：

「行了，我已經盡力了！要是這還不行，只能等到下次長進了再說吧。」

她靠在沙發上，把稿子細讀了一遍，又時不時地劃掉幾個單詞，添上不少感歎號，看上去像一個個小氣球。然後，她用一根漂亮的紅絲帶把稿紙紮起來，又鄭重其事地端詳了半天；毫無疑問，這是她的嘔心瀝血之作。喬在閣樓上的書桌，是一隻釘在牆上的舊鐵櫃，裡面放著稿紙和幾本書，很安全。只要把門一關，同樣具有文學天賦的「抓扒」，平時見書就啃，像個流動圖書館似的喜歡把書叼來叼去，現在面對緊閉的櫃門也無可奈何。喬從鐵櫃子裡取出另一份稿子，把兩份一起放入口袋，然後悄悄地下樓。留下她那個朋友去啃筆尖、嘗墨水。

她不聲不響地戴上帽子，穿好外衣，從後窗口爬到一個低矮的陽臺頂，縱身跳到一塊草地上，迂迴上了大路。至此，她定了定神，搭上一輛過路的馬車直奔城裡。一路上她滿臉開心，卻又顯得有點神秘。

無論誰見了，都會覺得她的行動非比尋常。一下馬車，喬就大步向前，來到一條繁華大街上，在一個門牌號碼前才慢下來。她好不容易才找到地方，走進門，擡頭望了一眼骯髒的樓梯，呆呆地站了一會兒，突然飛快地衝到街上，速度毫不亞於她來的時候。就這樣，她進進出出好幾個來回，逗得對面大樓上一個閑靠在窗口的黑眼睛小先生啞然失笑。第三趟返回的時候，喬抖了一下身子，壓低帽子遮住眼睛，然後朝樓上走去，看上去似乎準備把滿嘴的牙都拔掉。

門口有許多招牌，其中一塊是牙醫的。一副假頜慢慢地一張一翕，裡面一副潔白的牙齒引人注目。小先生定睛看了片刻，然後穿上外套，戴上帽子，下樓站在對面房子的門口。他打了個哆嗦，笑著說——

「她這種人就知道獨自來，可要是痛得難受，就要有人護送回家的。」

過了十分鐘，喬滿臉通紅地衝下樓，那模樣就像一個人剛受過殘酷的折磨。她看到年輕人時，神情一點都不高興，點了點頭就從他身邊過去了。可他跟了上來，同情地問：

「難受吧？」

「還好。」

「還滿快的。」

「是的，得感謝老天爺。」

「怎麼一個人來？」

「不想讓人知道。」

「從沒見過你這樣古怪的人。拔了幾顆？」

喬看著她的朋友，有點莫名其妙，接著便開始哈哈大笑，好像有什麼事逗得她很開心。

「希望拔它兩顆，但得等上一個禮拜。」

「你笑什麼？喬，你搞什麼鬼？」勞里迷惑不解地問。

「你也是啊。你在上面那間彈子房幹什麼，先生？」

「對不起，小姐，那不是彈子房，是健身房，我在學擊劍。」

「那我真高興。」

「爲什麼？」

「你可以教我，這樣我們演《哈姆雷特》時，你可以扮雷奧提斯，擊劍一場就有好戲看了。」

勞里放聲大笑，那由衷的笑聲惹得幾個過路人也禁不住笑起來。

「演不演《哈姆雷特》我都會教你，這種活動簡直其味無窮，令人精神大振。不過，你剛才說『真高興』說得那麼果斷，我想一定有別的原因，對嗎，嗯？」

「對，我真高興你沒有進彈子房，希望你不要去那種地方。你平時去嗎？」

「不常去。」

「但願你別去。」

「沒什麼害處的，喬。我家裡也有彈子球的，但沒有好對手，根本沒勁。我喜歡彈子球，有時便來和內德．莫法特或其他夥伴比一比。」

「噢喲，真爲你惋惜，你慢慢就會玩上癮，就會糟蹋時間金錢，變得跟那些可惡的男孩一樣。我一直希望你會自尊自愛，不令朋友失望，」喬搖著腦袋說。

「難道小夥子偶爾玩一下無傷大雅的遊戲，就喪失尊嚴了嗎？」勞里惱火地問。

「那得看他怎麼玩和在什麼地方玩。我不喜歡內德這幫人，也希望你別粘上他們。媽媽不許我們請他到家玩，雖然他想來。如果你變得像他一樣，她便不會讓我們再這麼一起嬉鬧了。」

「真的？」勞里焦急地問。

「沒錯，她受不了時髦青年，她寧願把我們全都關進硬紙鞋盒裡，也不讓我們跟他們打交道。」

「哦，她還不必拿出硬紙鞋盒來，我不是時髦分子，也不想做那種人，但我有時真喜歡沒有害處的玩樂，你不喜歡嗎？」

「喜歡，沒有人在乎這樣娛樂，想玩就玩吧，只是別玩瘋了，好嗎？不然，我們的好日子就完了。」

「我會做個雙重純潔的聖人的。」

「我可受不了聖人，就做個誠樸、正派的好男孩吧，我們便永不離棄你。如果你像金家兒子那樣，我可真不知道該怎麼辦；他有很多錢，卻不知怎麼用，反而酗酒聚賭，離家出走，還盜用他父親的名字，真是可怕。」

「你以為我也會學樣？過獎了！」

「不，不是——哎呀，不是的！但我聽人說，金錢能蠱惑人心，有時我真希望你沒有錢財，那我就不必擔心了。」

「你擔心我嗎，喬？」

「有點兒擔心，你有時顯得情緒不佳，心懷不滿；你個性極強，如果一旦走上歪路，恐怕很難阻擋你。」

勞里不聲不響走了一會兒，喬望著他，但願自己口有遮攔。雖然他嘴唇依舊掛著微笑，似乎在嘲笑她的忠告，眼睛裡卻分明怒氣衝衝。

「你是不是打算一路上給我訓話？」這時他問。

「當然不是。幹嗎？」

「如果是，我就乘公車回家；如果不是，我願和你一塊步行，並告訴你一件極有趣的新聞。」

「那我不再說教了，很想聽聽你的新聞。」

「那很好，走吧。這是秘密，要是我講了，你也要把你的秘密告訴我。」

「我沒有秘密。」喬說，突然又止住了，想起自己還真有一個。

「你自己心裡明白——你什麼也瞞不住的。還是說出來吧，不然我也不說了。」勞里大聲道。

「你的秘密好聽嗎？」

「哦，那還用說！都是你熟悉的人，很有趣的！你應該聽聽，我早就想講了。來吧，你先說。」

「在家裡你一點都不能說，做得到嗎？」

「一句都不說。」

「你不會在背後笑我吧？」

「絕對不會。」

「你會的，想知道什麼，總有辦法從人家嘴裡套出來，真不知道是怎麼得逞的，反正你是天生就知道哄人。」

「謝謝誇獎，說吧。」

「好吧，我把兩篇短篇小說投給了報社編輯，下個星期給答覆。」喬在她好朋友的耳邊嘀咕。

「好哇！馬奇小姐，美國名作家！」勞里大聲道，把帽子往上一扔，又接住了。這時他們已經到了城外，兩隻鴨、四隻貓、五隻母雞和六個愛爾蘭孩子見此都樂壞了。

「噓！我敢肯定，不會有什麼結果。可不試一下，我不甘心。這事我沒提過，我不想讓別人失望。」

「肯定能成功。怎麼了，那些每天發表的東西一半都是垃圾；相比之下，你的小說都稱得上是莎士比亞的傑作了。要是看到它們發表出來，肯定很有趣。我們難道不應該爲我們的女作家感到自豪嗎？」

喬眼睛一亮，有人信任總是很開心。朋友的讚揚總比報紙上十幾篇吹噓文章要悅耳得多。

「你的秘密是什麼？公平交易，勞里，不然，我永遠都不會再相信你了。」她說。勞里的鼓勵使她心中燃起了耀眼的希望之火，可喬正努力熄滅它。

「說出來可能會惹麻煩，可我沒有保證要保密，所以說了沒關係。只要我有好消息，都會告訴你的，要不然，心裡憋得慌。我知道美格的手套在哪裡。」

「就這個？」喬失望地問。勞里點點頭，滿臉神秘地眨眨眼。

「眼下足夠了，等我說了，你就會明白的。」

「那好，說吧。」

勞里俯下身，在喬耳邊嘀咕了三個字，喬的臉上發生了滑稽的變化。她站著，呆呆地盯著他，顯得詫異又惱火；她好一會兒才繼續向前走，並厲聲問道：「你是怎麼知道的？」

「看到的。」

「在哪裡？」

「口袋裡。」

「一直在嗎？」

「在的，那不是很浪漫嗎？」

「不，讓人討厭。」

「你不喜歡？」

「當然不喜歡。真荒唐，這不行。天哪！美格知道了會怎麼說？」

「你跟誰都別說，注意了。」

「我可沒答應你。」

「有默契的，我可是信任你的。」

「好吧，我暫時不說。可我覺得噁心，你還是沒跟我說的好。」

「我還以爲你會高興呢。」

「想到有人會過來把美格搶走？沒門。」

「有人來把你搶走的時候，你就不會那麼想了。」

「我倒要看看，誰敢。」喬狠狠地大聲道。

「我也想瞧瞧！」勞里想到這裡笑了起來。

「我想，我這人聽不得秘密。聽了你說的那件事，感到腦袋裡亂七八糟的。」喬說，沒有絲毫的感激之意。

「和我一起往山下跑，你就會沒事的。」勞里提議。

眼前看不到一個人，在她前面，平整的山路向前傾斜著延伸下去，確實誘人。喬抵擋不住誘惑，衝了下去，很快就把帽子和梳子都丟在了身後，跑的時候髮夾也掉得滿地都是。勞里首先到了終點，看到喬情緒好轉，自己的療法靈驗了，他感到頗爲滿意。他望著他的阿塔蘭塔①靠近，只見她氣喘吁吁，頭髮飛散，眼睛發亮，臉頰紅潤，臉上沒有絲毫不快了。

「我真想變一匹馬，那就可以在這清新的空氣中盡情馳騁，而不用氣喘吁吁了。跑步真是太棒了，但看我弄成了什麼男孩樣子。去，把我的東西撿起來，就像小天使一樣，你本來就是嘛，」喬說著坐到一棵楓樹下面，緋紅的葉子已經撒滿了河岸邊。

勞里慢吞吞地離開，去收拾丟落的東西，喬束起辮子，但願不要有人走過，撞見這副狼狽相。但一個人恰恰走過來，不是別人，正是美格。她去拜訪幾個朋友，穿著整齊的節慶服裝，更顯出淑女的風韻。

「你究竟在這裡幹什麼？」她問，驚訝而不失風度地望著頭髮蓬亂的妹妹。

「撿楓葉，」喬溫順地回答，一面挑揀剛剛攏來的一捧紅葉。

「還有髮夾，」勞里接過話頭，把半打髮夾丟到喬膝上，「這條路長了髮夾，美格，還長了梳子和棕色的草帽。」

「你剛剛跑步來著，喬。你怎麼能這樣？你什麼時候才不再胡鬧？」美格責備道，一面理理袖口，又把被風吹起的頭髮撫平。

「等我人老得走不動了，不得不用上拐杖，那時再說吧。別使勁催我提早長大成人，美格。看到你一下子變了個人，已經夠難受了，就讓我做個小女孩吧，能做多久是多久。」說著，喬埋下頭，讓紅葉遮住自己那輕輕顫動的雙唇。她最近感覺到，瑪格麗特正迅速長成一個女人。姐妹分離是遲早的事情，但勞里講的秘密，使這一天變得迫在眉睫，她害怕呀。勞里看到她滿臉愁容，爲了分散美格的注意力，趕緊問：「你剛才上哪兒去了，穿得這麼漂亮？」

「加德納家。薩莉跟我詳談了貝兒．莫法特的婚禮。婚禮極盡奢華，新人已去巴黎過冬了。想想那該有多麼快樂！」

「你是不是嫉妒她，美格？」勞里問。

「恐怕是吧。」

「那我真高興！」喬咕噥道，把帽子猛地一拉戴上繫好。

「爲什麼？」美格吃驚地問。

「如果你看重財富，就絕不會去嫁一個窮人，」喬說。勞里暗暗示意她說話小心，她卻不悅地對他皺皺眉頭。

「我永遠不會『去嫁』什麼人的，」美格說罷揚長而去。喬和勞里跟在後面，一面笑一面竊竊私語，還向河中打水漂。「表現得就像一對小孩子，」美格心裡這樣說，不過若不是穿著最漂亮的衣服，她可能也忍不住和他們一起鬧了。

整整一兩個星期，喬行動古怪，姐妹們對此感到迷惑不解。每當聽到郵遞員打鈴，她都會衝到門口；每每遇到布魯克先生，她都顯得很粗魯；她只是一個人坐著，愁眉苦臉地望著美格，偶爾莫名其妙地跳起來推她，接著親吻她；還有勞里和她老是互打暗號，談什麼「展翅的雄鷹」，女孩們最後只好宣布：這兩位都神經錯亂。喬爬窗的第二個星期六，勞里在滿園子地追喬，最後在艾美的花棚裡抓住了。美格坐在窗口做針線活，見此情景，心中便有幾分不快。他們到底在那裡幹什麼，美格看不到，只聽到刺耳的笑聲，接著是竊竊私語，還有報紙翻響的聲音。

「真拿這女孩沒辦法，就是不肯像個淑女模樣。」美格一面不悅地望著兩人賽跑，一面歎息。

「我倒希望她不肯；現在這樣多風趣可愛，」貝絲說。看到喬與別人而不是和自己分享秘密，她心裡有點難過，卻絕不表露出來。

「這樣令人討厭，但永遠都不可能使她commy la fo②的，」艾美接著說。她坐在那裡爲自己製作一些新飾邊，一頭鬈髮順順當當地紮成兩股，十分好看，令她自覺優雅無比，儀態萬方。

過了幾分鐘，喬衝了進來，躺在沙發上假裝看報。

「報紙上有什麼奇聞趣事嗎？」美格屈尊地問。

「只有小說一篇，覺得算不上什麼。」喬回答，小心翼翼地遮住了作者的名字。

「還是大聲讀出來吧。我們開心，你也不會再胡鬧。」艾美用大人的口吻說。

「什麼題目？」貝絲問，心裡納悶，喬爲什麼一直都用報紙遮著臉。

「《畫王爭霸》。」

「題目滿好聽的，快念。」美格說。

喬用力地清了一下嗓子，深深地吸了口氣，然後飛快地讀起來。女孩們興致勃勃地聽著，故事浪漫而有點傷感，最後大多數人物都死了。

「我喜歡其中漂亮圖畫的那段。」等喬停下來，艾美稱讚道。

「我喜歡描寫情人的那部分。維奧拉和安傑洛是我們最喜歡的兩個名字，是不是有點怪？」美格說著擦了擦濕潤的眼睛。「情人的部分」確實寫得非常淒慘哀怨。

「誰寫的？」貝絲瞟了一眼喬的臉色，然後問道。

喬突然坐了起來，把報紙一扔，露出通紅的臉蛋，嚴肅的神情中夾著幾分興奮，顯得頗爲滑稽。她大聲回答：「你姐姐。」

「你？」美格喊道，把手頭的活計扔到一邊。

「寫得滿不錯的。」艾美評論說。

「早就知道了！早就知道了！哦，我的喬，我太自豪了！」貝絲抱住姐姐，爲這次巨大的成功而歡呼。

天哪，她們是多麼開心，真的！美格怎麼都不敢相信，直到她看到「約瑟芬・馬奇小姐」

這幾個字明明白白地印在報紙上。艾美寬容地評論著故事中繪畫的部分，又提供了一些寫續集的線索。不幸的是，事情已經不可能了，因爲男女主人公都已經斃命了。貝絲是多麼激動，高興得又唱又跳。漢娜得知是「喬的東西」，十分驚訝，進來就喊：「莎士③轉世！想都沒想到！」馬奇太太得知此事，也是非常自豪。喬笑得多麼開心，眼中噙滿淚水。這時，她宣布，自己夠風光的了，就算死了也值得。報紙在大家手裡傳來傳去，這份「展翅的雄鷹」彷彿真的在馬奇家的上空展翅翱翔。

「跟我們說說。」「什麼時候出的？」「你拿了多少稿費？」「爸爸知道了會怎麼說？」「勞里會不會笑話？」全家圍在喬身邊，七嘴八舌。每每家裡有一點點開心的事，這不識時務、感情外露的一家人都會狂歡一番。

「別再嘰嘰喳喳了，我把什麼都告訴你們。」喬說。她爲自己的《畫王爭霸》倍感得意，心裡還納悶，伯尼④小姐對她的《埃維莉娜》是不是感到更光榮一些。講述了兩篇小說投稿的經過，喬又補充說：「我去等答覆的時候，那個男的說，兩篇他都很喜歡，可他不給初學寫作的人付稿費，只是登出來，再加些簡評。他說，這是一種有益的做法，等到作者水平提高了，自然有人願意付稿費。於是，我就把小說都交給了他，這篇是今天剛寄來的，被勞里看到了。他一定要看，我就給他看了。他說寫得不錯，我打算再寫一些，由他去安排下次的稿費。我很高興，很快，我就可以養活自己，還可以幫你們一把呢。」

說到這裡，喬緩不過氣來了。她把頭埋在報紙裡，撒下幾滴油然而生的眼淚，沾濕了這篇小說。自力更生、贏得親人的讚揚是她心底最大的願望。通過這次成功，喬似乎邁出了通向那個幸福目標的第一步。

①希臘神話中著名的女獵手，善於奔跑，她向求婚者提出同她賽跑的條件，勝者與之結婚，敗者用矛刺死。

②蹩腳法語，像樣，過得去。

③指英國大文豪莎士比亞，漢娜的發音不準。

④英國女作家（一七五二－一八四〇），《埃維莉娜》於一七七八年匿名發表，此處對其時間和署名的描述似乎有出入，因為南北戰爭發生在一七六一到一七六五年，時代不一致。

十四　電報

「一年中十一月最討厭了。」一個陰沈的下午，美格站在窗口，望著窗外霜凍蕭瑟的園子說。

「難怪我是在這個月生的。」喬悶悶不樂地說，連鼻子沾上了墨水都沒注意到。

「要是現在有好事的話，我們還是覺得這個月不錯的。」貝絲說。她對什麼都充滿希望，甚至對十一月也是如此。

「大概吧，但這個家從來都沒有什麼好事，」心情不好的美格說。「我們日復一日地工作，沒有一點起色，有趣的事情還是沒有。跟驢子拉磨差不多嘛。」

「哎喲，我們真是憂鬱啊！」喬喊道。「乖乖，我倒不怎麼奇怪，因爲你看到別的女孩們風光快樂，自己卻一年到頭拉磨，工作噢。但願能爲你安排命運，就像我爲筆下的女主人公所做的那樣！你長得美，而且已經學好了，我要安排某個闊親戚出人意料地給你留下一筆財產；於是你成了繼承人，出人頭地，對曾經小看你的人嗤之以鼻，飄洋過海，最後成了貴夫人，衣錦還鄉，轟轟烈烈的。」

「這種留遺產的辦法，如今是不會再有的了。男人得工作得好，女人得嫁得好，才能有錢。這個可怕的世界真不公平，」美格憤世嫉俗地說。

「我和喬要爲你們大家賺錢；等上十年吧，我們不發財才怪呢，」艾美說。她正坐在一角做泥餅——漢娜就這樣稱呼她那些小鳥、水果、臉譜等小陶件的。

「等不得了，恐怕我對筆墨和泥土也沒什麼信心，雖然我很領情的。」美格歎了口氣，又回頭轉向花木凋零的園子。喬抱怨著，沮喪地把雙肘靠在桌子上。可艾美在一個勁地拍泥巴，貝絲坐在外邊窗口，笑著說：「馬上就雙喜臨門了。媽咪從街上過來了，勞里穿過園子了，好像他有什麼好消息。」

他們倆一起進來了，馬奇太太跟往常一樣問道：「女兒們，有爸爸的信嗎？」勞里則邀請她們：「有誰想去乘車兜風？一直做數學，頭都昏掉了，我想去飈車一圈，清醒一下腦子。雖然是陰天，可空氣不錯。我要去把布魯克接回來，要是外邊沒勁，車廂裡邊會很快樂的。來吧，喬，你和貝絲會去，是吧？」

「我們當然去。」

「非常謝謝，可我正忙著呢。」美格趕緊取出針線籃。她答應過母親，最好別和這位年輕人一起出去乘車，至少她應該這樣。

「我們三個馬上就好。」艾美喊著，一邊跑去洗手。

「我可以爲您做點什麼，母親大人？」勞里問。他靠在馬奇太太的椅背上，眼光和語氣裡都充滿了深情，他對馬奇太太一向如此。

「不用了，謝謝。不過，孩子，要麼麻煩你去趟郵局。今天應該有信，可郵遞員還沒來過。爸爸歷來準時，可能是路上耽擱了。」

一陣刺耳的鈴聲打斷了她。過了片刻，漢娜走了進來，手裡拿著一封信。

「是一封可怕的電報，太太。」她說著遞了過去，似乎害怕它會爆炸傷人。

一聽是「電報」，馬奇太太一把奪過去。讀了僅有的兩行，她一下就癱倒在椅子上，面容蒼白，彷彿這張小紙片把一顆子彈射進了她的心臟。勞里衝下樓去取水，美格和漢娜立刻攙住她，喬膽戰心驚地大聲念道：

「馬奇太太：

你夫病重，速來。

華盛頓布蘭克醫院

S·黑爾」

她們都摒住呼吸靜靜地聽著，屋子裡靜悄悄的。很奇怪，外面的天都暗了下來，整個世界好像發生了變故。女孩們聚集在母親身邊，只覺得生活的一切幸福和支柱一下子都要被奪走。不久，馬奇太太回過神來，重新把電報讀了一遍，然後向女兒們伸出雙臂說：「我馬上就走，可能已經晚了。噢，孩子們，孩子們，要幫我一起挺住啊！」這口氣令她們永生難忘。

好幾分鐘，房間裡只能聽到哭泣聲，夾雜著斷斷續續的安慰聲和輕輕的勸解聲，但親切的展望往往以泣不成聲告終。可憐的漢娜最先從痛苦中掙扎出來，不經意間，她的見識爲大家樹立了一個榜樣。在她看來，工作就是治療各種痛苦的良藥。

「願上帝保佑好人！我不能只顧著哭，我要馬上把你的東西收拾好，太太。」她真誠地說，一邊用圍裙擦臉，一邊用她那粗糙的手與女主人熱情地握了一下，走開了，接著以像同時有三個分身般的幹勁投入了工作。

「漢娜說得對，現在沒工夫哭。靜下來，孩子們，讓我想一下。」

可憐的女孩們勉強鎮定下來。這時母親坐起來，臉色慘白，但顯得很冷靜，她強壓著內心的痛苦，考慮著她們該怎麼辦。

「勞里在哪裡？」她問。她理清了思緒，決定了首先要做的幾件事。

「在，太太。哦，讓我做點什麼吧！」男孩大聲應答。他覺得最初的悲傷太神聖了，連他友好的眼睛也看不得，所以剛才退到了隔壁房間，現在又急匆匆地過來。

「去發封電報，說我馬上就來。下一班火車凌晨開，就乘那班車。」

「還有嗎？馬都備好了，我哪兒都能去，幹什麼都行。」他說。看來他已經準備飛到天邊了。

「給馬奇姑婆家送封信。喬，給我紙筆。」

喬從自己新抄好的稿紙上撕下一張反面空白的，把桌子拉到母親跟前。她心裡很清楚，爲了這次漫長而傷心的旅程，母親還得去借錢。只要能爲爸爸籌錢，哪怕只是一點點，她做什麼都心甘情願。

「現在就去，乖乖。別拚命趕，傷了自己，犯不著的。」

顯然，馬奇太太的告誡被拋到了腦後。五分鐘後，勞里騎快馬逃命似的從窗前飛奔而過。

「喬，快到收容所去一趟，告訴金太太我不去了。順路把這些東西買來，我馬上寫下來，到時候會有用的。去之前，我先得做好護理的準備。醫院的商店有時並不好。貝絲，去跟勞倫斯先生要兩瓶陳年酒。爲了你爸爸，我只能求人，面子也顧不得了，他該喝最好的東西。艾美，讓漢娜把黑箱子拿下來。美格，來幫我找東西，我腦子都昏了。」

既要寫，又要思考，還要指揮一切，一下把這位可憐的太太攪得頭昏腦脹。美格懇求她在房間裡靜靜地坐上片刻，一切工作由她們來做。大家個個奔東跑西，就像被一陣風吹散了的樹葉。這封電報就像一道惡咒，一下子把寧靜幸福的家庭攪得支離破碎。

勞倫斯先生帶著貝絲匆匆趕來，熱心的老先生把能想到的讓病人享福的東西都帶來了。他還客氣地答應，在母親不在的時候照看女孩們，這使馬奇太太倍感安慰。他把一切都拿出來了，包括自己的晨衣，甚至提出要親自護送她去。不過後者是不可能的。馬奇太太不願讓老先生長途奔波勞累。然而，當他提及此事時，馬奇太太欣慰的神情躍然臉上，畢竟心急如焚地出門是不妥當的。勞倫斯先生注意到她臉上的神情，緊皺濃眉，搓搓手，突然起身離開，說馬上就回來。大家沒有時間去想他了。這時美格跑進門來，一手拎著一雙膠鞋，另一隻手端著一杯茶，正好碰見布魯克先生。

「馬奇小姐，聽到消息我很難過。」他平和善意地說，使她不安的心感到幾分暖意。「我是來護送你媽媽的。勞倫斯先生派我去華盛頓辦點事，我真的很高興能陪她去。」

美格伸出手，膠鞋一下子掉到了地上，茶也差一點倒了，她臉上充滿了感激之情。這使布魯克先生覺得，做出再大的犧牲都値得，何況這次只需稍微花點時間照顧馬奇太太。

「你們真是太好了！媽媽會願意的，我敢肯定。有人照顧她，我們也就放心了。眞的很感謝！」

美格說得很真摯，進入了忘我的境界。一雙棕色眼睛的注視，才使她想起茶快涼了。她趕忙把客人領進客廳，說是去告訴媽媽。

等到勞里回來的時候，一切都已安排妥當。他帶回來馬奇姑婆的一封短信，還有急需的錢，信裡寥寥數行，重複了她的老生常談——她老是跟她們說，馬奇先生去參軍真是荒唐，早料到這不會有好結果，希望下次她們會聽她的話。馬奇太太把紙條扔進爐火，把錢塞進錢包。她緊咬雙唇，繼續做準備工作。要是喬在場的話，她能領會其中的道理。

短暫的下午一晃就過去了，其他需要奔走的一切都辦妥了，美格和母親正在忙著做一些必要的針線活，貝絲和艾美在煮茶，漢娜「劈裡啪啦」地燙好衣服，只有喬還沒回來。大家開始擔心起來，勞里出去找她了，因爲沒人知道喬腦子裡會有什麼古怪的想法。他沒找到喬，可她倒回來了，古怪的神色裡夾雜著幾分滑稽和擔心，滿意和遺憾，大家見了都感到疑惑不解。她把一卷錢放在母親面前說：「這是我給爸爸的，希望他過得舒服點，早點回來！」聲音裡帶著幾分哽咽。

「乖乖，哪來的？二十五元！喬，你沒做傻事吧？」

「沒有，這是我光明正大所得的。沒討、沒借、沒偷。我掙的。我想你不會罵我的，我只是把自己的東西賣了。」

說著，喬摘下帽子，大家都驚叫一聲，她滿頭長髮剪短了。

「你的頭髮！漂亮的頭髮！」「噢，怎麼能這樣？這可是你最引以爲傲的頭髮。」「我的寶貝，用不著這樣。」「她不像我的喬了，可我會深愛她的！」

在大家的喊聲中，貝絲把剪成平頭的腦袋深情地摟在懷裡。喬裝出一副滿不在乎的神態，卻一點也騙不過大家。她撥弄一下棕色的短髮，盡力表示自己喜歡這種髮式，說：「又不會影響國家的命運，別這麼嚎啕大哭了，貝絲。這正好可以治治我的虛榮心，我對秀髮愈來愈自鳴得意了。現在除掉這頭亂髮，可以健腦益智，我的腦袋變得又輕便又冷靜。理髮師說，短髮很快就可以捲曲起來，這樣就像男孩子，好看，又容易梳理。我很滿意，收起鈔票，我們吃飯吧。」

「把事情經過告訴我，喬。我並不是十分滿意，但我不能責怪你，我知道你是心甘情願爲自己的愛犧牲你所謂的虛榮心。不過，乖乖，你沒必要這樣，我怕你過兩天會後悔呢，」馬奇太太說。

「我不會的！」喬堅定地回答。這次胡鬧沒有遭到嚴厲譴責，她心裡輕鬆多了。

「是什麼促使你這樣做的？」艾美問。對於她來說，剪掉一頭秀髮還不如砍掉她的腦袋。

「嗯，我拚命想為爸爸做點事，」喬回答。這時，大家已經圍在桌邊，年青人身體健康，即便心裡煩惱也照樣能吃飯。「我像媽媽一樣討厭向人借錢，我知道馬奇姑婆又要嘰裡咕嚕了，她向來就是這樣，只要你向她借上九便士。美格把她這季度的薪水全交了房租，我的卻只用來買了衣服，我覺得自己很壞，決心無論如何要籌點錢，哪怕是賣掉自己臉上的鼻子。」

「你不必為這事而覺得自己很壞，孩子。你沒有冬衣，用自己辛苦賺來的錢，買了幾件最樸素不過的衣服，」馬奇太太說著看了喬一眼，一股暖流淌進女兒的心田。

「開始我一點也沒想到要賣頭髮，後來我邊走邊盤算自己能做點什麼，真想竄進富麗堂皇的商店裡隨便拿。我看到理髮店的櫥窗擺了幾個髮辮，都標了價，一個黑色髮辮，還不及我的粗，標價四十元。我突然想到，我有一樣東西可以換錢，於是我顧不上多想便走了進去，問他們要不要頭髮，我的頭髮他們給多少錢。」

「我不明白你怎麼這樣勇敢。」貝絲肅然起敬。

「哦。老闆是個小個子，看他的樣子，似乎活著就是為了給他的頭髮上油。他一開始有點吃驚，看來他不習慣女孩子闖進店子裡叫他買頭髮。他說他對我的頭髮不喜歡，顏色並不時髦，原本就不會出多少價的；這頭髮要經過加工才值錢，等等。天色已晚，我擔心如果不馬上做成這樁買賣，那就根本做不成了，你們也知道我做事不喜歡半途而廢；於是我求他把頭髮買下，並告訴他為何這樣著急。這樣做當然很傻，但他聽後改變了主意，因為我當時很激動，話說得顛三倒四。他妻子聽到了，善意地說──『買下吧，托馬斯，成全這位小姐吧，如果我有一把值錢的頭髮，我也會為我們的吉米這樣做的。』」

「吉米是誰？」逢事喜歡讓人解釋的艾美問道。

「她的兒子，她說也在軍隊裡頭。這種事情使陌生人一見如故，可不是嗎？那男人幫我剪髮時，她一路跟我聊天，分散我的注意力。」

「一刀剪下去的時候你覺得不寒而慄嗎？」美格打了個哆嗦問。

「趁那男人動剪刀的當兒，我看了自己的頭髮最後一眼，僅此而已。我從不為這種小事哭泣。不過我承認，看到自己的寶貝頭髮擺在桌上，摸摸腦袋只剩下又短又粗的髮根時，心裡怪怪的。這種滋味簡直有點像掉胳膊斷腿。那女人看到我盯著頭髮，便撿起一綹長髮給我保存。我現在把它交給您，媽咪，以此紀念昔日的光彩；短髮舒服極了，我想以後再也不會留長髮了。」

馬奇太太把波浪型的栗色捲髮綹折起來，把它和一綹灰白色的短髮一起放在她的桌子裡頭，只說了一句：「難為你了，寶貝。」但她臉上的神色使女孩們換了個話題。她們強打精神，談論布魯克先生是怎樣一個好人，又說明天一定天氣晴朗，爸爸回來養病的時候，大家就可以共用天倫之樂了。

十點了，大家都毫無睡意，馬奇太太把最後完工的活計擱在一邊說：「來吧，女孩們。」貝絲走到鋼琴前，彈了一曲父親最喜歡的讚美詩，大家都鼓足勇氣唱了起來，然後逐個停了下來，最後只有貝絲還在滿懷深情地唱，因爲對她來說，悅耳的音樂總能撫平心靈的創傷。

「去睡吧，別再講話了。我們明天還要起早，可還是要睡足。晚安，寶貝們。」馬奇太太說。這時聖歌結束了，沒人再想唱一首。

她們默默地親吻母親，然後悄悄地上床睡覺，彷彿病重的父親就躺在隔壁。儘管遭此大難，艾美和貝絲還是很快就入睡了。美格睡不著，幼小的心靈第一次作嚴肅的思考。喬一動不動地躺著，姐姐以爲喬早已入睡，可她卻聽到了憋著的哽咽聲，還摸到了濕潤的臉頰，她驚叫一聲：「喬，乖乖，怎麼了？你在爲爸爸傷心嗎？」

「不，現在不是。」

「那你幹嘛哭呢？」

「爲我——我的頭髮！」可憐的喬終於放聲哭出來了，她本來想用枕頭遮掩感情的流露，可沒用。

美格聽了一點都不覺得好笑，她柔情似海地親吻著、撫摸著這位受傷的英雄。

「我不後悔。」喬哽咽了一下，辯解道，「要是能夠，我以後還會這麼做。只是內心虛榮、自私的一面，才會這麼傻哭。不要跟別人說，現在沒事了。我還以爲你睡著了，我只想爲我的頭髮哭兩聲，並不想讓人知道。你怎麼也沒睡？」

「睡不著，心裡很焦急，」美格說。

「想想愉快的事情，就會很快睡著了。」

美格答道，黑暗中自個微笑起來。

「試過了，但反而更清醒。」

「你在想什麼？」

「英俊的臉孔——特別是眼睛，」美格答道，黑暗中自個微笑起來。

「你最喜歡什麼顏色？」

「棕色——有時候喜歡，不過藍色也很漂亮。」

喬笑了，美格嚴令她不許再說，接著又笑著答應替她把頭髮捲曲，隨後便酣然入睡，住進她的空中樓閣去了。

午夜的鐘聲敲響了，房間裡一片寂靜。只有一個身影悄悄地從一張床走到另一張床，把這邊的被單拉直，把那邊的枕頭塞好，又久久地站著，滿懷深情地注視著每一張熟睡的臉，輕輕地吻她們，用母親獨有的熱情爲她們默默祈禱。她撩起窗簾，望著外面沈悶的黑夜，只見月亮突然破雲而出，宛如一張明亮和藹的臉照著她，它在寂靜中好像悄悄地在說：「別急，乖乖！烏雲是遮不住光明的。」

十五　信件

這是一個陰冷的清晨，天濛濛亮，姐妹們點亮了燈，認真地讀起了她們的章節，她們可從來都沒有這麼虔誠過。現在，大難的陰影真的已經降臨了，她們能從這部小書中獲得大量幫助和安慰。她們穿衣服的時候商定，與母親道別的時候，要高興、滿懷希望，不落淚，不抱怨，讓她開心地踏上艱難的旅途。她們下了樓，只覺得一切都很陌生——外面漆黑一片，無聲無息，裡面燈火通明，熱鬧非凡。在凌晨吃早餐有點怪，這時漢娜頭戴睡帽在廚房裡忙碌著，連她那熟悉的臉也顯得相當陌生。過道裡放著大箱子，沙發上放著母親的風衣和帽子。母親獨自坐著，儘量吃一點。一夜沒合眼，加上憂心忡忡，她臉色蒼白，顯得疲憊不堪。這時女孩們覺得很難執行先前做出的決定。美格極力控制自己，可還是眼淚汪汪，喬好幾次都忍不住用廚房捲筒毛巾抹眼淚。兩個妹妹神色黯然、痛苦不堪，彷彿她們從沒體驗過悲痛。

誰都沒有多說話。她們坐著等馬車，等待著離別時刻的到來。女孩們在為母親忙這忙那，一個為她折圍巾，另一個為她把帽帶拉直，還有一個幫她穿套鞋，再有一個替她繫好旅行包。這時，馬奇太太對女兒們說：

「孩子們，我把你們託付給漢娜和勞倫斯先生照顧。漢娜向來都很忠誠，我們的好鄰居也會像守護自己的孩子一樣保護你們。我很放心，可我擔心的是，你們要正確面對這次困難。我不在的時候不要傷心，不要煩躁，也不要以爲你們只要偷閒，把它忘了，就可以舒服了。還是要照常工作，工作是天賜的、最好的安慰。滿懷希望，不要偷閒，不管發生什麼，都要記住，你們永遠都不會沒有爸爸。」

「好的，媽媽。」

「美格，乖乖，謹慎一點，照顧好妹妹，有事問問漢娜；有什麼麻煩，去找勞倫斯先生。喬，耐心一點，別灰心，別做傻事，記得給我寫信；勇敢起來，多幫幫別人，多鼓勵大家。貝絲，別忘了練琴安慰自己，幫家裡做點小事。還有你艾美，儘量多幫幫家裡，聽話，開心地待在家裡，不要闖禍。」

「會的，媽媽！我們會的！」

吱吱嘎嘎的馬車聲由遠而近，她們都站起來傾聽。那是痛苦的時刻，可女孩們挺住了，沒人哭，也沒人逃避，發出悲歎。她們懷著沈重的心情，讓母親把深情的祝福帶給父親。她們嘴上說著，可心裡明白，可能已經太遲了。她們默默地親吻母親，滿含深情地緊靠在母親周圍。望著母親乘車遠去的身影，她們強作歡顏，與她揮手道別。

勞里和爺爺也來送行，布魯克先生顯得精神飽滿、明達事理、和藹可親，女孩們當場就送他一個雅號「高尚先生」。

「再見，我的寶貝！願上帝保佑我們平安！」馬奇太太輕聲說道。她在一張張可愛的小臉蛋上都吻了一下，然後匆匆地上了馬車。

母親漸漸遠去，太陽冉冉升起。馬奇太太回頭望去，只見眾人站在大門口，太陽照在她們身上，又是個好兆頭。她們也看到了太陽，面帶微笑地揮著手。馬車轉彎時，她最後瞥到了四張開心的面孔，她們身後站著勞倫斯先生，儼然一個保鏢，還有忠實的漢娜和忠誠的勞里。

「大家對我們真是太好了！」她說著轉過頭去，見到年輕人臉上尊重和同情的表情，她心中更有體會。

「看不出他們有什麼辦法可想啊。」布魯克先生說。他笑得很有感染力，使馬奇太太也忍不住笑了起來。就這樣，漫長的旅途在燦爛陽光和歡聲笑語的好兆頭中開始了。

「我覺得這裡好像發生了地震。」喬說。鄰居回家吃早餐去了，讓她們也休息一下。

「好像房子都倒了一半。」接著美格愁眉苦臉地說。

貝絲開口想說話，可只是用手指著母親桌上一堆補好的襪子。這表明，即使在匆忙的最後時刻，她還是替她們著想，爲她們忙碌。雖然只是小事一樁，可深深地觸動了她們的心。她們不顧先前的勇敢決定，都忍不住失聲痛哭起來。

漢娜很明智，由她們宣泄，等到陣雨有漸止的跡象，她才端著咖啡壺來營救她們。

「好了，乖小姐們，別忘了媽媽說的話，不要煩躁。來，喝杯咖啡，喝完了就開始工作，爲這個家添磚加瓦。」

喝咖啡是高級待遇，再說那天早上漢娜心靈手巧，把咖啡煮得很香。她不斷點頭相勸，咖啡壺嘴裡冒出來的陣陣香氣也令人欲罷不能。姐妹們湊到飯桌邊，把手帕換作餐巾，十分鐘便都恢復了常態。

「『滿懷希望，不要偷閒。』這是我們的座右銘，看誰最能記住。我要照常上馬奇姑婆那兒去。唉，但願她不要訓話了！」喬呷著咖啡，便來了精神。

「我也要上金家去，不過我倒寧願待在家裡做家務，」美格說道，直後悔自己把眼睛哭紅了。

「不必啦。我和貝絲可以把家理得頭頭是道的，」艾美鄭重其事地插話說。

貝絲趕緊拿出拖把和洗碗盆子說：「漢娜會教我們做的，你們回來的時候我們會把一切都弄得好好的。」

「我覺得焦慮情緒挺有趣兒，」艾美邊嚼砂糖，邊沈思地說。

大家全忍不住笑起來，心裡也好受多了。美格則對這位可以在糖缸裡找安慰的小姐搖搖頭。

看到酥餅，喬嚴肅起來。姐妹倆出門去上班，淒慘地不斷回頭向窗口望去，平時母親一定在的，此時卻空空如也。不過，貝絲卻沒有忘記這個小小的家庭儀式，她站在窗前，向兩位姐姐點頭致意，像個穿唐裝的紅臉擺頭娃娃。

「真是我的好貝絲！」喬說著揮揮帽子，露出一臉感激之情。「再見，美格，希望金家兒弟今天不會讓你生氣。別擔憂爸爸，乖乖，」臨分手時她又說。

「我也希望馬奇姑婆不會嘮嘮叨叨，你的頭髮很好看，又像個小夥子，」美格回答。妹妹的腦袋披著短短的鬈髮，襯在高高的身架上，顯得又小又滑稽，美格極力忍著不去笑她。

「這是我唯一的安慰。」喬摸摸勞里送她的大帽子，轉身而去，覺得自己就像寒風中的剪毛羊。

父親的消息傳來，使女孩們頗感欣慰。雖然他病得很重，但在護士的體貼精心照顧下，病情已有起色。布魯克先生每天都寄來一張病情報告。作爲一家之長，美格堅持由她來讀這些快信。隨著時間推移，消息也變得愈來愈令人高興。起先，誰都急著要寫信，寫好後由一個人把鼓鼓的信封小心翼翼地投進信箱。她們都因華盛頓信使的任務而擁「信」自重。有一個信封很具代表性，我們不妨截下幾封來讀一讀——

親愛的媽媽——讀了來信，我們的喜悅心情簡直難以表達，大好消息令我們高興得又笑又哭。布魯克先生真是好人，事情真巧，爲了勞倫斯先生的生意，他能留在你們身邊陪伴這麼久，對你和爸來說那麼有用。妹妹們個個很聽話。喬幫我做針線活，還堅持做各種最難做的工作。幸虧我知道她的「道德衝動」長不了，才不至於擔心她勞累過度。貝絲按部就班，盡忠職守，從不忘記您告訴她的話。她爲爸爸難過，只有在彈小鋼琴時才控制住自己。艾美很聽我的話，我也十分細心地照顧她。她自己梳頭，我正教她開鈕孔，補襪子。她做得很賣力，您回家一定會對她的進步感到滿意。勞倫斯先生像老母雞一樣照看我們——這是喬說的話，勞里待我們也十分熱情友好。你們遠在外地，我們有時悶悶不樂，覺得自己像個孤兒，是勞里和喬使我們快樂起來。漢娜是個大聖人；她從不罵人，總是稱我爲「瑪格麗特小姐」，待我十分尊重。

您知道，這稱呼十分體面的。而且我們人人安好，個個忙碌，只是日夜盼望你們回來。請轉達我對爸爸最誠摯的愛。相信我吧。永遠屬於您的

美格

和這張字跡秀麗的香箋形成鮮明對照的，是下面這張潦潦草草地寫在進口薄信紙上、墨跡斑斑、龍飛鳳舞的大紙條——

尊貴的媽咪——為親愛的爸爸歡呼三聲！布魯克一待爸爸身體好轉，便飛速電告我們，真是好人。收到信時我衝上閣樓，試圖感謝上帝對我們的厚愛，卻只哭著說：「我好高興！我好高興！」這不也跟真正的祈禱一樣管用嗎？我心中百感交集。我們日子過得很有趣味；我已經開始享受這種生活，大家互相體諒，家裡就像一個無比溫暖的雀巢。若您看到美格坐在首席，努力做個好媽媽，一定會笑出來的。她愈來愈漂亮了，有時候我竟愛上她了。兩個小妹妹是名符其實的天使長，我呢——嗯，我是喬，不會變的。哦，我得告訴您，差點和勞里吵了一架。我對一樁小事暢所欲言，他便動氣了。我並沒有錯，只是說話方式不對，他便徑直走回家，說我不道歉就不會再來。我宣布不會道歉，十分惱火，整整一天都憤憤的。我心裡不好受，十分想念您。我和勞里自尊心都特強，很難放下面子道歉，但我以為他會回心轉意的，因為我有理。他沒有來，晚上我想起艾美掉進河那次您跟我說的話，又讀了我的小冊子，心裡好受了一點，決定不能因一時憤怒而看不見陽光，於是便跑過去向勞里道歉。誰知就在門口遇到了他，也是跑來向我道歉的。我們都大笑，互相說了對不起，又和好如初了。

昨天我幫漢娜洗衣服時，胡謅了一首「侍（詩）」；爸爸喜歡我這些小玩意，現寄上博他一笑。緊緊擁抱爸爸，也代我好好親親您自己。您的

混亂大王喬

肥皂泡之歌

洗衣盆女神喲，聽我歡歌一曲；
看那潔白的泡沫高高泛起，
我使勁又洗又漂，
擰乾的衣服晾起來，
讓悠悠清風把它們晃蕩，
天上陽光燦爛。

我祝願能把一周的塵汙，
從我們的心靈洗去。
讓水和清風施展魔法，
把我們洗得一樣純淨。
使地球上真有一個

燦爛輝煌的洗滌日！

在有益的生活道路上，
願內心平靜，如永不凋謝的花；
忙碌的腦袋來不及顧及
悲傷、煩惱和憂鬱。
我們勇敢地揮動掃帚，
把焦慮的念頭一掃光。

我高高興興地肩負
每天的勞動任務；
它使我身體強健，充滿希望。
我快樂地學會說——
「頭腦用於思考，心靈用於感覺，
但手，必須永遠工作！」

親愛的媽媽—— 信封空間有限，只夠我送上我的摯愛，送上我一直保養在屋裡留待爸爸觀賞的三色堇壓花。我每天早上讀書，白天努力學好，晚間哼著爸爸的曲子入睡。我現在不能唱《天國之歌》，它使我哭泣。大家都和善，沒有你們的日子過得還算愉快。艾美要我把下面的空白留給她，得擱筆了。我沒有忘記蓋好布襯墊，每天都給房間通風，給時鐘上發條。

親親爸爸的臉頰。他說那是屬於我的臉頰。噢，務必趕快回到我的身邊。你疼愛的

小貝絲

Ma Chere Mamma①——

我們都很好我總做功課從不和姐姐們合著（作）——美格說我的意思是駁策（斥）所以我把兩個詞都寫上等你來挑。美格待我棒極，每晚吃茶點時都讓我吃果凍，喬說這東西對我很有好處使我脾氣甜美。勞里對人不夠尊重，現在我已差不多十幾歲了，他還管我叫黃毛丫頭，當我像海蒂·金一樣說Merci②或者Bonjour③的時候，他就說很快的法語來傷我的心。我那條藍套裙的袖子全磨破了，美格換了一對新的，但前面換錯了顏色變得比裙子還要藍。我心裡不好受但忍受著沒有惱火，我真希望漢娜把我的圍裙漿硬一點並每天做蕎麥。她不可以嗎？我的問號畫得夠漂亮吧？美格說我的標點付（符）號和拚寫很不雅，我很感屈如（辱），但是，我有這麼多事情要做，不能停下。再會，給爸爸送上大堆的愛。——深深愛您的女兒，

艾美·科蒂斯·馬奇

親愛的馬奇太——

我只寫幾子（字）告訴你我們過得丁（頂）好。女孩們又聰明又勤快。美格小姐就能成爲一個頂好的管家；她對這有心（興）趣，飛快掌握裡頭的七（竅）門兒。喬死（事）死都帶頭，但不會死先盤算。永不知她下一步出什麼花樣。她星期一洗了一桶衣服，還沒絞乾就上了漿，還把一條粉紅色的印花裙兒弄成藍色，我差一點笑死了。這班小傢伙貝絲最乖，是我的好幫手。她什麼都努力去學，小小年紀就上街買菜了；還在我的指點下記帳呢。我們一直都節省，按照您的意思，我每周只讓女孩們喝一次咖啡，給她們吃簡單又健康的主食。艾美有好衣服穿，有甜品吃，也不發牢騷了。勞里先生還是那麼折騰，常把屋子弄得翻天覆地；不過他能使女孩們心情振作，所以任他們胡鬧去。那位老先生送來大堆東西，簡直有點讓人厭煩了，不過出於好心，我做下人的也不該說三道四。麵包發起來了，這次不多說了。向馬奇先生致敬，祝願他不再得肺炎。

漢娜．莫萊特敬上

二號病房護士長——拉帕漢諾克河邊營地一片靜謐，部隊狀態良好，軍需部運轉正常，特迪上校手下的地方志願軍一直忠於職守，總司令勞倫斯將軍每天巡視部隊，軍需官莫萊特掌管營中秩序，賴昂少校專司晚間巡哨。收到華盛頓方面的佳訊後，我軍鳴槍二十四響致敬，並於總部舉行閱兵典禮。總司令致以美好祝願。

勞里上校　同祝

尊敬的女士——　小女孩們個個安好；貝絲和孫兒每天都向我彙報。漢娜是個模範僕人，像一條龍一樣保護美麗的美格。所幸天氣一直晴好。請儘管使喚布魯克，經費超出估算請向我報銷。別讓丈夫短缺什麼。感謝上帝他正在康復。

誠摯的朋友和僕人，

詹姆士·勞倫斯

①法語，親愛的媽媽。

②法語，謝謝。

③法語，你好。

十六　講信用的小女孩

整整一個星期，舊房子裡洋溢著勤勞、助人的美德，足以使街坊上移風易俗。真奇怪，在這段時間裡，大家思想境界崇高，忘我之風盛行。起先，她們為父親擔心，可現在這種擔心已有所緩解，不知不覺中，女孩們放鬆了這種值得稱道的努力，又開始故態復萌。她們沒有忘記自己的座右銘，不過，滿懷希望、不要偷閒顯得愈來愈容易辦到。在付出種種艱苦努力之後，她們覺得「奮進」贏得了假期，於是乎大休特休了。

喬因疏忽大意，沒有包好剪了頭髮的腦袋，得了重感冒，被勒令待在家裡養病，馬奇姑婆不喜歡聽人塞著鼻子讀書。這正中喬的下懷，她起勁地翻箱倒櫃，從閣樓搜羅到地窖，然後埋到沙發裡服砷劑，看閒書，慢慢養起病來。艾美發現家務和藝術不能兼顧，便又重新操起了她的泥餅。美格天天去教學生，在家時便做些針線活，或自以為是在做，而更多的時候是給媽媽寫長信，反覆細讀華盛頓的快信。

只有貝絲堅持不懈，極少偷懶或悲泣。貝絲每天都忠實地做好一切瑣碎的家務。姐妹們都健忘，再加上屋子裡就像座鐘丟了擺，她便把許多屬於她們的工作也攬了過來。每當思念母親遠離、擔心父親病情，心情沈重的時候，她就躲進一個衣櫃裡，把臉埋在親切的舊衣服裡，悄悄嗚咽一陣，輕聲禱告幾句。沒有人知道，是什麼力量使她在一陣哭泣之後重新開心起來，但大家都分明感覺到，她是多麼的和善、樂於助人，於是每逢遇上一丁點兒的小問題，大家都喜歡找她排解、出主意。

誰都沒想到，這次經歷是對品格的一次考驗。等最初的躁動過去，她們覺得自己做得很出色，值得讚揚。她們也確實做得不錯，可錯誤在於沒有堅持下去。於是，她們陷入了焦慮、後悔，這才從中得到了教訓。

「美格，你去赫梅爾家看看吧。媽媽說過的，叫我們別忘記了她們。」馬奇太太走後的第十天，貝絲說。

「今天下午太累了，我不去。」美格說著，舒服地在搖椅上邊搖邊做針線活。

「喬，你能去嗎？」貝絲問。

「外面風太大，我感冒還沒好。」

「我還以爲你已經好了。」

「要是跟勞里出去，可以，可去赫梅爾家，不行。」喬邊說邊笑，爲自己前後矛盾的話顯得有點慚愧。

「你自己幹嘛不去？」美格問。

「最近我每天都去的，可那小孩病了，我不知道該怎麼解決。赫梅爾太太上班去了，若存在照看，可病情愈來愈厲害，我看還是去一趟吧，你不去，要麼叫漢娜去。」

貝絲正經地說，可美格只答應第二天去。

「貝絲，跟漢娜要些好吃的，拿去就行了。出去走走，對你有好處。」喬說。接著她又辯解道：「我會去的，可手頭的東西先得寫完。」

「我頭痛，人又很累，本來以爲你們有人會去。」貝絲說。

「艾美馬上就回來了，她會替我們去的。」美格提議。

「好吧，我歇會兒，等等她。」

說完貝絲在沙發上躺下來，美格和喬繼續工作，把赫梅爾家的事忘得一乾二淨。一個小時過去了，艾美還沒回來。美格到房間試新衣服去了，喬埋頭寫她的小說，漢娜在竈火前睡得正香。貝絲默默地拉上帽子，在籃子裡放滿了零碎東西，給窮孩子們帶去，然後扛著個沈重的腦袋，冒著刺骨的寒風出了家門，堅韌的雙眼流露出一絲傷心的神色。她回來的時候，天色已晚，沒人看到她爬上樓梯，把自己鎖在母親的房間裡。半小時後，喬去「媽媽的小室」拿東西，才發現貝絲坐在藥箱上，兩眼通紅，神情黯然，手裡拿著個樟腦瓶。

「怪怪!出什麼事了?」喬喊道，這時貝絲伸手，似乎警告她別靠近，並迅速問道：

「你得過猩紅熱的，是嗎?」

「幾年前和美格一起得的，怎麼啦?」

「那我就跟你說。喬噢，那小孩死了!」

「哪個小孩?」

「赫梅爾太太的那個。她還沒到家，小孩就死在我的懷裡。」貝絲抽泣著大聲道。

「可憐的寶貝。這對你真是太可怕了！應該我去的。」喬說著，抱住妹妹坐在母親的大椅子上，滿臉悔恨。

「這沒什麼好怕的，只是很慘！一眼就看得出來，他病得更厲害了，可姐姐若存說媽媽已經去找醫生了，於是我抱著小孩，讓若存歇一會兒。他看上去好像睡著了，突然哭了一聲，抖了一下，然後就躺著不動了，我想給他暖暖腳，若存給他喝牛奶，可他一動都不動，我知道他死了。」

「別哭，乖乖！那你怎麼辦呢？」

「我只是坐著輕輕地抱著他，等到赫梅爾太太帶醫生趕來。醫生說他死了。海因里希和明娜也喉嚨痛了，醫生看了看說：『猩紅熱，太太。早就該找我了。』他很生氣。赫梅爾太太說沒錢，一直是自己想辦法給孩子治病，可現在太晚了。她只能求他救救其他的孩子，相信慈善機構會付錢給他。他笑了笑，變得熱情多了。可小孩很慘，我和他們一起哭。他突然轉過身來，叫我馬上回家服顛茄，要不然我也會得猩紅熱的。」

「不，不會的！」喬喊道，緊張地抱緊她，「噢，貝絲，要是你病了，我永遠都不會原諒自己的！我們該怎麼辦？」

「別害怕，我想不會這麼嚴重。我查過媽媽的書，知道起先是頭疼、喉嚨痛，感覺不舒服，就像我這樣，所以我服了一點顛茄，現在感覺好多了。」貝絲說著把冰冷的雙手放到滾燙的額頭上，儘量使自己的神色顯得好看些。

「要是媽媽在就好了！」喬說道，一把拿過那本書，心裡覺得華盛頓太遙遠了。她讀了一頁，看了一眼貝絲，摸了摸頭，瞧了瞧喉嚨，然後嚴肅地說：「你一個多星期都在照看那小孩，還跟其他孩子待在一起。要知道，她們都是要得病的人。恐怕你也要得猩紅熱。我去叫漢娜，她什麼病都懂。」

「別讓艾美來，她可沒得過，我不想把病傳給她。你和美格不會再得嗎？」貝絲憂慮地問。

「我想不會，即使我得了也沒啥，我活該。我讓你去，自己卻待在家裡寫廢話，我真是頭自私的豬！」喬喃喃地說。說著，她去問漢娜。

好心人一聽馬上睡意全無，立刻帶著喬趕了過來。她安慰喬不用著急，告訴她誰都會得猩紅熱，如果醫治得當，就不會死——所有這一切，喬都相信，心裡感到如釋重負。她們上樓去叫美格。

「現在，告訴你們該怎麼辦。」漢娜說。她已經替貝絲檢查，盤問完畢了。「要去找班斯醫生，讓他給瞧瞧，乖乖，保證我們一開始就對症下藥。然後把艾美送到馬奇姑婆家去待一些日子，別讓她也染病，你們兩個留一個在家裡，陪貝絲玩一兩天。」

「當然，我留下。我最大。」美格先說，顯得既擔心又內疚。

「我留下，貝絲生病，都是我不對。我答應過媽媽，這差事我來做，可我沒做。」喬堅決地說。

「你想誰留下，貝絲？只要留一個就夠了。」漢娜說。

「請喬留下吧。」貝絲把頭靠著姐姐，滿意地說。這樣問題馬上就解決了。

「我去告訴艾美，」美格說。她有點不高興，但也鬆了口氣，因爲她並不喜歡當護理，喬卻喜歡。

艾美死命反抗，激動地宣布，她寧願得猩紅熱，也不願去馬奇姑婆家。美格跟她又是商量，又是懇求，又是下令，都是白費心機。艾美堅決抗命，就是不肯去。美格絕望了，只得棄下她，去找漢娜求救。她還沒有回來，勞里就走進了客廳，看到艾美把頭埋在沙發墊裡抽咽。她訴說了自己的遭遇，滿心希望能得到一番安慰。但勞里只是把雙手插在口袋裡，在房間裡踱來踱去，一面輕輕吹著口哨，一面凝眉思索著。不一會，他在她身邊坐下來，甜言蜜語地哄道，「做個明事理的小婦人吧，聽她們的話。好了，別哭了，我告訴你一條妙計。你去馬奇姑婆家住，我每天都來接你出去，或是乘車，或是散步，我們玩個痛快。那不是比悶在這裡要好？」

「我不想被打發走，好像礙著她們似的，」艾美用一種受傷的口吻說道。

「天地良心，孩子，都是爲你好。你也不想染病吧？」

「當然不想；但我敢說也會得病，我一直跟貝絲在一起的。」

「那樣子，就更應該馬上離開，免得被傳染上。我看，換一換空氣，小心保養，就能保你平安的，即使不能徹底解決，也會病得輕一些。建議你儘早起程，猩紅熱可不是鬧著玩的，小姐。」

「但馬奇姑婆家那麼沈悶，她脾氣又這麼壞，」艾美面露懼色地說。

「有我每天去那裡告訴貝絲的情況，帶你出去遊逛找刺激，你就不會悶了。老太太喜歡我，我儘量跟她客氣點，她就會由著我們，不來找我們的碴了。」

「你能用那輛小跑車接我出去嗎？」

「我以紳士的名譽保證。」

「每天都來？」

「一言爲定。」

「貝絲的病一好就帶我回來？」

「刻不容緩。」

「真的上戲院？」

「可能的話，上一打戲院呢。」

「嗯——那麼我想——我去，」艾美慢慢地說。

「好女孩！叫美格來，告訴她你服從了。」勞里滿意地在艾美身上輕輕一拍，其實這一拍比方才「服從」二字更令艾美惱火。

美格和喬衝下樓來，觀看這一奇蹟。艾美自命不凡，覺得自己作出了自我犧牲，答應如果醫生證明貝絲真的有病，她就去。

「小乖乖情況怎麼樣？」勞里問。他特別寵愛貝絲，心中萬分焦急，卻不想表露出來。

「她現在躺在媽媽的床上，感到好些了。嬰兒的死使她愁容滿面，但我敢說她只是感冒了。漢娜說她是這麼認爲的，但她愁容滿面，這就讓我心神不寧，」美格回答。

「人世間真是禍不單行！」喬說道，急切地搔著頭髮，「才過一關，一關又來。媽媽不在，我們就像失去了屏障，我一點也不知所措了。」

「喂，別把自己弄得像豪豬，不好看的。把頭髮弄好，喬，告訴我，是發封電報給你媽媽呢，還是做點什麼？」勞里問。他一直對朋友失去漂亮的頭髮耿耿於懷。

「我正爲這犯難呢，」美格說。「如果貝絲真的有病，按理應該告訴她，但漢娜說不能告訴，反正媽媽不能擱下爸爸，那樣只能讓他們乾著急。貝絲不會病很久，漢娜知道解決辦法，再說媽媽吩咐過要聽她的話，所以我想還是不要發電報，但我總覺得有點不妥。」

「唔，這個，我也說不清。不如等醫生來看過之後，你問問爺爺。」

「對。喬，快去請邦斯醫生，」美格下達命令。「要等他來了，我們才能作出決定。」

「你別動，喬。我是本處的跑腿員啊，」勞里說著拿起帽子。

「恐怕你忙著呢，」美格說。

「沒有，今天的功課已經做好了。」

「你假期也學習嗎？」喬問。

「我是學習鄰居的好榜樣而已，」勞里答罷一頭衝出房間。

「我的好小夥日後大有希望啊。」喬讚賞地笑看他躍過籬笆。

「他做得很好──對一個男孩子而言，」美格頗不禮貌地回答。她對這個話題不感興趣。

班斯醫生來了，說貝絲有猩紅熱的症狀。儘管他對赫梅爾家的嚴重事態很清醒，可還是覺得貝絲並無大礙。艾美奉命馬上離開了，並帶上一些預防藥。她在喬和勞里的護送下，堂而皇之地出發了。

馬奇姑婆拿出一貫的待客之道接待他們。

「你們現在打算怎麼樣？」她問道，目光從眼鏡框上方瞪著她們，此時，站在她椅子背上的鸚鵡大聲叫道──

「滾開。男孩子不准進。」

勞里退到窗邊，喬說明了原委。

「果然不出我之所料，誰讓你們混到窮人堆裡呢。艾美如果沒得病，可以留下派派用場，不過我肯定她也會病的──看樣子現在就像有病的。別哭，孩子，我聽到抽鼻子就心煩的。」

艾美正要哭出來，勞里狡猾地扯扯鸚鵡的尾巴，鸚哥寶莉嚇得嘎地叫了一聲：「哎呀，完了！」模樣十分滑稽，引得艾美破涕爲笑。

「你們母親來信怎麼說？」老太太粗暴地問道。

「父親好多了，」喬拚命鎮定自己，答道。

「哦，是嗎？我看也熬不了多久。馬奇一向都沒有什麼耐力。」老太太開心地回答。

「哈，哈！千萬別說死，吸一撮鼻煙，再見，再見！」鸚哥尖聲高叫，在棲木上跳來跳去。勞里在鳥屁股上一捏，牠便去抓老太太的帽子。

「閉嘴，你這沒規矩的破鳥！噯，喬，你最好現在就走。不成體統啊，這麼晚了還跟一個沒頭沒腦的小夥子到處遊蕩——」

「閉嘴，你這沒規矩的破鳥！」寶莉高叫道，從椅背上一躍而起，衝過來啄那位「沒頭沒腦」的小夥子，勞里聽到最後一句早已笑得前仰後合。

「我看，這種生活我不能忍受，但我要儘量忍著，」孤零零地留在馬奇姑婆身邊的艾美這樣想。

「去你的，醜八怪！」寶莉尖叫。聽到這句粗話，艾美忍不住哼了一聲。

十七　暗無天日

貝絲確實得了猩紅熱，比大家預料的要嚴重得多，只有漢娜和醫生心中有數。女孩們對疾病一竅不通，勞倫斯先生也不准過來看望，於是一切都聽漢娜安排。忙碌的班斯醫生雖盡力而爲，可還是把大量的工作留給了優秀的保姆。美格唯恐把病傳染給金家，便留在家裡料理家務。她在給母親寫信時，對貝絲的病隻字不提，爲此，心裡感到萬分焦慮，還有一絲負罪感。她覺得這事不該瞞著母親，可母親吩咐她要聽漢娜的話，而漢娜又不願意聽到「馬奇太太爲區區小事擔心」。喬日夜都守在妹妹身邊，工作並不算辛苦，因爲貝絲十分堅強，總是儘量忍著病痛，一聲不吭。可有一次，貝絲發高燒，開始喉嚨沙啞，說話斷斷續續，把床單當成心愛的小鋼琴，在上面亂彈，還試圖唱歌，終因喉嚨紅腫而唱不成曲。還有一次，她連身邊熟識的面容都認不出來了，把她們的名字都張冠李戴，還哀求著要找母親。這下可把喬嚇壞了，美格也請求漢娜，允許她寫信把真相告訴父母，連漢娜也說「要考慮考慮，但現在還沒危險」。華盛頓的一封來信使形勢雪上加霜，馬奇先生舊病復發，要再耽擱很久才能回家。

現在日子真是暗無天日！屋子裡多麼悲傷、淒涼！死亡的陰影籠罩著曾經充滿歡樂的家，姐妹們在期待中勞作，她們的心情是多麼沈重！瑪格麗特常常一個人坐著淌眼淚，淚珠滴落到針線活上。這時，她深深地感到自己過去是多麼富有——擁有愛、庇護、安寧和健康，這些都是生活的恩賜，比什麼都珍貴，是金錢買不到的。而喬呢，守在昏暗的房間裡，備受病魔折磨的妹妹就躺在眼前，可憐的聲音在她耳邊縈繞。她了解到貝絲的天性是多麼美好、善良，在大家心目中的位置是那麼縱深、溫柔。她還懂得了貝絲無私的願望是多麼可貴，她爲別人而活著，以那些每個人都可能擁有的樸實德行，爲家庭增添歡樂，這一切比起才幹、財富和美貌都更寶貴，應該加倍熱愛、珍惜。艾美呢，寄居在外，渴望著回家照顧貝絲，她覺得做什麼都不算苦，也不算多。多少被她遺忘了的工作都是貝絲主動替她做的，想到這，她心裡就感到悔恨不已。勞里像個忐忑不安的鬼魂在屋子裡出沒。勞倫斯先生也把大鋼琴鎖起來，因爲貝絲此前經常在黃昏時候爲他帶來快樂，他不願讓琴勾起他對這位小鄰居的思念。大家都惦記著貝絲。送奶人、麵包店老闆、雜貨店老闆和肉販都詢問她好點沒有。赫梅爾窮太太來爲她的考慮不周而道歉，順便替明娜要了塊裹屍布。鄰居們送來了各種安慰和祝福，即使那些最熟悉她的人都覺得奇怪，靦腆的小貝絲竟然結識了這麼多朋友。

這時，貝絲躺在床上，身邊有喬安娜陪著。即使在神情恍惚的時候，她都沒有忘記孤苦伶仃的娃娃。她想著那幾隻貓咪，但不願讓人把牠們帶過來，唯恐牠們也染病。呻吟停住的時候，她還替喬擔心。她給艾美送去美好的祝願，讓姐姐轉告母親，自己很快就能寫信了，還常常央求著要鉛筆和紙，試圖寫幾句。這樣，父親才不會認爲她忘了他。可不久，連這些偶爾的清醒都停止了，她久久地躺在床上，輾轉反側，嘴裡語無倫次，有時又昏昏睡去，醒來仍是奄奄一息。班斯醫生一天來兩次，漢娜徹夜守著貝絲，美格把一封電報放在書桌裡，準備隨時發出去，喬也是不敢離開半步。

十二月一日對她們來說確實是寒冷的一天。凜冽的寒風呼嘯，漫天大雪紛飛，這一年似乎也已苟延殘喘。那天早上，班斯醫生過來，看了貝絲半天，然後用自己的雙手把她滾燙的手握了片刻，輕輕地放下，悄悄地跟漢娜說：「馬奇太太要是走得開的話，最好現在就來。」

漢娜默默地點點頭，雙唇緊張地抽搐了一下。美格聽了這話，彷彿全身的力氣都沒了，一下癱倒在椅子上。喬臉色蒼白，在那裡呆呆地站了片刻，然後衝到客廳，抓起電報，把衣服往身上一套，飛快地出門，衝進了風雪中。很快她就回來了，無聲地脫下披風。這時勞里進來了，手裡拿著一封信，說馬奇先生正在恢復中。喬感激地讀著，可心中沈重的石頭似乎還沒有落地，她滿臉憂愁，於是勞里就問：「怎麼啦？貝絲病情加重了？」

「我已經去叫媽媽了。」喬說著，沈著臉使勁地脫皮靴。

「幹得好，喬！你自己決定這麼做的嗎？」勞里問。他見喬雙手直抖，就讓喬在過道的椅子上坐下，替她脫下那雙不聽話的靴子。

「不，是醫生說的。」

「噢，還沒那麼壞吧？」勞里吃驚地喊道。

「很壞。她不認識我們了，連綠鴿群都不說了，就是牆上樹藤的葉子。她一點都不像我的貝絲。我們無依無靠哇。媽媽和爸爸都不在，上帝又那麼遠，找都找不到。」

淚珠順著喬的面頰滾落下來，她無助地伸出手，彷彿在黑暗中摸索。勞里握住喬的手，聲音也哽咽了，輕聲地說：「我在這裡，抓住我，乖喬！」

她說不出話來，可她真的「抓住」了，這次友好的握手使她疼痛的心好受了些，好像把她引到了上帝神聖的手邊，在困難時能幫她一把。勞里想說幾句，安慰喬，可想不出合適的話，於是他默默地站著，像她母親常做的那樣，輕輕地撫摸她低垂的頭。他也只能如此，可這勝過千言萬語，使喬深感安慰，她已經感受到了這種無言的同情。沈默中，她體會到了愛化解悲傷時甜甜的欣慰。很快，她擦乾眼淚。落淚倒使心裡感到好受些，她滿臉感激地擡頭望著勞里。

「謝謝你，我現在好多了，也沒那麼絕望，萬一真有什麼事，我會努力挺住的。」

「要往好處想想，那會對你有用的。你媽媽很快就來了，到時候，一切都會好的。」

「爸爸身體好多了，我很高興。現在媽媽回來，她不會太惦記。噢，天哪！好像真是禍不單行，而我又遭遇了最麻煩的一份。」喬歎了口氣，把濕透的手帕攤在膝蓋上晾乾。

「美格不和你分擔嗎？」勞里氣憤地問。

「哦，分擔的，她也盡力了。她沒有像我這樣愛貝絲，也不會這樣想她。貝絲是我的寶貝，我不能失去她。我不能！絕對不能！」

喬低頭用濕手帕捂著臉，絕望地哭了起來。她一直勇敢地堅持著，有淚不輕彈。勞里用手擦了擦眼，說不出話來。他清了一下嗓子裡的哽咽，等到嘴唇不抖動了才張口說話。這也許不是男子漢所爲，可他控制不住。不久，喬的嗚咽聲靜了下來，勞里這才滿懷希望地說：「我相信她不會死。她人這麼好，我們又都這麼愛她，我想上帝還不會把她帶走。」

「好人才會死呢。」喬歎息道，可她停止了哭泣，勞里的話使她情緒好了一點，可她內心仍感到疑惑和擔心。

「可憐的喬，你夠累的了。你可不會絕望。歇會兒。等一下，我要讓你高興高興。」

勞里兩格一步跑上樓，喬把疲倦的頭靠在貝絲的棕色小帽上。貝絲把它留在桌上，還沒人想到要拿走。這帽子肯定有魔力，喬似乎變得像它主人那麼溫柔、聽話了。當勞里跑下樓梯的時候，手裡拿著一杯酒，喬笑著接過酒杯，鼓足勇氣說：「爲了貝絲的健康，乾杯！你是個好醫生，真會安慰人。我該怎麼報答你？」她又說了一句。酒恢復了她的體力，正如安慰話使她拋棄了煩惱，頭腦清醒不少。

「我慢慢會向你討賬的。而今晚，我要給你點東西，肯定比酒更能使你心裡舒服的東西。」勞里說著，不禁喜形於色。

「是什麼？」喬疑惑地問，她一時忘卻了悲傷。

「我昨天就拍電報給你媽媽，布魯克回電說，她馬上就來，今天晚上就到，一切都會沒事的。我這麼做，你開心嗎？」

勞里說得很快，立刻變得興奮起來，臉也漲得通紅。由於擔心女孩們失望、貝絲傷心，他一直都把這事瞞著大家。喬臉色發白，從椅子上跳了起來，等他一說完，立刻用雙臂摟著他的脖子，高興地喊道：「啊，勞里！啊，媽媽！我真開心！」這使他如觸電一樣，大驚失色。

她不再哭泣，而是狂笑起來，一面顫抖，一面摟緊她的朋友，彷彿被這突如起來的消息弄迷糊了。

勞里儘管大吃了一驚，卻表現得相當鎮定。他安慰地輕輕拍著她的背脊，見她正逐漸恢復過來，便靦腆地在她臉上吻了一兩下。喬剎那間清醒了。她扶著樓梯扶手，把他輕輕推開，氣喘吁吁地說：「噢，別這樣！我剛才不是故意的，表現真可怕。你這麼可愛，竟然沒遵照漢娜的話而發了電報，所以我情不自禁撲向你。把事情經過告訴我吧，別再給我酒喝了，它讓我做傻事。」

「這我倒不介意，」勞里笑道，一面理好領帶。「是這樣，你知道我心神不寧，爺爺也是。我們認爲漢娜僭越職權，而你媽媽應該知情的。如果貝絲——哦，如果有三長兩短，她永遠都不會原諒我們的。所以，我讓爺爺開口說出該採取行動這話，昨天便衝到郵局。你也知道醫生神色嚴峻，而漢娜一聽說發電報就恨不得擰下我的腦袋。我一向不能忍受別人『頤指氣使』，於是打定主意，把電報發了。你媽媽就要回來了，我知道火車凌晨兩點到站，我去接，你只需收斂一下你的狂喜之情，安頓好貝絲，專候母親來到的佳音。」

「勞里，你真是個天使！要我怎麼謝你？」

「再撲過來抱我一次吧。我很喜歡這樣。」勞里淘氣地說——而兩個星期來，他一直都很規矩。

「不了。等你爺爺來了，我會找個代理人再這麼來一下。別鬧了，回家休息去吧，你半夜還要起來呢。願上帝保佑你，勞里，上帝保佑你！」。

喬已經退到了一個角落。說完話，她閃進廚房，坐在碗櫃上，跟聚集在那裡的貓咪說：「很開心，哦，真的很開心！」這時勞里出門了，他覺得這事情自己做得很漂亮。

「真是多管閒事，從沒見過。可我原諒他，希望馬奇太太馬上就回來。」聽了喬的好消息，漢娜說，她感到鬆了口氣。

美格心裡一陣狂喜，然後對著那封信左思右想。這時喬把病房整理得井井有條，漢娜「匆匆做了幾個餡餅，萬一有什麼客人來」。屋子裡彷彿吹過一陣清風，好像有比陽光更亮的東西照亮了寂靜的房間。一切都似乎感受到了這充滿希望的變化。貝絲的小鳥又開始唱歌，艾美的窗臺花叢中發現了一朵含苞欲放的玫瑰，爐火也燒得格外歡快。每次姐妹們碰在一起，都要互相擁抱，蒼白的臉上露出笑容，悄悄地互相鼓勵：「乖乖，媽媽要回來了！媽媽要回來了！」大家都喜形於色，只有貝絲躺在床上，昏迷不醒，感受不到希望和喜悅，也沒有疑慮和恐懼。這是一副令人生悲的景象——曾經紅潤的臉蛋變得空白一片，以前忙碌的雙手變得骨瘦如柴，從前總掛著微笑的嘴緊閉著，往日漂亮整齊的秀髮亂糟糟地散落在枕頭上。她整天這樣躺著，只是偶爾才醒來喃喃地喊「水！」，雙唇乾得連話都說不清楚。喬和美格整天伺候在身邊，守護著、等待著、期盼著，把一切希望都寄託在上帝和母親身上。大雪整天下個不停，寒風呼嘯，時間過得特別慢。夜幕終於降臨了，美格和喬坐在床的兩側，每當時鐘敲響的時候，便高興地互相看看，因為時鐘每響一下，離希望就近一步。醫生已經來過了，說午夜時分可能會有轉機，但吉凶難卜，他到時再來。

漢娜勞累不堪，躺在床邊的沙發上，很快就睡著了。勞倫斯先生在客廳裡踱來踱去，他寧可面對一個反叛的炮兵連，也不願看到馬奇太太進門時焦慮的神情。勞里躺在地毯上，假裝在休息，可其實他若有所思地注視著爐火，這時他的雙眼顯得清澈美麗。

女孩們永遠都忘不了那個夜晚。她們守候著貝絲，沒有一絲睡意，心裡卻有一種可怕的感覺，感到無能爲力，到了這種時候，誰又能怎麼樣呢？

「要是上帝放過貝絲，我就不再發牢騷。」美格悄悄地祈禱，口氣十分誠摯。

「要是上帝饒貝絲一命，我願一生都敬仰他，爲他做牛做馬。」喬同樣滿懷熱情地說。

「真希望我沒有長心臟，它痛得要命。」過了一會兒美格歎氣道。

「要是人生老是這麼苦，不知道以後的日子該怎麼活。」喬沮喪地說。

時鐘敲了十二下，兩個人都忘記了自己，只是一個勁地盯著貝絲，因爲她們以爲貝絲蒼白的臉上掠過了一絲變化。屋子裡死一般地寂靜，只有寒風的呼嘯聲打破了沈寂。疲憊的漢娜還在睡覺，只有兩姐妹看到了什麼，猶如一個淡淡的幽靈落到了小床上。一個小時過去了，什麼事都沒有發生，只有勞里悄悄地出發到車站接人去了。又一個小時過去了，還是沒人來。姐妹倆心急如焚，難道是風雪延誤，還是路上出了事故，要麼最不幸的是華盛頓來了噩耗。

凌晨兩點多了，喬站在窗口，心想這個冰封雪飄的世界是多麼陰沈。這時，她聽到床頭有動靜，迅速轉過身來，看到美格捂著臉跪在母親的安樂椅前。極端的恐懼攫住了喬的心，她倒吸了一口冷氣，心想：「貝絲死了，美格不敢跟我說。」

她馬上回到自己的位置，她激動地看到，情況似乎發生了重大變化。貝絲退了燒，臉不再潮紅，痛苦的神色已經不見了，昏睡中可愛的小臉蛋顯得十分蒼白、安詳。喬根本不想傷心痛哭。她向自己最親愛的妹妹俯身下去，充滿深情地在濕潤的額頭留下一個吻，輕聲說：「再見，貝絲，再見！」

彷彿被這聲響驚動了，漢娜醒了過來，慌忙來到床前，看著貝絲，摸摸雙手，在嘴邊聽了聽，然後把圍裙甩過頭頂，坐在搖椅上搖來搖去，一邊低聲叫道：「燒退了，她睡得正香呢，身上在出汗，氣也順了。謝天謝地！哦，上帝保佑！」

姐妹倆還沒回過神來，這時醫生過來證實了這個喜訊。這醫生其貌不揚，可在她們看來，他的臉還是無比美好。他慈愛地看著她們，笑著說：「是的，寶貝。我想，小女孩這回熬過去了。請保持安靜，讓她睡個夠，等她醒過來，給她——」

她們該給她什麼，誰都沒聽到，兩個人都躡手躡腳來到漆黑的過道，坐在樓梯上，高興地緊緊摟抱著，滿心的話一下子都說不出來了。她們回來的時候，與忠誠的漢娜親吻擁抱，發現貝絲跟往常一樣躺在床上，臉頰墊在手上睡得正香，臉色恢復了紅潤，平靜地呼吸，彷彿是剛剛入睡。

「要是媽媽現在來就好了！」喬說。這時冬夜開始破曉。

「看。」美格拿來一朵半開的白玫瑰說：「我原以爲，花兒明天可能還來不及開放，還不能捏在貝絲的手中，寄託我們的哀思，要是她——離開我們的話。可它晚上就開了，我想把它放在這兒，我的花瓶裡。等親愛的妹妹醒來，她第一眼看到的就是這朵小玫瑰，還有媽媽的臉。」

守了一個漫長傷心的不眠夜，第二天清早，美格和喬睜著倦眼，放眼望出去，只見日出顯得格外壯麗，世界都顯得異常可愛。

「真像個童話世界。」美格站在窗簾後面，望著窗外精彩紛呈的一幕，微笑著說。

「聽！」喬喊著跳了起來。

是的，樓下的門鈴響了，漢娜大聲喊叫，接著是勞里的聲音，高興地輕聲說：「女孩們，她到了！她到了！」

十八　艾美的遺囑

家裡發生了一連串的變故，而艾美正在馬奇姑婆家苦挨。她深深體會到寄人籬下的滋味，生平第一次認識到，自己在家裡是如何受到親人的寵愛。

姑婆從不寵愛人，她不贊成溺愛；不過，她也是善意的。小女孩表現不錯，很是討她歡心，而老人對侄兒的幾個孩子心裡也確有偏愛，但她認爲這種事情是不宜說出來的。她的確在竭盡全力使艾美幸福，但是，天可憐見，她卻犯了多大的錯誤啊！某些老人儘管皺紋累累、白髮蒼蒼，心中卻仍然充滿朝氣，能夠和孩子們同喜共憂，使他們感到無拘無束，並能寓教於樂，以最溫和的方式給予和得到友誼。可惜姑婆卻沒有這個天分，她規矩極多，態度嚴酷，說話囉嗦，枯燥乏味，艾美苦不堪言。老太太發現艾美比姐姐更和善聽話，便覺得把小女孩從家裡帶來的自由散漫、嬌生慣養惡果盡可能改正掉，她自己是責無旁貸。於是，她照自己六十年前所接受的教育來教導艾美，這樣做只有令艾美心驚膽戰，覺得自己像隻落網的蒼蠅，落到了一絲不苟的蜘蛛手上。

她每天早上都得擦洗茶杯，把舊式湯匙、那個圓肚銀茶壺、幾面鏡子擦拭得發亮。接著便得打掃房間，而這個任務十分艱巨。沒有一粒塵埃躲得過姑婆的眼睛，而家具全部都是爪型腿腳，並刻有很多永遠掃不乾淨的浮雕。然後又得餵鸚哥，給叭兒狗梳毛，還得取東西，傳達命令，樓上樓下跑十多個來回，而老太太腿腳極不靈便，不大離開自己的大座椅。做完這些勞累的活兒，她還得做功課，這是天天要考驗她身上各種美德的極限的事情。之後，她可以活動、玩耍一個小時，她是多麼受用這段時間喲！勞里每天都過來，甜言蜜語地哄馬奇姑婆，直到她答應讓艾美跟他一同外出爲止。然後，他們一齊散步、騎馬，盡興而歸。吃過正餐後，她得大聲朗讀，並坐著一動不動，老太太則在打瞌睡，常常是一頁沒讀完就睡著了，一睡就是一個小時。接著是縫綴各色花布、手巾，艾美外表溫順，內心卻在拚命反抗。就這樣一直縫到黃昏，才允許隨意娛樂，一直玩到茶點時間。晚上的時光最糟糕，姑婆會大講特講她年青時候的故事。這些故事無聊得難以言表，艾美每次都盼著上床睡覺，打算爲自己的厄運哭一場，但通常都是還沒有擠出半點眼淚便昏昏入睡了。

要不是有勞里和女傭人埃絲特老人，她覺得這種可怕的日子簡直過不下去。光是那隻鸚鵡，就足以令她神經錯亂。鳥兒不久便發覺，艾美並不敬重自己，於是做出盡可能淘氣的事兒來泄憤。每當她走近，牠便去抓她的頭髮；她剛洗乾淨鳥籠，牠便把麵包和牛奶打翻作弄她；趁老太太打瞌睡又去啄「拖把」，把狗狗弄得猛吠；還當眾咒罵她，總之一舉一動都表現得十足一個該死的破鳥。她也忍受不了那隻狗——一隻肥胖、動輒發脾氣的畜牲。每逢給牠洗澡，就向她狂吼怒叫；想吃東西時，牠就仰躺在地上，四腳朝天，臉上一副癡呆的表情，而這樣求食，一天足有十餘次之多。廚師脾氣粗暴，老馬車夫又聾又啞，而唯一理會這個女孩的人只有埃絲特。

埃絲特是個法國人，她已經和「夫人」共同生活了多年，對老太太有一定的操縱權，老太太沒有她便活不下去的。她的真名叫做埃絲苔爾，但姑婆命她改名，她遵從了，條件是永遠不能要求她改變宗教信仰。她喜歡上了艾美小姐，熨燙「夫人」的蕾絲花邊時，常常讓她坐在身邊，跟她講生活在法國的奇聞怪事，令艾美神往。她還允許艾美在大宅子裡頭四處遊蕩，仔細欣賞藏在大衣櫥和舊式櫃子裡的奇珍異寶，因爲姑婆喜歡收藏品。艾美最中意的是一個印度木櫃，裡面有許許多多奇形怪狀的抽屜、小分類架和暗格，裝著各種各樣的飾物，有些貴重，有些只是怪異而已，或多或少都是古董了。欣賞和擺弄這些東西，給艾美帶來了巨大的滿足感，尤其是那些珠寶盒，天鵝絨墊子上沈睡著四十年前曾裝點過美女的各式首飾。這裡頭有一套姑婆踏上社交場合時戴的石榴石飾物、出嫁時父親送的珍珠、情侶鑽、葬禮上戴的黑大理石戒指和髮夾，還有一些怪模怪樣的寶物盒項鏈墜子，裡頭藏著亡友肖像和髮編小枕頭，她獨生女兒戴過的嬰兒手鐲，馬奇公公的大掛錶和被許多小孩把玩過的紅印章。姑婆的婚戒單獨擺在一個盒子裡，她的手指長胖了，現在已經戴不進去，於是當作最最寶貴的珠寶珍藏了起來。

「如果她立遺囑，小姐想選哪一樣呢？」埃絲特問。她總是坐在跟前看守著，並把貴重物品鎖起來。

「我最愛情侶鑽，可惜裡頭沒有項鏈，而我最喜歡項鏈，它們漂亮極了。如果可能，我就選這一個，」艾美答道，羨慕不已地望著一串純金烏木珠鏈，鏈子上頭沈甸甸地掛著一個用相同材料做成的十字架。

「我也盼著這個呢，但不想要來做項鏈。啊，不！在我眼裡這是一串念珠，我要以一個好天主教徒的身分持著它祈禱，」埃絲特說道，若有所思地端詳著漂亮的首飾。

「準備把它當作掛在你鏡子上頭的那串香木珠鏈一樣使用嗎？」艾美問。

「對，正是這樣，用來做禱告。這麼精美的東西，用來做念珠，而不是當作輕薄的珠寶來佩戴，聖徒們一定更高興。」

「你似乎能在禱告中得到極大安慰，埃絲特，每次禱告回來你都顯得平和、滿足。但願我也能這樣。」

「如果小姐是個天主教徒，就能找到真正的安慰；既然做不到，也不妨每天獨處一室，靜思並祈禱，我在夫人之前侍候的那位好女主人便是這樣。她有個小教堂，發現那是排解大難的安慰物。」

「我也這樣做合適嗎？」艾美問。她在孤獨寂寞中深感需要一種幫助，由於貝絲不在身邊提醒自己，她覺得都快要把那本小冊子給忘掉了。

「那再好不過了，是好事；如果你喜歡，我很樂意把化粧室收拾好給你用。不用告訴夫人，她睡覺時你可以進去獨坐一會，堅守好念頭，祈求天主保佑你姐姐。」

埃絲特十分虔誠，真情勸解；她有愛心，對艾美姐妹們的困境感同身受。艾美覺得這個主意好，便允許她把自己房間隔壁一個光線明亮的小密室佈置起來，希望這樣能帶來幫助。

「真想知道姑婆身後這些好東西會落到哪裡，」她說著慢騰騰地把光彩照人的念珠放回原處，把珠寶箱逐一關上。

「會落到你和幾個姐姐手上的。這個我知道，夫人常向我吐露心事的。我見證了她的遺囑，就是這樣寫的，」埃絲特微笑著低聲道。

「好極了！不過我希望她現在就能給我們。拖延時間並非什麼好事，」艾美說著向情侶鑽望了最後一眼。

「小姐們佩戴這些首飾爲時尚早。誰第一個訂婚，就可以得到那套珍珠首飾，夫人說過的。我想，你離開時會得到那只綠松石小戒指，夫人認爲你舉止有禮，行爲端正。」

「是嗎？噢，只要能得到那個漂亮戒指，做個乖乖小羊羔我也是甘心的！它比吉蒂·布萊恩特的不知要好看多少倍。不論怎麼說，我還是挺喜歡姑婆的。」艾美興沖沖地把那只藍色戒指戴上試試，下定決心要贏得它。

從這天開始，她成了馴服聽話的模範，而老太太看到自己的訓練大見成效喜不自勝。埃絲特在小房間裡放上一張小桌子，前面擺一張腳凳，上面掛一幅從一間鎖著的屋子裡拿來的圖畫。她認爲這畫沒有什麼價值，但題材合適，便把它借來，心裡以爲夫人永遠不會知道，即使知道了也不會管。殊不知這是一幅世界名畫的珍貴摹本。愛美的艾美仰望著聖母瑪利亞親切溫柔的面孔，心裡千頭萬緒，善念交集，眼睛從不知疲倦。她在桌上放上自己的新約小聖經和讚美詩集，擺上一個花瓶，每天換上勞里帶來的最美的花兒，並天天來獨坐一會，「堅守好念頭，祈求上帝保佑姐姐」。埃絲特送給她一串帶銀十字架的黑色念珠，但艾美懷疑它不適合新教徒做祈禱用，便把它掛起來不用。

小女孩做這一切是非常誠心的。由於離開了安全溫暖的家，一個人孤身在外，她強烈地感受到請好心的手扶她一把的需要，於是本能地向那位強大而慈悲的「朋友」求助，上帝父親般的愛是如此親近地環抱著他幼小的孩子們。她得不到母親的幫助，去獨立思考和自我約束，但現在有人向她指點了方向，她便努力去尋找出路，並滿懷信心地踏上行程。不過，艾美是新朝聖者，此刻她肩上的擔子似乎很沈重。她試圖忘掉自己，保持樂觀，問心無愧地做人，儘管沒有人看到，也沒有人爲此而讚揚她。爲了使自己非常非常地學好，她作出的第一個努力是，像姑婆那樣立一個遺囑。假使她真的病倒、去世，她的財產也可以得到公平慷慨的分割。只要一想到跟自己小小的珍藏分手，她便心如刀割，在她眼裡，這些東西跟老太太的珠寶一樣珍貴。

她花了一小時娛樂時間，絞盡腦汁擬出了這份重要文件，埃絲特幫助她糾正了某些法律用語。當這位好心的法國人簽上自己的大名後，艾美舒了一口氣，把它放在一邊，準備拿給勞里看，希望他做第二見證人。這天下雨，她到樓上一間大房子裡玩耍，並帶上鸚哥作伴。房子裡放著滿滿一衣櫥的舊式戲服，埃絲特允許她穿著這些戲服玩，她於是樂此不疲，穿上褪了色的錦緞衣裳，對著全身鏡來回檢閱，行儀態萬千的屈膝禮，長裙搖曳而行，發出悅耳的瑟瑟聲。這一天，她玩得不可開交，連勞里敲門也沒有聽到。勞里悄悄探頭望進去，恰好見到她手搖扇子，搖頭擺腦，煞有介事地踱過來踱過去。她頭上纏著巨大的粉紅色頭巾，與身上的藍緞子衣裳和拼縫的黃套裙形成了奇怪的反差，由於穿著高跟鞋，走路必須十分謹慎。正如勞里事後向喬所述，她穿著鮮豔服裝忸怩向前，鸚哥緊跟，時而側身遊行，時而昂首挺胸，全力模仿她的一舉一動，偶爾又停下來笑一聲或高叫：「我們不是挺好嗎?去你的，醜八怪！閉嘴！親親我，乖乖！哈！哈！」其情節十分滑稽。

勞里費了大力，才忍住笑聲的爆發，以免惹怒女王陛下。他敲敲門，艾美優雅地把他迎進去。

「坐下歇一會，待我把這些東西卸掉，然後我有一件十分嚴肅的事情要跟你諮詢，」在展示完自己的光彩，並把鸚哥趕到一角後，她這樣說。「這隻鳥真是我命中的磨難，」她接著又說，一面摘下那巨大的紅頭巾。勞里則跨坐在一張椅子上。「昨天，姑婆睡著了，我儘量不敢吱一聲，鸚哥卻在籠子裡尖聲高叫，亂撲亂動；我便過去把牠放出來，發現籠子裡有一隻大蜘蛛。我把蜘蛛捅出來，牠卻溜到書架下面；鸚哥緊追過去，彎低脖子向書架下面張望，還擡起單眼，怪模怪樣地說：『出來散個步，乖乖。』我忍不住笑出了聲，寶莉聽到後叫罵起來，姑婆被吵醒了，把我們兩個罵了一頓。」

「蜘蛛接受那老傢伙的邀請了嗎？」勞里打著呵欠問。

「接受了，蜘蛛出來了，鸚哥卻拔腳就跑，嚇得半死。牠奪路跳到姑婆的椅子上，一面看我追蜘蛛，一面大叫：『抓住她！抓住她！抓住她！』」

「撒謊！上帝呀！」鸚鵡叫起來，又去啄勞里的腳趾。

「如果是我養的，就擰斷你的脖子，你這孽畜！」勞里向鳥兒揮揮拳頭叫道。鸚哥把頭一側躲過，莊嚴地嘎嘎大叫：「阿利路亞！上帝保佑，乖乖！」

「我好了。」艾美把衣櫥門關上，從口袋裡掏出一張紙。「我想請你看看這份文件，告訴我是否合法、妥當。我覺得非做不可，人生無常，我不想身後引起糾紛。」

勞里咬著嘴唇，微微轉過身子，背著這位悲天憫人的朋友，帶著頗值嘉許的認真勁頭，讀起了這份錯別字百出的文件——

我的遺囑

我，艾美·科蒂斯·馬奇，在此心智健全之際，把我的全部財產遺曾（贈）如下——

給父親：我最好的素描、地圖及藝術品，包括畫框。還有一百美元給他自由支配。

給母親：誠摯送上我的全部衣服，有口袋的藍圍裙除外——以及我的肖像、獎章。

給好姐姐瑪格麗特：送上我的綠松石戒指（如果能得到），以及裝鴿子用的綠箱子，以及我的上等花邊給她戴，還有我給她畫的肖像，以紀念她的「小女孩」。

給喬，我留給她我的胸針，封蠟補過的那個，以及我的銅墨水台，她弄丟了蓋子的，還有我最珍愛的石膏兔子，因爲我很後悔燒掉了她的小說。

給貝絲，（如果我先她而去）送上我的洋娃娃和小衣櫃、扇子、亞麻布衣領和我的新鞋子，如果她病好後身體瘦下來可以穿下的話。在此，我一併爲以前取笑過老喬安娜而致歉。

給我的朋友和鄰居西奧多·勞倫斯，我遺贈我的畫冊，陶土模型馬，雖然他說過這馬沒有頸。以及他喜歡的我的任何一件藝術品，以報答他在我們痛苦之際對我們的大恩大德，最好是

「聖母瑪利亞」。

給我們尊敬的恩人勞倫斯先生，我留給他蓋子鑲鏡子的紫盒子，這給他裝鋼筆用最爲漂亮，並可以使他睹物思人，想起那位對他感激涕零的逝去了的女孩。感謝他幫助了她全家，尤其是貝絲。

我希望最要好的玩伴吉蒂·布萊恩特得到那條藍綢緞圍裙和我的金珠戒子，連同一吻。

給漢娜，我送上她想要的硬紙匣和我留下的全部拼布，希望她「看到它時就會想起我」。

我最有價值的財產現已處分完畢，希望大家滿意，不會責備死者。我原諒所有人，並相信號角響起時我們會再見。阿門。

西元一八六一年十一月二十日在此遺囑上簽字蓋章。

艾美·科蒂斯·馬奇

見證人：

埃絲苔爾·瓦爾諾

西奧多·勞倫斯

最後一個名字是用鉛筆簽的，艾美解釋說，他要用墨水筆描一次的，並替她把文件妥善封好。

「你怎麼會想到這個事的？有人告訴你貝絲分派自己的東西了嗎？」見艾美在他面前放上

一段紮文件用的紅帶，連同封蠟、一支小蠟燭、一個墨水台，勞里嚴肅地問。

她於是解釋一番，然後焦急地問：「貝絲怎麼樣啦？」

「我本不該說的，但既然說出來了，便告訴你。一天，她覺得自己已病入膏肓，便告訴喬，她想把她的鋼琴送給美格，她的貓兒給你，她可憐的舊娃娃給喬，喬會爲她而愛惜這個娃娃的。她很遺憾沒有更多的東西留給大家，便把自己的頭髮一人一綹分給我們和其他人，把摯愛留給爺爺。而她根本沒想到立什麼遺囑呀。」

勞里一面說一面簽字封口，久久沒有擡起頭來，直到一顆碩大的淚珠落了到紙上。艾美愁容滿面；但她只是問道：「人們有時會在遺囑上加插附言之類的東西嗎？」

「會的，叫做『補遺』。」

「那麼我的也加上一條——我希望把我的鬈髮通通剪下來，分送給朋友們留念。我剛才忘了，但我現在要這麼做，雖然會毀掉我的遺容。」

勞里把這條加上去，爲艾美作出這最後也是最偉大的一個犧牲而微笑起來。之後，他又陪她玩了一個小時，並耐心聽她講磨難，倒苦水。當他準備告辭時，艾美把他拉住，顫抖著嘴唇悄聲問道：「貝絲是不是真會有什麼危險？」

「恐怕是這樣，但我們必須往好處想。別哭，乖乖。」勞里像哥哥一樣伸出手臂護著她，使她感到了莫大的安慰。

勞里走後，她來到了自己的小教堂，坐在黃昏裡爲貝絲祈禱，一面心酸落淚。失去了溫柔可愛的小姐姐，哪怕有百萬個綠松石戒指，也不能給她帶來安慰。

十九　推心置腹

對於母女團聚，我想，我沒什麼可講的。這樣的時刻總是那麼愉快，就是描述難了點，索性就把它留給讀者去想像吧。我只想說，屋子裡洋溢著真正的幸福，還有，美格美好的願望終於實現了。當貝絲長長睡了一覺醒來時，首先看到的是一朵小玫瑰，還有媽媽的面孔。由於身體太虛弱，她還不能發出驚歎，只是笑了笑，並緊緊地依偎在慈母的懷裡，感到渴望終於實現了。然後，貝絲又睡下了，可那瘦弱的手睡夢中還是拉著母親，母親不願把小手掰開，只能靠姐妹倆伺候著她了。

漢娜無法發泄自己的激動心情，便爲返家的人準備了一頓豐盛的早餐。美格和喬像孝順的小鸛一樣餵母親進餐，一面聽她輕聲講述父親的情況，還有布魯克先生答應留下來照顧病人，她在歸路上被暴風雪耽擱，到站的時候，憂心如焚，又冷又累，而勞里臉上充滿希望，使她得到了難以言表的安慰。

那是一個多麼奇怪，又多麼愉快的日子！外面是一派銀裝素裹，生機盎然，所有的人似乎都來到了屋外，迎接第一場雪；裡面又是那麼寧靜，那麼平穩。大家照看貝絲都很累，進入了夢鄉，屋子籠罩在一種安息日的寂靜之中。漢娜邊打瞌睡，邊在門口守著。美格和喬如釋重負，閉上了疲憊的眼睛，躺著休息，猶如兩艘經歷了狂風暴雨的小船，現在正安全地停靠在風平浪靜的港灣。馬奇太太不願從貝絲身邊離開，便坐在大椅子上養神，還不時睜開眼睛，對自己的孩子瞧瞧、摸摸，對著貝絲沈思，儼然一個守財奴看管著失而復得的財寶。

同時，勞里匆匆出發去安慰艾美。他故事講得很精彩，連姑婆都「鼻子裡哼出幾聲笑」，而且一次都沒再說「我早就跟你講過了」。艾美這回表現得十分堅強，看來她在小教堂裡下的善念功夫開始開花結果了。她很快就把淚水擦乾，按捺住要見母親的迫切心情。當勞里說她表現得「像個一流的小婦人」，而老太太也由衷地表示贊同時，她竟沒有想到那個綠松石戒指。甚至鸚哥也似乎深受感動，連連叫她「好女孩」，請上帝保佑她，並用極其友好的聲調求她「來散個步，乖乖！」。她本來很高興出去，在陽光明媚的雪地裡玩個痛快，但發現勞里儘管男子氣地掩飾著，身子卻睏得直往下倒，便勸他在沙發上躺躺，自己則給母親寫封信。過了好一會她才把信寫完，等她再次出現時，勞里頭枕雙臂，直挺挺地酣睡著。姑婆拉下了窗簾，閑坐在一邊，一時顯出少有的和藹態度。

過了一會，她們開始想，他要睡到晚上才能醒過來了。要不是艾美看見母親而發出了歡叫聲把他驚醒，我肯定他會一直睡下去的。那天，城裡城外可能有許許多多幸福的小女孩，但依我看艾美要算是最最幸福的一個，她坐在母親的膝頭上訴說自己的磨難，母親則報以讚賞的微笑和百般愛撫。兩人一起來到小教堂，艾美解釋了它的來龍去脈，母親聽後並不反對。

「相反。我挺喜歡它的，乖乖。」她把眼光從沾滿灰塵的念珠，移到翻爛了的小冊子和點綴著長青樹花環的漂亮圖畫上。「當事情不如意，令人煩惱悲傷時，能找個地方清靜一下是大好事。人世間有很多艱難困苦，但只要我們求助的方法對路，就總能挺過來的。我想我的小女兒正在領會這個道理呢。」

「是的，媽媽，回家後我打算在大壁櫥的一角放上我的書和我畫的那幅圖畫的摹本。聖母的面孔畫得不好——她太美了，我畫不來。但聖嬰還畫得不錯，我很喜歡它。我喜歡想，他也曾經是個小孩，這樣我就顯得離神更近了。這樣一想，就好辦了。」

艾美指指笑著坐在聖母膝上的基督聖嬰，馬奇太太看到她舉起的手上戴著一樣東西，不覺笑了。她沒有說什麼，但艾美明白了她的眼神，她沈吟了一會，鄭重其事地說——

「我原本要告訴的，但一時忘了。姑婆今天把這個戒指送給了我。她把我叫到跟前，吻了我一下，把它戴在我的手指上，並且說我替她增了光，她願意把我永遠留在身邊。戒指太大，她便把這滑稽的護圈給我戴上。我想戴著它們，媽媽，可以嗎？」

「很漂亮。不過我認爲你年齡小，不大適宜戴這種飾物，艾美。」馬奇太太看著那隻胖嘟嘟的小手，食指上戴著一圈天藍色寶石和一個由兩個金色小箍扣在一起組成的古怪護圈。

「我會努力做到不圖虛榮的，」艾美說。「我想，並不只是因爲漂亮才喜歡它，戴上它是因爲它能時刻提醒我一些東西，就像故事裡那女孩戴手鐲一樣。」

「你是指姑婆嗎？」母親笑著問。

「不是，提醒我不要自私。」艾美的神情十分誠懇，母親不禁止住了笑，器重地傾聽女兒的小計劃。

「最近，我常常反省自己的『一大堆毛病』，發現其中最大的一項是自私；我要盡可能努力克服這個缺點。貝絲就不自私，所以大家都愛她，一想到要失去她就那麼傷心。如果我病了，大家就遠遠不會這麼傷心，我也不配讓他們這樣；不過，我很希望能有許許多多的朋友愛我、懷念我，所以我要努力，儘量向貝絲姐學習。只是我常常忘了自己下的決心，如果有什麼東西在身邊時刻提醒我，我想就會做得好一點。我們這樣做行嗎？」

「行啊，不過我倒是對你設立壁櫥一角更有信心。戴著戒指吧，乖乖，然後好自為之。我相信你會有長進的，因為誠心學好便是成功的一半。現在我得回去陪貝絲了。振作起精神，小女兒，很快就會接你回家的。」

那天晚上，美格正在給父親寫信，告訴他母親已經平安到家。喬悄悄地上樓，來到貝絲的房中，發現母親還在老地方。她站了片刻，用手指絞著頭髮，擺出一副憂心忡忡、猶豫不決的樣子。

「怎麼了，寶貝？」馬奇太太問，一邊伸出手來，臉上的神情也慫恿女兒推心置腹。

「媽媽，我想跟您說點事。」

「有關美格的？」

「您猜得真準！是的，有關美格的，事情不大，可我很煩。」

「貝絲在睡覺，你小聲點，跟我說，到底是怎麼回事。我想那個莫法特沒來過的吧？」馬奇太太問，聲音頗為嚴厲。

「沒有，要是他來的話，我肯定會把他擋在門外。」喬說著，坐在母親腳邊的地上。「今年夏天，美格在勞倫斯先生家裡丟了一副手套，只找回了一隻。我們都把這事忘了。後來，勞里跟我說，是布魯克先生拿著，他一直放在馬甲口袋裡。有一次，手套掉了出來，勞里還笑他呢。另外，布魯克先生承認，他喜歡美格，只是不敢開口。美格還年輕，布魯克又那麼窮。你看，事情是不是很可怕？」

「你覺得美格喜歡他嗎？」馬奇太太擔心地問。

「天哪！愛情這種無聊的事，我什麼都不懂！」喬喊道，臉上既感興趣又不屑一顧的神情，甚是滑稽。「在小說裡，女孩子產生愛情，不是心跳臉紅，昏死過去，就是變得消瘦憔悴，做出的事都跟瘋子一樣。現在美格還沒成這個樣子，她吃、喝、睡都很正常。我一說到那個男的，她都會盯著我看。只有勞里拿情人們開玩笑的時候，她的臉才會稍微紅一下。我不讓他開這種玩笑，可他就是不聽。」

「那你以爲美格不喜歡約翰咯？」

「誰？」喬瞪大眼睛問。

「布魯克先生，我現在叫他『約翰』。我們是在醫院的時候開始這麼叫他的，他也喜歡我們這麼叫的。」

「噢，老天！我知道了，你會幫他的，他對爸爸不錯，你不會把他打發走的。要是美格願意，就讓她嫁給他。哄爸爸，又幫您，就是爲了騙得你們的喜歡，真卑鄙！」喬又憤怒地揪起了頭髮。

「乖乖，別為這事發火，我會告訴你是怎麼回事。約翰是受了勞倫斯先生的委派陪我一起去的，他對你可憐的爸爸照顧得很周到，我們這才覺得他挺可愛的。他對美格的事很光明正大。他跟我們說，他喜歡美格，可先得掙下一個舒服的家，然後再向她求婚。他只要我們答應讓他愛美格，讓他為美格效勞，要是他能的話，就贏得美格也愛他。他真的是一個不錯的小夥子，我們不能拒絕他的要求，可我也不會答應，讓美格這麼年輕就訂婚。」

「當然不行，那樣太傻了！早就知道裡面有鬼，我早就感覺到了。沒想到會這麼糟糕。我只希望我自己可以和美格結婚，這樣就可以讓她平安地留在家裡了。」

這個古怪的想法使馬奇太太忍俊不禁。她嚴肅地說：「喬，我對你推心置腹，你暫時別對美格說。等約翰回來，我就可以看見他們倆在一起，美格對他怎麼樣的感情，不是一目了然嘛。」

「她常說起那雙漂亮的眼睛，她會領會他的情意的，到那時，美格一切都完了。她的心又那麼軟，要是有人含情脈脈地看著她，她的心就會像太陽底下的黃油，馬上就化掉了。她讀他寄來的簡報，比讀你的信還認真呢。我一提這事，她就掐我。她喜歡棕色眼睛，覺得約翰這個名字也不難聽。她會墜入愛河的，我們在一起時的寧靜、快樂、舒適的時光就要完了。我都想到了！他們會滿屋子談戀愛，我們只能躲開。美格會愛昏了頭，不會再對我那麼好了。布魯克會湊到一大筆錢，把她擡走，這樣我們家裡就會出現空洞。我的心會破碎的，一切都會變得讓人討厭。噢，老天！我們爲什麼不是男孩，那樣就不會有煩惱了。」

喬悶悶不樂地把下巴靠在膝頭上，對那位該死的約翰猛揮拳頭。馬奇太太歎了一口氣，喬擡起頭來，如釋重負地舒了一口氣。

「你不喜歡這樣的吧，媽媽？這真叫我高興。我們讓他管自己忙乎去，也不要告訴美格，一家人還跟原來一樣，一起快樂生活。」

「剛才歎氣是我做得不對，喬。你們日後各自成家立業，是自然要發生的事情，也是對的，但我確實想要女兒們在身邊多留幾年。我很遺憾這件事來得這麼快，美格才十七歲，而約翰也要過好幾年才有能力組織家庭。我和你父親的意見是，二十歲前她不能訂下任何盟誓，也不能結婚。如果她和約翰相愛，他們可以等，這樣也可以考驗他們的愛情。她做事認真負責，我倒不擔心她會待他不好。美麗、善良的女兒，我希望她姻緣美滿啊！」

「您難道不希望她嫁個富家子弟嗎？」喬問。剛才說到最後，母親的口氣軟了下來。

「金錢是一種很有用處的好東西，喬，我不希望我的女兒生活捉襟見肘，也不希望她們受富貴浮雲的誘惑。我希望確信，約翰有份穩定的好職業，其收入足以擺脫債務，使美格生活舒適。我並不奢求我的女兒嫁入名門望族，金玉滿堂，地位煊赫。如果地位和金錢與愛情和品行並行不悖，我感激地接受，並分享你們的福氣；但根據經驗，我知道普通的小戶人家雖然每天都要爲生活操勞，卻可以擁有真正的幸福，一點點的缺衣少食，卻使偶然的福氣帶來甜蜜溫馨。看到美格從低微起步，我也心滿意足，如果我沒有看錯的話，約翰是個好男人，她將因擁有他的心而變得富有，而這比金錢更爲寶貴。」

「我明白的，媽媽，也很贊同，但我爲美格感到失望。我一向計劃讓她日後嫁給勞里，一生享盡榮華富貴。那不好嗎？」喬仰頭問道，臉色開朗了一點。

「他比她年紀小，你知道的。」馬奇太太剛說了一句，喬便打斷她──「只是小一點兒，他少年老成，個子又高，如果他願意，他的言談舉止可以像個大人的。再說他富有、慷慨、人品好，而且愛我們全家。這計劃泡了湯，我感到十分惋惜。」

「恐怕，在美格看來，勞里還是個小孩子，再說，他太像風向標了，說變就變，靠不住。喬，你就別操心了，等以後，讓他們自己的心來決定你朋友們的伴侶吧。攙和這些事我們沒把握的，最好還是別去想那些事情，就是你說的「亂七八糟的浪漫」，弄不好會傷了鄰里和氣。」

「好吧，我不管。可我最討厭的是，本來東拉扯一下，西切斷一點，很容易理清楚的事情，這下愈來愈錯綜複雜，糾纏不休了。真希望我們頭上都能有個熨斗壓著，那樣就不會長大了。可花蕾會開放成玫瑰花，小貓咪總要長成大貓──多麼遺憾啊！」

「貓呀、熨斗呀，你們在說什麼？」美格問。她悄悄地走進房間，手裡拿著寫好的信。

「只是隨便說說的。去睡覺了。來吧，佩吉①。」喬說著，就像活動玩具伸了個懶腰。

「對，寫得很好。請再加一句，說我向約翰問好。」馬奇太太匆匆地掃了一遍，然後還給美格。

「您叫他『約翰』？」美格笑著問，天真的眼睛盯住母親。

「是的，他像我們的兒子，我們很喜歡他的。」馬奇太太回答。她也熱切地望著美格。

「你這麼說，我很高興，他確實很孤獨。晚安，親愛的媽媽。有您在這裡，真是說不出的舒服。」美格輕聲回答。

母親給了她一個深情的吻。她離開時，馬奇太太既滿意又不無遺憾地說：「她還沒有愛上約翰，可很快就會的。」

①貓名。

二十 勞里胡鬧，喬平息

第二天，喬的臉依舊很費猜疑，神秘兮兮，煞有介事。秘密還壓在心頭，她發現要裝出一副若無其事的樣子也不容易。美格看在眼裡，也不急著打聽，她知道對付喬的最佳辦法就是逆反心理，所以她敢肯定，要是不問，喬一定會把一切都告訴她的。因此，看到喬依舊沈默不語，她頗感奇怪。喬還擺出一副盛氣凌人的架子，這使美格大爲惱火，於是她也裝出一副高不可攀的樣子，只伺候著母親。這麼一來，喬只好另找出路了。馬奇太太接替喬擔任護理，讓長期困在家裡的喬休息、運動、玩樂。艾美不在，勞里成了喬唯一的夥伴。她雖然喜歡與勞里在一起，此時卻有點怕他，因爲他喜歡作弄人，簡直到了無可救藥的地步，喬就怕他從自己嘴裡掏走秘密。

她一點都沒錯，這個喜歡胡鬧的傢伙猜想喬有個秘密，於是就下決心要打探個明白，這就使喬夠受的。他哄騙奚落、威逼利誘，要不就罵人；表面上裝作毫不在意的樣子，其實想出其不意地從喬口中掏走秘密。他先宣稱自己知道了，隨後又說自己不在乎；最後憑藉這軟磨硬泡的功夫，他滿意地發現這秘密涉及美格和布魯克先生。他忿忿不平，自己的家教竟然不跟他推心置腹。他要努力想出適當的辦法好好報復一下，出出橫遭輕慢這口怨氣。

美格此時顯然已忘記了此事，專心地爲父親的歸來作著準備。但突然間，她似乎發生了一種變故，有一兩天簡直變得面目全非。聽到有人叫她便大吃一驚，人家望她一眼便面紅耳赤。整天默默不語，做針線活時獨坐一邊，羞答答的，心事重重。母親過問時，她回答自己很好，喬問她時，她便求她別管。

「她於無形中感受到這種東西——我是指愛情——而且進展得很快。那些症狀她幾乎全得了——顫抖、暴躁、不吃、不睡，私下裡鬱鬱寡歡。我還發現她在唱他給她的那首歌，一次她竟然像您一樣說『約翰』，然後又轉過身去，臉紅得像朵罌粟花。我們到底該怎麼辦？」喬說。看樣子她準備採取任何措施，無論多麼激烈也在所不惜。

「只有等待。不要理她，要和氣耐心，等爸爸回來，事情就能解決了，」母親回答。

「美格，這裡有一封你的信，還封得這麼嚴實！真怪！勞里給我的信從來不封。」第二天，喬邊說邊分發小信箱中的信件。

馬奇太太和喬都在埋頭忙各自的活計，突然聽到美格一聲喊叫。她們擡起頭來，只見美格神色驚慌地盯著那封信。

「孩子，怎麼了？」母親跑過去問，這時喬試圖奪過這封胡鬧的信。

「全亂套了——他可沒有寫這樣的信。喬噢，你怎麼能這樣？」美格用手捂著臉哭，似乎心都碎了。

「我！我什麼也沒幹！她在說什麼？」喬疑惑地喊道。

美格溫柔的眼睛射出了道道怒光，她從口袋裡掏出已揉成一團的信，一把扔給喬，責罵道：「你寫的，那臭小子幫你寫的。你怎麼能這麼無禮，這麼卑鄙，對我們兩個這麼殘酷？」

喬差不多什麼都沒聽到，因爲她和母親在讀信。這信的筆跡非同尋常。

最親愛的瑪格麗特——

我再也控制不住自己的感情，一定要在回來之前就知道我的命運。我現在還不敢讓你的父母知道，可我想，只要他們了解我們深深相愛，就會答應的。勞倫斯先生會幫我找份好工作，再說你，親愛的寶貝，你會使我幸福。我求你，先瞞著家人，只請寫一句希望的話給我，讓勞里轉交。

深愛你的約翰

「噢，這個小壞蛋！我爲媽媽保密，他就這樣報復我。我去把他痛罵一頓，帶他過來求饒，」喬叫道，恨不得立即法辦真凶。但母親攔住她，臉上帶著一種少見的神情，說道——「站住，喬，你首先得撇清自己。你一向胡鬧慣了，恐怕這事你也有一手。」

「我發誓，媽媽，我沒有！我根本沒看過這封信，也不知情，千真萬確！」喬說話時神情極其認真，母親和美格相信了她。「如果我參與了，會做得更漂亮，寫一封合情合理的信。我想你們也知道，布魯克先生不會寫出這種東西的，」她接著說，輕蔑地把信拋下。

「但這字像是他寫的，」美格結結巴巴地說，把這封信和手中的一封作比較。

「哎呀，美格，你沒回信吧？」馬奇太太急問。

「我，我回了！」美格再次掩著臉，羞愧難當。

「那可糟糕！快讓我把那壞小子帶過來教訓一頓，讓他解釋清楚。不把他抓來我決不罷休。」喬又向門口衝去。

「閉嘴！這事讓我來處理，它比我原來想像的更糟。瑪格麗特，把這事原原本本地告訴我。」馬奇太太一面下令，一面在美格身邊坐下，一隻手卻抓著喬不放，以免她溜出去。

「第一封信就來自勞里那兒，他看上去似乎不知情的，」美格低著頭說。「一開始我感到惶恐不安，打算告訴您，後來想起你們十分喜歡布魯克先生，我便想，即使我把這件小小的心事藏上幾天，也不會怪我的。我真傻，以爲這事沒有人知道，而當我在考慮怎麼回答時，我覺得自己就像書裡頭那些惹上這種事的女孩子。原諒我，媽媽，我做的傻事現在得到了報應；我再也沒臉見他了。」

「你跟他說了些什麼？」馬奇太太問。

「我只說我年齡尚小，還不適宜考慮這種事情，說我不想瞞著你們，他必須跟父親說。我對他的善意萬分感激，願做他的朋友，但僅此而已，其他以後再說。」

馬奇太太聽完露出了欣慰的笑容，喬雙手一拍，笑著叫道——

「你可真是不亞於卡羅琳．珀西。她是謹言慎行的楷模哩！往下說，美格。他看了怎麼說？」

「他回信的寫法完全不同，說他從來沒有寄過什麼情書。他很遺憾，我那淘皮搗蛋的妹妹喬竟這樣輕薄我們的名字。信中態度和善，對我十分敬重，但想想我有多尷尬！」

美格靠在母親身上，成了絕望的翻版。喬急得直罵勞里，一面在屋裡團團亂轉。忽然，她停下來，拿起兩張紙條，細細比看了一回，斷然說道：「我看，布魯克根本沒有見過這兩封信。都是勞里寫的，他把你的信留著，用來奚落我，誰叫我不把秘密告訴他。」

「不要藏什麼秘密，喬。告訴媽媽，遠離麻煩，我本該那麼做的，」美格警告道。

「好傢伙，美格！媽媽也跟我說過的。」

「行了，喬。我安慰美格，你去把勞里找來。我要細細查究此事，立即終止這齣惡作劇。」

喬跑出去，馬奇太太輕聲跟美格說出布魯克先生的真實感情。「嗯，乖乖，你自己的意思呢？你是否愛他？愛得足以等到他有能力爲你組織家庭的那一天？或者你寧可暫時無牽無掛？」

「我吃夠了擔驚受怕的苦頭，起碼很長一段時間內，我都不想跟感情有什麼瓜葛了，也許永遠都不。」美格使著性子說道。「如果約翰不知道這樁荒唐事，那就別告訴他，讓喬和勞里閉上嘴。我不想被人蒙在鼓裡當傻子耍——有多難爲情啊！」

馬奇太太看到向來溫柔的美格被激怒了，惡作劇傷害了她的自尊心，於是安慰美格，向她保證閉口不提此事，以後也會審慎處理。聽到過道裡傳來勞里的腳步聲，美格立刻跑進了書房，馬奇太太獨自上前迎接這位罪人。喬怕他不肯來，沒有告訴他媽媽爲什麼找他。可他一看到馬奇太太的臉就明白了。他站在一邊轉著帽子，一副慚愧的樣子，一看就知道是他做的。喬被支開了，但她在過道裡踱來踱去，宛如害怕犯人跑掉的哨兵。客廳裡說了半個鐘頭，聲音忽高忽低，可到底發生了什麼，女孩們都不知道。

當她們被叫進來時，勞里站在母親身旁，一臉悔過的樣子，喬當場就原諒他了，只是覺得此時表露出來並不明智。勞里低聲下氣地向美格道歉，聽到勞里向她保證布魯克對此一無所知時，美格心裡大爲寬慰。

「我到死都不會跟他說——休想從我這裡探得半點口風。美格，請您原諒我。爲了表示我不折不扣的歉意，我願意爲您做牛做馬。」他接著說，感到羞愧難當。

「我盡力吧。可你這樣做確實沒有紳士風度。想不到你竟然會這麼狡詐，這麼惡毒。」美格答道。她儘量用嚴肅的語氣責備勞里，藉以掩飾少女的尷尬。

「總之，這實在可惡，一個月沒人理我，也是活該，可你還是會理我的，是吧？」勞里拱起雙手抱拳，做出一個懇求的姿勢，那語氣的說服力簡直無法抗拒。雖然他做了壞事，可大家沒法再對他橫眉冷對。美格原諒了他，馬奇太太雖然努力顯得嚴肅，可聽到他宣稱願意做牛做馬來贖罪，又在受辱的小姐面前表現得低聲下氣，她板著的臉也舒展開來。

這時，喬遠遠地站在一邊，試圖要硬了心腸對待勞里，也就裝出一副不以爲然的樣子。勞里瞟了她兩眼，可她毫無容情之意，他深受冤屈，於是轉身背對著她。等到其他人都說完了，勞里深深地鞠了一躬，然後一聲不吭地走了。

勞里一走，喬就後悔，自己應該再寬容些的。等母親和美格上了樓，她又感到一陣寂寞，渴望著見到勞里。猶豫片刻之後，她還是控制不了這種衝動，抱上一本要還的書，來到了大房子。

「勞倫斯先生在嗎？」喬問正在下樓的女僕。

「在，小姐。恐怕暫時不想見人。」

「怎麼啦？病了嗎？」

「唉，不，小姐。他剛跟勞里少爺吵了一架，少爺不知怎麼了，大發脾氣，使老先生大爲惱火，我也不敢去見他。」

「勞里在哪裡？」

「把自己鎖在房間裡，我敲了半天，就是不開門。飯已經做好了，沒人吃，我都不知道該怎麼辦。」

「我去看看是怎麼回事。他們兩個我誰都不怕。」

喬上樓，急促地敲響了勞里小書房的門。

「別敲了，小心我開門收拾你！」這位小紳士朝門外威脅道。

喬馬上又敲，門突然開了。勞里還沒回過神來，喬就跳了進去。喬看到勞里真的在發脾氣，可她知道怎麼對付他。於是，她擺出一副懊悔的樣子，雙膝微曲，溫順地說：「我脾氣不好，請原諒我吧。我是來賠罪的，你不答應，我就不走了。」

「好了，起來吧，別做憨鵝。」她的請求得到了這麼一個簡慢的回答。

「謝謝，我起來了。請問出了什麼事?你似乎心裡不大暢快。」

「有人對我動手，我忍無可忍！」勞里憤怒地咆吼道。

「誰？」喬問。

「爺爺。如果換了別人，我早就——」這位受傷的年青人右手狠狠一揮，把話止住。

「那有什麼。我也常常對你動手，你不生氣的，」喬安慰道。

「呸!你是個女孩家，那只是鬧著玩。但我不允許男人這麼做。」

「如果你像現在這樣暴跳如雷，我想沒人要一試身手的。爲什麼那樣對你?」

「就因爲我不肯告訴他，你媽媽爲什麼把我叫去。我答應過不說的，當然不能食言。」

「難道不能換個說法滿足爺爺嗎？」

「不能，他就是要說出真相，全部真相，只說真相。假如能不牽涉到美格，我倒可以告訴他我那部分糊塗真相。既然不能，我便一言不發，由他去罵，最後老頭竟一把抓住我的領口。我氣壞了，趕緊脫身溜掉，擔心自己失控。」

「這樣是不對，但我知道他後悔了，還是下去和解吧。我來幫你說。」

「死也不去的!我不過開了一個玩笑，難道你們要人人教訓一頓，痛打一下不成?我是對不起美格，也已經堂堂正正地道了歉;我沒有做錯的話，是不會再道歉的啦。」

「但他並不知道的呀。」

「他應該信任我，不要把我當嬰兒對待。沒有用的，喬，他得明白我能夠照顧自己，不需要拉著人家的圍裙帶子走路的。」

「你們都是辣椒罐子！」喬歎道。「你打算這事怎麼解決？」

「哦。爺爺應該跟我道歉。說過這大驚小怪的事不能告訴他，他就應該相信我的。」

「哎呀！他不會道歉的。」

「不道歉就不下去。」

「哎，勞里，理智一點。就讓這事過去吧，我會盡力解釋清楚的。你總不能老待在這裡吧，這樣誇張有什麼用呢？」

「我本來就不打算在這裡久留。我要悄悄溜走，浪跡天涯，爺爺想我時，很快就會回心轉意了。」

「但恐怕不該這樣讓他擔心的。」

「別說教了。我要去華盛頓看布魯克。那地方充滿樂趣，我要擺脫憂愁，痛快一下。」

「那有多有趣！我恨不能也跟了去。」喬腦海裡泛起一幅幅生動的首都軍營生活畫面，立刻忘記了自己的良師益友角色。

「那就一起走吧，嗨！爲什麼不呢？你給父親一個驚喜，我給布魯克一個突然襲擊。這個玩笑妙不可言。走吧，喬。我們留一封平安信，然後立即出發。我有足夠的錢。你是去看父親啊，有百利無一害的。」

喬一度似乎就要同意了，因爲這個計劃雖然輕率，卻正合她的性格。她早已厭倦了操心和禁閉的生活，渴望改變一下環境，想到父親，想到新奇、充滿魅力的軍營和醫院，想到自由自在的遊樂生活，那是多麼令人嚮往。她憧憬地向窗外望去，眼睛閃閃發亮，但目光落到了對面的老屋上面，她搖搖頭，傷心地作出了決定。

「假如我是個男孩子，我們就可以一起出走，玩個痛痛快快；但我是個可憐的女孩子，只能規規矩矩守在家裡。別引誘我了，勞里，這是個瘋狂的計劃。」

「樂趣正在這裡呀，」勞里說。他天生任性，衝動之下，瘋狂地打算衝破束縛。

「住嘴！」喬捂著耳朵叫道，「『裝腔作勢』就是我的宿命。我趁早認命吧。我是來感化你的，不是來聽你說令人落荒而逃的事情的。」

「我知道美格會給這種計劃潑冷水，還以爲你更有膽略呢。」勞里用激將法。

「壞小子，收聲吧！坐下好好反思自己的罪過，別煽動我罪上加罪。如果我說服你爺爺來向你賠個不是，你就不出走了吧？」喬嚴肅地問。

「是啊，但你辦不到，」勞里答道，他願意和解，但覺得必須先平息自己的怨氣。

「我既然能對付小的，就能對付老的。」喬走開時咕噥著。勞里雙手托著腦袋，盯著鐵路圖看。

喬敲響了勞倫斯先生的門。「進來！」勞倫斯先生的聲音聽起來更加沙啞了。

「是我呀，先生，來還書的。」她泰然地回答，說著，走了進去。

「還要再借嗎?」老人臉色十分難看，心煩意亂，卻儘量掩飾著。

「要的。我迷上了約翰遜①，想讀讀第二部的，」喬答道，希望靠再借一本鮑斯韋爾②的《約翰遜傳》③，來平息老人的心情，他曾經力薦這本生動傳神的著作。

他把踏梯推到放約翰遜文學的書架前，緊鎖的濃眉舒展了一些。喬跳上去，坐在踏梯頂上，假裝找書，心裡卻在盤算著怎樣開口，才能提起她來訪的危險目的。勞倫斯先生似乎猜到了她心裡有事，他在屋子裡快步兜了幾圈，然後轉頭看著她，突然發問，嚇得喬把《拉塞拉斯王子傳》封面朝下撲到了地上。

「那孩子做了什麼?別護著他。看他回來時那副架勢，我就知道他肯定淘氣了。他一句話都不肯說。我揚言要修理他，逼他說出真相，他就跑到樓上，把自己鎖在房間裡。」

「他確實做錯了事，可我們已經原諒他了，而且都答應跟誰也不說。」喬遲疑地說。

「那不行，不能因爲你們女孩們心腸軟就答應，便可以逍遙躲起來了。如果他做了錯事，就應該坦白道歉，並受到懲罰。說出來吧，喬，我可不想被蒙在鼓裡。」

勞倫斯先生臉色可怖，聲調嚴厲，可能的話，喬真想拔腿就跑，但她正坐在高高的踏梯上，而他就站在腳下，儼如一隻擋道的獅子。她只好原地不動，鼓足勇氣開了口。

「真的，先生，我不能說。媽媽不許說。勞里已經坦白了，道歉了，並受到了足夠的重罰。我們不說出來，不是要護著他，而是要護著另外一個人。如果你干預，只會增加麻煩。請你高擡貴手不管吧。我也有部分責任，不過現在沒事了；我們還是把它忘掉，談談《漫遊者》或什麼令人愉快的東西吧。」

「去他的《漫遊者》！爬下來向我保證，我家那冒冒失失的小子沒有做出什麼忘恩負義、魯莽無禮的事情。如果他做了，儘管你們對他這麼好，我還是要親手鞭打他。」

此話聽起來十分可怕，卻並沒有嚇倒喬；她知道這個性格暴躁的老頭絕不會動他的孫子一個指頭的，不管他怎麼揚言。她順從地走下踏梯，把惡作劇儘量輕描淡寫地複述了一遍，既不泄露美格，也不遺漏事實。

「嗯——哈——好吧，要是這孩子不肯說，不是由於頑固不化，而是由於答應過你們，那就饒他算了。他很固執，很難管的。」勞倫斯先生說著，一邊不停地搔頭髮，直到頭上彷彿被大風吹過一樣怒髮衝冠。這時，他鬆了口氣，緊皺的眉頭也舒展開來。

「我也很固執，千軍萬馬都管不了我，可一句好話就能讓我服服貼貼的。」喬努力爲朋友說句好話。要知道，勞里是剛擺脫了一種困境，又陷入了另一種尷尬。

「你覺得我待他不好，是吧？」老人厲聲對道。

「天哪，不是的，先生，您有時候待他太好了。他惹您生氣時，您就會恨鐵不成鋼的。您看是不是這樣？」

喬決定直言不諱，表面上儘量顯得很鎮靜，不過等她壯著膽子說完後，不由得哆嗦了一下。老人只是把眼鏡啪地往桌上一扔，坦誠地大聲道——「沒錯，丫頭，我是這樣！我愛這孩子，可他常讓我受不了，要是我們老是這樣，我真不知道該如何了結。」這回答雖然出乎意料，卻使她鬆了口氣。

「我跟您說吧，他會出走的。」這話一出口，喬就後悔了。她想告誡老人，勞里不想受太多的束縛，希望他更加容忍這小夥子。

老先生紅潤的臉立刻就變色了。他坐下來，沮喪地朝掛在桌子上方那個瀟灑的男子像瞟了一眼。那是勞里的父親，年輕的時候就出走了，違拗這位固執老人的意志結了婚。喬猜想他勾起了往事，並爲之深感遺憾。真希望剛才自己什麼都沒說。

「除非他真的心煩意亂，不然他不會這麼做的。有時他書讀厭了也會說，可那只是說說而已。我倒常想出走，特別是剪了頭髮以後。所以，要是您發現我們丟了的話，可以發個尋人啓事，找兩個男孩子，也可以到開往印度的船上找找。」

她邊說邊笑，勞倫斯先生神態放鬆了，顯然只把這當成了一個笑話。

「你這丫頭，怎麼敢那樣講？你眼裡還有我嗎？這麼沒規矩。願上帝保佑他們！如今的女孩、小夥子真是麻煩，可少了他們，我們也活不了。」說著，他愉快地在喬臉上捏了一把。「去，叫這孩子下來吃飯，告訴他沒事了，叫他最好別在爺爺面前哭喪著臉。那樣，我受不了。」

「他不會來的，先生。他心情很壞，因爲他那時說不便跟您說，您卻不信。我想您傷了他的心。」

喬努力裝出一副可憐的樣子，可那肯定沒成功，因爲勞倫斯先生忍不住笑了，喬明白她達到目的了。

「那事我很抱歉，我想，我還得感謝他沒有同樣對我動手。那小子到底想要什麼呢？」老人對自己暴躁的脾氣顯得有點慚愧。

「先生，如果我是您，我會給他寫一封道歉信。他說，您不道歉，他是不會下來的。他還談到了要去華盛頓，而且愈說愈荒唐。一封正式的道歉信會讓他明白自己是多麼愚蠢，再說，他也會開心地下樓。寫一封吧，他喜歡開玩笑，這比當面談好多了。我拿上去，教他該怎麼做。」

勞倫斯先生瞪了她一眼，戴上眼鏡，慢慢地說：「你真是個狡猾的丫頭，可被你和貝絲擺布，我也不在乎。好吧，拿紙來，讓我們把這無聊的事情結束掉。」

這封信言辭懇切，就像一位紳士對另一位紳士造成深深的傷害後表達誠摯的歉意。喬在勞倫斯先生的禿頂上丟下了一個吻，跑上樓把道歉信從勞里的門縫下面塞進去，透過鑰匙孔勸他要聽話、有涵養，又講了一些好聽的大道理。看到門又鎖上了，她便把信留在那兒自己起作用，自己打算悄悄走開，可年青人已經從樓梯扶手上滑了下去，站在下面等她，面孔流露出一種無比善良的神情。「你真是好人，喬！剛才有沒有挨訓？」他笑著說。

「沒有，總的說來，他相當心平氣和呢。」

「啊！我全想通了。連你都把我丟棄在那裡，我感到一切都完了呢，」他內疚地說。

「別這麼說，翻開新的一頁，重新開始，勞里。」

「我不斷翻開新的一頁，又一一糟蹋掉，就像小時候糟蹋掉抄寫本一樣；我開的頭太多了，永遠不會有結果，」他悲哀地說道。

「去吃你的飯吧，吃過就會好受些。男人肚子餓的時候喜歡發牢騷。」喬說完飛步走出了前門。

「這是對『我派』的『標榜』，」勞里學著艾美的話回答，孝敬地陪爺爺進賠罪餐去了。此後一整天，老人心情奇佳，言談舉止也特別謙和體諒了。

大家都以爲烏雲散去，事情就此了結，可畢竟創傷已經無法彌補，別人可以忘了，美格卻還記得。她從不跟人提及某人，可她常常想起他，也做了更多的夢。有一次，喬在姐姐的書桌裡翻箱倒櫃找郵票時，發現了一張小紙片，上面潦草地寫滿了「約翰·布魯克太太」。喬見了悲歎著，把它扔進了爐火中，覺得勞里的胡鬧加快了那罪惡一天的到來。

①英國作家（1709－1784）。

②蘇格蘭作家（1740－1795）。

③約翰遜的小說。

二十一　怡人芳草地

此後的幾個星期相安無事，猶如暴風雨後陽光普照。兩個病人都迅速康復，馬奇先生來信提起，年初就可以回家了。貝絲很快便可以整天躺在書房的沙發上玩樂，起初是跟那幾隻寵貓玩，後來便掂記起了縫洋娃娃的活計，工期已經延誤，讓人傷心。她那靈活的四肢如今變得僵硬無力，喬每天得奮臂把她抱到屋外透透空氣。美格愉快地爲「乖乖女」烹調各式美味伙食，把白皙的雙手熏得黑糊糊的；而艾美，這位小圈子的忠實僕從，則費盡唇舌地勸說姐姐們接受她的寶藏，以慶祝她的回歸。

聖誕節一天天臨近了，屋裡開始彌漫起一股慣常的神秘氣氛。喬爲這個不同尋常的「快樂聖誕」拚命獻計獻策，提出了許多完全不可能做到或荒唐無稽的慶祝活動，常常令全家人捧腹大笑。勞里同樣脫離實際，竟然異想天開，要點篝火、放焰火、搭凱旋門。大家唇槍舌劍，各不相讓，最後，那雙雄心可嘉的朋友終於偃旗息鼓，繃著臉東奔西走，大家正以爲他們已經死心了，卻又看到兩人湊到一起，一個勁兒地哈哈大笑。

幾天來，天氣異常溫暖，正好預示著一個陽光燦爛的聖誕節。漢娜「從骨子裡感到」聖誕節將是一個特別晴好的日子。她果然預測得好準，人人都心想事成，事事都進展順利。首先，馬奇先生來信說，他很快就要與她們團聚；其次，那天早上，貝絲身體感覺非常舒服，便穿上了媽媽的禮物——一件柔軟的深紅色美利奴羊毛大衣——被人背到窗前觀看喬和勞里送的禮物。兩位「無敵將軍」爲了使自己名副其實，宛如兩個小精靈，通宵達旦，竟在一夜之間搞出了一個妙趣橫生的奇蹟。外面花園裡豎起了一個高貴的白雪少女，頭戴冬青花冠，一手挎著裝滿水果和鮮花的籃子，另一隻手裡拿著一大卷新樂譜；她冰冷的肩膀上圍著一根五彩繽紛的阿富汗圍巾，嘴上還掛著一首聖誕頌歌。歌詞寫在一面粉紅色的紙幡上——

高山少女致貝絲

上帝保佑你，親愛的貝絲女王！
在這聖誕節裡，
願你永不沮喪，
健康、平和、快樂，都屬於你。

送上水果給勤勞縫紉女品嘗，
鮮花讓鼻子享用；
送上樂譜小鋼琴上彈奏，
送上阿富汗披巾讓她翩翩起舞。

送上喬安娜的畫像，喏，
出自拉斐爾①第二啊，
爲了畫得栩栩如生，
她可是不辭辛勞。

請笑納一條紅綢巾，
來點綴「葩兒小姐」的尾巴；
還有好美格做的霜淇淋——
桶裝勃朗峰②。

我的塑造者把他們的摯愛
打進我冰雪的心胸：
請從喬和勞里的手中接過去
收下吧，連同這位阿爾卑斯少女。

貝絲見了，笑得好不開心，勞里跑上跑下運禮物，喬則滑稽可笑地發表致詞，奉上禮物。激動時刻過後，喬把貝絲抱到書房休息。貝絲吃著「高山少女」送的美味葡萄提神，心滿意足地歎息道：「我感到太幸福了，哪怕爸爸在這裡，也吃不下了。」

「我也一樣，」喬拍拍裝著終於到手的《水精靈》的口袋說。

「我當然也一樣，」艾美回應道。她正在端詳母親鑲在精緻的畫框中送的版畫「聖母和聖嬰」。

「我也是！」美格叫道。她正在撫摸綢緞裙子的銀閃閃褶子，這是她平生第一件綢緞服裝，是勞倫斯先生一定要送給她的。

「我又怎麼不是呢？」馬奇太太看看丈夫的來信，又看看貝絲的笑臉，輕輕撫摸著那枚剛剛由女兒們別在胸前，用灰色、金色、栗色和褐色頭髮做成的胸針，心中充滿感激之情地說。

在這個平淡無奇的世界上，偶爾會發生像小說書裡那樣饒有趣味的事情，那該是多大的安慰。半小時前，大家說，全家很幸福，可美中不足，就只差一件事，沒想到，這事就發生了。勞里打開客廳的門，悄悄地探頭進來。他好像剛翻了個筋斗，又像印第安人那樣剛吶喊過，因爲臉上洋溢著抑制不住的興奮，聲音也帶著一種神秘的喜悅，大家見了都跳了起來。他只是氣喘吁吁，語氣詭秘地說：「這裡還有一件聖誕禮物，送給馬奇大家庭。」

還沒等把話說完，他就不知怎麼閃開了。在他的位置上出現了一位男子，只見他高高的個子，頭上用圍巾包得嚴嚴實實，露出兩隻眼睛，由另一個高個子攙扶著。他想說點什麼，可又沒能說出口。大家蜂擁而上，好幾分鐘，跟發了瘋一樣，做出了最古裡怪氣的事，可誰都沒講一句話。四雙充滿濃濃愛意的手臂把馬奇先生抱了個嚴嚴實實；喬差一點都要昏過去了，不得不扶到瓷器儲藏室接受勞里的治療，這令她大爲丟臉；布魯克吻了一下美格，他吞吞吐吐地說是完全出於誤會；艾美向來穩重，可這回卻被凳子拌了一跤，也顧不得爬起來，就抱住爸爸的靴子大喊大叫，十分感人。馬奇太太第一個回過神來，舉起手警告大家：「噓！別忘了貝絲在休息！」

可已經晚了，書房的門飛快地打開，門口出現了一個披紅色晨衣的小人——喜悅給虛弱的四肢增添了幾分力氣——貝絲撲到了父親懷裡。這以後發生的事已不再重要，因爲大家心頭洋溢著快樂，它沖走了往日的一切苦澀，留下的盡是現在的甜蜜。

有件事不算浪漫，由衷的一笑使大家都清醒過來。她們看到漢娜站在門後，手裡捧著一隻肥大的火雞，嗚咽著。她剛才衝出來的時候，忘了把火雞留在廚房裡了。等笑聲平息了下來，馬奇太太便感謝布魯克精心地照料丈夫，這也讓布魯克突然想起馬奇先生需要休息。他拉過勞里，匆匆告退了。接著，大家要兩位病人休息，他們只得從命。他們坐在同一把大椅子上，聊個不停。

馬奇先生說，他早就想給大家一個驚喜。天氣一放晴，就得到醫生允許，趁此機會出院。他談起了布魯克悉心的照料，是一位多麼正直、可敬的年輕人。馬奇先生說到這裡停了下來，瞟了一眼美格，只見她正在使勁地捅爐火。他接著又滿臉疑惑地皺起眉頭，看了看妻子，至於他爲什麼這樣，讀者心知肚明。還有，馬奇太太微微地點了點頭，突然問丈夫要吃點什麼，至於這又是爲什麼，也留給讀者去猜想。喬見到這神色，馬上就明白了，於是她沈著臉去取牛肉汁，一邊砰地關上門，一邊對自己嘟噥著：「我恨死了棕色眼睛的年輕人！有什麼可敬的？」

從來沒有吃過那麼豐盛的聖誕大餐。漢娜端上來的大火雞，真是一道奇觀。火雞肚子裡塞著滿滿的作料，外皮烤得棕黃，而且還點綴了蔬菜。葡萄乾布丁也引得人口水直流，放到嘴裡就化掉了。還有果子凍，艾美陶醉得像一隻掉進蜜罐裡的蒼蠅。一切都是那麼美好，真是上天保佑。漢娜說：「太太，我剛才真是昏了頭，幸虧，我沒有烤布丁，沒有把葡萄乾塞到火雞裡頭，更不用說把火雞包在布裡炙（煮），真是個寄（奇）蹟。」

勞倫斯先生祖孫倆也過來與她們共進大餐，布魯克先生也在座——喬悄悄地瞪著他，逗得勞里直樂。貝絲和父親並排坐在桌子正座的兩把安樂椅上，只吃一點點雞肉和水果。他們為健康而乾杯，講故事、唱歌，還有如老人們所說，「敍舊」，真是一段無限美妙的時光。本來打算去乘雪橇，可女孩們不願離開父親，所以客人們早早就告辭了。夜幕降臨，幸福的一家子圍坐在爐火邊。

大家盡情地聊天，隨後是一段短暫的沈默。接著，喬先開口了：「就在一年前，也是平安夜，我們個個都在發牢騷，抱怨倒楣的聖誕節來臨。還記得嗎？」

「這一年總的說來還算順利！」美格面對爐火滿臉笑容地說，慶幸自己體面地招待了布魯克先生。

「我覺得這一年挺苦的。」艾美說，一邊看著自己閃閃發光的戒指，兩眼若有所思。

「總算過去了，我很高興把您盼回來了。」貝絲坐在父親的腿上，輕聲說道。

「你們走的路確實有不少磨難，小朝聖者們，特別是後半段。可你們勇敢面對，我相信，不久你們的擔子就能落地。」馬奇先生慈祥地看著圍坐著的四張小臉，滿意地說。

「您是怎麼知道的？媽媽跟您說的嗎？」喬問。

「她跟我說了沒多少，草動知風向嘛，我今天就看到了一些。」

「哦，跟我們說說！」坐在他身邊的美格喊道。

「這裡就有一個！」他拿起一隻放在椅子扶手上的手，指點著粗糙的食指、手背上一點燙傷的疤，還有手掌上的兩三個老繭。「我還記得，這手以前是又白又嫩，你最關心的就是保養它。那時確實很美，可在我看來，現在更美——因爲透過這些表面的傷痕，我可以知道一個個故事。對名利場進行了一次燃燒燔祭嘛，這硬結的手掌贏得的遠不止是水泡。我相信，這些針刺累累的手指做出的針線活一定很耐用，因爲針針線線都包含了良好的祝福。美格，乖乖，比起那些白皙的手和時髦的才藝，我更看重這種婦人的才藝，因爲它能爲家庭帶來幸福。能握一下這善良、勤勞的小手，我感到很自豪，真希望不會很快有人懇求我放掉它③。」

如果美格長期的耐心需要回報的話，那麼在父親有力的握手和贊許的笑容裡，她已經得到了一切。

「那喬呢？請誇她一下。她也那麼辛苦，對我又那麼好。」貝絲在父親耳邊嘀咕。

他笑著，往坐在對面的高個女孩看去，只見她棕色的臉上充滿了異常溫柔的神情。

「儘管留著一頭短捲髮，可我看不到一年前離開時的那個『喬小子』了。」馬奇先生說，

「我看到的是一位年輕小姐，領頭別得挺直，鞋帶繫得整整齊齊，不吹口哨，不說土話，也不像以前那樣躺在地毯上了。照看貝絲又操心，臉都變得消瘦蒼白，可我喜歡看，因爲這樣變得更秀氣。嗓門也沒那麼大了，不再蹦蹦跳跳，走路也文雅了，還能像媽媽一樣照顧某個小孩了，我真高興。我很想念那個野女孩，可要是她變成一個堅強、樂意幫人、心地善良的大女孩，我會感到非常滿意。不知道我家愛搗蛋的黑綿羊④是不是因爲剪了毛而變得文靜，可我敢肯定，找遍整個首都，都沒有一樣好東西，値得用乖女兒捎來的二十五元買下來。」

聽罷父親的誇獎，喬那明亮的雙眼有點模糊，消瘦的臉蛋在火光映照下變得紅潤起來，心裡覺得自己是該誇獎一下。

「現在該輪到貝絲了。」艾美說。她渴望輪到自己，可她願意等。

「對她沒什麼可說的，我怕說多了她要溜走。不過她已經不像過去那樣害羞了。」父親高興地說。一想到自己差一點就失去了她，父親緊緊地擁抱著貝絲，兩人的臉貼緊在一起。他體貼地說：「總算沒事了，我的貝絲，我要你平平安安，願上帝保佑。」

在片刻沈默之後，父親低頭看著坐在腳邊矮凳上的艾美，摸著她發亮的頭髮說——

「我發現，艾美整個下午都在給媽媽跑腿，今天晚上又給美格讓座，耐心地爲大家服務，而且樂意這麼做。我也看到她不再煩惱，也不再照鏡子，也不炫耀手上的漂亮戒指。所以我敢肯定，她已經學會了多爲別人著想，少爲自己考慮，下定決心培養自己的優秀品格，跟她塑造小泥人一樣用心。爲此，我很高興。我爲她塑造出優美雕像感到自豪，更爲有這樣一個可愛的女兒，一個有才幹爲自己和別人創造美麗人生的女兒，而感到無比自豪。」

「你在想什麼，貝絲？」當艾美謝過父親並介紹了戒指的來歷後，喬問。

「今天我讀《天路歷程》，讀到基督徒和希望徒排除萬難，來到一片長年開滿百合花的怡人的芳草地，在那兒愉快地歇息，如我們現在一樣，然後繼續向目的地挺進，」貝絲答道，一面從父親的臂膀中溜脫出來，慢慢走到鋼琴前說，「唱聖歌時間到了，我想回到老位子。我來試唱朝聖者們聽到的那首牧童歌。因爲父親喜歡這首歌的歌詞，我特地爲他譜了曲。」

說著，貝絲坐到寶貝鋼琴前，輕輕觸動琴鍵，邊彈邊唱。那柔美的聲音恍如隔世之音，他們以爲再也無緣聽到了。這首古雅的讚美詩彷彿專爲她而作——

體虛者無懼跌落，
低賤者無需自尊；
卑下者心中自有，
萬能的上帝引導。

我心常知足，
貧富不能移；
主呵！我長求知足常樂，

只因此樂主珍惜。

漫漫朝聖旅，
負擔真沉重；
此生微，來世極樂，
生生世世最快樂！

①義大利藝術大師（1483－1520）。
②歐洲著名高峰。
③英語中的雙關語，指允婚。
④英語成語，指害群之馬。是雙關語，比喻喬剪了頭髮貼補家用，又指黑綿羊剪了毛便無害了。

二十二　姑婆解決問題

第二天，母女幾個圍著馬奇先生團團轉，宛如蜜蜂簇擁著蜂王。她們把一切都拋到腦後，只管伺候這位新到的病人，注視著他，聽他說話，使他招架不住。他擱著腿坐在大椅子裡，靠在貝絲坐的沙發旁邊，其他三個女兒圍在身邊，漢娜不時地探頭進來，「偷偷地看一眼親人」，大家其樂融融，一切都顯得完美無缺。可家裡似乎又缺了點什麼，除了兩個小女兒外，大家都覺察到了，不過誰都不願承認。馬奇夫婦把目光轉向美格，面露焦躁地互相看看。喬有時突然嚴肅起來，大家還看到她對著布魯克先生留在過道裡的傘揮拳頭。美格心不在焉，害羞得一言不發，一聽到門鈴響就心驚肉跳，一聽到約翰的名字就滿臉通紅。艾美說：「大家好像都在等什麼，坐立不安，這就奇怪了，爸爸都已經平安到家了。」貝絲天真地納悶，她家的鄰居怎麼突然不來了。

下午勞里來了，看到美格坐在窗邊，彷彿一下子心血來潮，單膝跪在雪地上，捶胸扯髮，還哀求地抱拳，猶如乞討什麼恩典。美格叫他放尊重一點，命他走開，他又用手帕絞出幾滴假淚，然後搖搖晃晃轉身而去，彷彿傷心欲絕。

「那憨頭鵝是什麼意思？」美格笑著明知故問。

「他在向你示範，你的約翰以後會怎麼做。感人吧？」喬奚落道。

「別說『我的約翰』，這不禮貌，也並非事實。」但美格的聲音卻戀戀不捨這幾個字，彷彿聽起來很悅耳。「請不要煩我了，喬，我跟你說過的，我對他並沒有怎麼，這事也沒什麼可說的，我們還像以前一樣朋友來往。」

「我們可辦不到啊，都已經說出口了的。對於我來說，勞里的惡作劇已毀了你。我看出來了，媽媽也一樣。你一點也不像過去的你，似乎離我那麼遙遠。我不想煩你，而且會像男子漢一樣承受此事，但我很想把它解決掉。我痛恨等待，所以如果你真有意的話，就請抓緊時間，趕快了斷，」喬沒好氣地說。

「他不開口，我沒法說什麼，也無能為力，但他不會說的，因為爸爸說我還太小。」美格說，一面低著頭做活，臉上露出一絲異樣的微笑，表明在這一點上他不很贊同父親的意見。

「要是他真的開口了，你會不知道怎麼說好，只會哭鼻子，臉紅，讓他遂心如意，而不是好好地、堅決地說一聲『不』。」

「我可不是你想像的那麼傻，那麼軟弱。我知道該說什麼的，因為我已經計劃好了，免得措手不及。誰也不知道會發生什麼事，我希望自己有備無患。」

看到姐姐不知不覺擺出一副煞有介事的神氣，就像臉頰上兩朵美麗的紅暈，變幻不定，十分好看，喬禁不住微笑起來。

「不介意告訴我你會說什麼嗎？」喬肅然起敬地問。

「不介意。你也十六歲了，完全可以參與我的心事。再說你以後要碰到這種事情，我的經驗或許會對你有用。」

「不打算碰到的；看別人談情說愛倒是挺帶勁的，但自己墜入情網時，我會覺得愚不可及，」喬說。想到這，她不覺驚恐萬狀。

「我想不會的，如果你很喜歡一個人，而他也喜歡你的話。」美格彷彿在自言自語，說完向外面的小巷望去。夏日黃昏時，她常常看到戀人們在這裡雙雙散步的。

「我想你是準備把這番話告訴那個男人吧，」喬不客氣地打斷姐姐的遐想。

「哦，我只會平靜、乾脆地說：『謝謝你，布魯克先生，你的心意我領了，但我和爸爸都認為我還太年輕，目前不宜訂婚，此事請不要再提，我們還是一樣做朋友吧。』」

「哼！說得真夠剛強、漂亮的！我不信你會這樣說，我看即使說了他也不會甘心。如果他像小說裡頭那些失戀者一樣糾纏不休，你就會答應他，而不願傷害他的感情。」

「我不會的。我會告訴他我主意已定，然後很有尊嚴地走出房間。」

美格說著站起來，正準備排練那尊嚴告退的一幕，過道裡卻傳來腳步聲。她飛快地坐到座位上，開始做針線活，彷彿有人給她規定了時間，要縫完才能活命。見到這個突然的變化，喬強忍著笑。聽到有人輕輕地敲門，喬板著臉開了門，那樣子很不客氣。

「下午好。我來拿傘——也就是看看你爸今天怎樣了，」布魯克先生問，看著兩張愛憎分明的臉，心裡有點迷惑不解。

「很好，爸爸在擱架上，我去拿，跟傘說你來了。」喬回答時把父親和雨傘完全搞混在一起。她悄悄地溜出房，讓美格有機會表明心跡、保持尊嚴。可是，喬一走，美格就側身往門口走，低聲地說──「媽媽想見你，你請坐，我去叫她。」

「請別走，你怕我嗎，瑪格麗特？」布魯克先生一副痛心的神情，以致美格以爲自己一定做了很無禮的事。她立刻滿臉通紅，布魯克從來都不叫她瑪格麗特的；同時也感到驚奇萬分，怎麼聽他叫會這麼自然，這麼動聽。她急於顯得友好、自在，伸手做了個信賴的姿勢，感激地說──「你對爸爸那麼好，我怎麼會怕你呢？只想著要好好謝你呢。」

「要不要告訴你怎麼道謝？」布魯克問，雙手一把抓住美格的小手，低頭看著她，棕色的眼睛裡充滿了濃濃的愛意。美格心跳得厲害，她既想逃開，又想留下來聽個明白。

「不要，請別這樣──還是別說吧。」她說著試圖把手抽回來。儘管她不承認，可還是顯得很害怕。

「我不會找你麻煩的，美格，只想知道，你是不是對我有點好感。我是那麼愛你。」接著布魯克含情脈脈地說。

到時候了，該冷靜地說那番正經話了，可美格沒開口。她已經忘得一乾二淨，只低著頭回答：「不知道。」說得那麼輕，約翰不得不彎下腰才能聽見這傻乎乎的回答。

他似乎覺得這個麻煩很值得，滿意地對自己笑了笑，感激地緊握那隻胖乎乎的手，誠摯地勸道：「你願意設法弄明白嗎？我很想知道，要弄清楚我最終能否得到獎賞，才能安心工作。」

「我太小了。」美格支支吾吾地說，納悶怎麼會這麼心緒不寧，可心裡還是暗自高興。

「我可以等，與此同時，你可以學會喜歡我。這門課程是否很難呢，親愛的？」

「如果想學就不難，不過——」

「那就學吧，美格。我樂意教，這可比德語容易，」約翰打斷她，把她另一隻手也握住，這樣她的臉便無處可藏，他可以彎下腰來端詳了。

他的口氣簡直在懇求了，但美格含羞偷偷看了他一眼，卻看到那含情脈脈的眼睛裡藏著快活，臉上一副胸有成竹的微笑，十分得意，心中不覺惱火起來。此刻，她的腦海裡浮現出安妮·莫法特教給她的愚蠢的賣俏邀寵課程，沈睡於優秀小婦人內心深處的支配欲在心中幡然覺醒，令她失去自制。她感到激動，她感到古怪，一時手足無措，彷彿心血來潮，竟把雙手抽出，大驚小怪地說：「我不想學。請走開。別煩我！」

可憐的布魯克先生大驚失色，彷彿他那漂亮的空中樓閣在耳邊轟然倒塌。他以前從來沒見過美格發這樣的脾氣，心中不覺糊塗起來。

「你說的是真話？」他焦急地問，一邊跟著拔腿就走的美格。

「不假。我不想爲這種事煩惱。爸爸說我沒必要。太早了，我還不想。」

「請問，你會慢慢改變主意嗎？我會等，等你考慮考慮再說。別戲弄我，美格。我想你也不會那樣的。」

「對我千萬什麼也別想，你不想也罷，」美格說。一句話既逞了自己的威風，又考驗了情郎的耐心，她心中產生一股淘氣的滿足感。

他臉色陰沈下來，變得煞白，神態極像她所崇拜的小說主人公，但他既沒有學他們拍額頭，也沒有在房間裡踱步。他只是癡癡站在那兒，溫情脈脈地看著她，她心裡不由得軟了下來。如果不是馬奇姑婆在這有趣的當兒一瘸一拐地走進來，接下來會發生什麼，就不得而知了。

老太太在戶外透氣，碰到了勞里，得知馬奇先生已經回來了，她忍不住要看看侄子，就馬上乘馬車來看他。一家人都在後屋忙碌，她輕手輕腳地進來，希望給他們一個冷不防。她確實使其中的兩位頗感意外；美格彷彿看到了鬼，嚇了一跳，布魯克先生馬上退入書房。

「天哪，這到底是怎麼回事？」老太太看看臉色蒼白的年輕人，又瞧瞧滿臉通紅的美格，把手杖一叩，大聲喊道。

「那是爸爸的朋友。我被您嚇了一跳！」美格結結巴巴地說，覺得自己這下又要好好地被訓一頓了。

「顯而易見的嘛。」姑婆邊坐下邊回答，「可你爸爸的朋友說了什麼，讓你臉紅得像朵牡丹？裡面肯定有鬼，我一定要搞清楚。」手杖又敲了一下。

「我們只是在聊天。布魯克先生是來拿傘的。」美格開口了，但願布魯克先生已經拿著傘平安地走了。

「布魯克？就是那男孩的家庭教師？啊，我明白了。我什麼都知道了。喬在讀你爸爸的一封信時，無意中說漏了嘴，我讓她說了出來。孩子，你還沒有答應他吧？」姑婆生氣地喊道。

「噓！他會聽到的。要我把媽媽叫來嗎？」美格心煩意亂地說。

「還不用。我要跟你說些事。必須一吐為快。告訴我，你想嫁給這個庫克①？要是真的，我可一分錢都不會傳給你。記住了，放聰明點。」老太太威嚴地說。

姑婆擅長激起那些溫順之人的逆反心理，並以此為樂。我們多數人骨子裡都有一點任性，年輕的戀人們更是如此。如果姑婆懇求美格，要她接受約翰・布魯克，美格可能會宣布她連考慮都不會考慮。可要是有人斷然要求她不要喜歡約翰，她卻馬上會鐵了心要喜歡他。傾慕加上任性使美格輕易就做出了決定。美格顯得非常激動，以非凡的勇氣拒絕了老太太。

「我愛嫁誰就嫁給誰，姑婆，把錢愛傳誰就傳給誰吧。」她說著堅定地點點頭。

「放肆！我可是好意，你就這樣對我，小姐？到草房裡做你的愛情夢去吧，你會明白什麼叫失敗，到時會後悔莫及的。」

「總不會比豪宅業主的愛情差吧？」美格反駁道。

姑婆戴上眼鏡，仔細地端詳美格，從沒見過這女孩有如此的新脾氣。美格也幾乎不認識自己了，只覺得自己是那麼勇敢、自立──能維護約翰，隨意宣示自己愛他的權利，令她很高興。姑婆發現自己出師不利，沈默片刻之後，她又重新開始，儘量溫和地說：「好了，美格，好孩子，別亂來，聽我的話。我是為你好，不想看到你第一步走錯，毀了一生。你要嫁個有錢人，幫幫你的家。嫁給有錢人，是你的責任，你應該刻骨銘心。」

「爸爸、媽媽不會這麼想的。他們知道約翰沒錢，可還是喜歡他。」

「我的寶貝，你父母跟兩個小孩子一樣，不懂什麼世故。」

「我就喜歡這樣。」美格決不屈服。

姑婆沒在意，繼續開導她：「這個魯克沒錢，連個有錢的親戚都沒有，是吧？」

「是的，可他有很多熱心的朋友。」

「你們不能光靠朋友度日。試試看吧，朋友會變得多麼冷淡。他沒職業，對嗎？」

「還沒有。勞倫斯先生會幫他的。」

「詹姆斯·勞倫斯是個喜怒無常的怪老頭，不可靠。那你打算跟這麼個人結婚囉？一個沒錢、沒地位也沒職業的人。你打算過得比現在更苦啊。其實，聽我的話，好好做人，日子會過得很舒服的！美格，我向來以爲你很聰明。」

「哪怕等上下半輩子，我也無法更好地做人！約翰也很聰明，是個人才，勤勞肯幹，肯定能幹一番事業。他精力充沛，而且敢做敢爲，大家都喜歡他，尊重他。我一個女孩家，沒錢，什麼都不懂，可他喜歡我，我感到很自豪。」美格說話真摯，顯得比以往更加美麗動人。

「他可知道你有闊親戚的，孩子，我猜，這是他喜歡你的秘訣。」

「姑婆，你怎麼能這麼說？約翰不會這麼卑鄙，要是你再這麼說，我可不聽了。」美格憤怒地喊道，這時她已忘記了一切，腦海裡只有老太太不公正的猜測。「我的約翰不會爲了錢結婚，我也不會。我們都肯努力，願意等。沒錢我不怕，你看，我現在不是很開心嘛。我相信，我會跟他在一起，因爲他愛我，我——」

美格沒有說下去，突然想起自己還未下決心，她剛才已經要「她的約翰」走開。他可能無意中會聽到自己前後矛盾的話。

姑婆十分懊惱，她一心要爲漂亮的侄孫女找一份美滿姻緣，可女孩年輕開心的臉上的神情使老太太感到傷心，氣不打一處來。

「好吧，這事我可撒手不管了！你這個任性的丫頭。盡做蠢事，你失去了很多，有些你甚至還不知道。不，我不耽擱了。對你很失望，沒心思再看你爸爸了。出嫁時就別指望了，我什麼都不給。你的布魯克先生有那麼多朋友，他們會照顧你的。我跟你到此完了。」

然後，姑婆當著美格的面把門砰地關上，怒氣衝衝地驅車走了。她彷彿把美格的全部勇氣也捲走了，女孩獨自一個人站著發呆，不知道該笑還是哭。她還沒回過神來，布魯克先生就一把抱住她，一口氣說道：「我不是有意偷聽，美格。謝謝你替我說話。我也要謝謝馬奇姑婆，她證實了你真的有點喜歡我。」

「要是她不罵你，我也不知道我是多麼喜歡你的。」美格說。

「我不用再走了吧，可以留下來嗎，親愛的？」

這時本來又是一個好機會，美格可以發表決定性的講話，然後體面地開脫。但美格從來都沒有想過這麼做，只是把臉靠在布魯克的馬甲上，溫順地喃喃道：「行，約翰。」這使她在喬面前永遠都擡不起頭來。

在姑婆離去一刻鐘之後，喬輕輕走下樓梯，在大廳門口站一下，聽到裡頭沒有聲音，便滿意地點點頭，笑著自語道：「她已按計劃把他打發走了，此事已經了斷。讓我去聽聽這件趣事，痛痛快快笑一場。」

不過，可憐的喬永遠也沒笑成，她剛踏上門檻便怔住了。眼前的情景，使她的嘴巴張得幾乎跟圓瞪著的眼睛一樣大。她本來要進去為退敵而歡慶一番，稱讚姐姐意志堅強，把要不得的情郎逐出家門，不料，卻看見那位仇敵安詳地坐在沙發上，而意志堅強的姐姐則端坐在他的膝上，臉上是一副天底下最卑鄙的百依百順的表情。真是觸目驚心啊。喬猛吸了一口冷氣，猶如一盆冷洗澡水劈頭潑下——形勢急轉直下，實在出乎意料，她不禁呼吸急促起來。聽到奇怪的響聲，那對戀人回過頭來，看到了她。美格跳起來，神情既驕傲又靦腆，但「那個男人」，喬這樣稱呼他，竟自笑了起來，吻了吻驚得目瞪口呆的不速之客，冷靜地說道：「喬妹妹，祝賀我們吧！」

這無異於傷害又加侮辱——實在太過分了——喬惱羞成怒，兩手狠狠一甩，一聲不吭地消失了。她跑上樓，闖進房間，痛心疾首地大叫，把兩位病人嚇了一跳——

「哎喲，誰快下樓來呀。約翰．布魯克在做見不得人的事，美格還很高興！」

馬奇夫婦飛快地衝出房間。喬撲倒在床上，一邊痛哭一邊痛罵著，把這個可怕的消息告訴貝絲和艾美。不過，兩位小妹妹卻覺得這是件快事，還很有趣。喬未得到她們的同情，便躲上了閣樓，把滿腹的牢騷向幾隻小老鼠傾訴。

沒人知道那天下午客廳裡發生的事。可大家聊了許多，一向不善言語的布魯克先生滔滔不絕，這使朋友們都頗感詫異。他還熱切地求婚，講了他的打算，又說服大家一切都按他的想法來辦。

喝茶的鈴聲響了，布魯克還沒講完，正在描繪自己設想爲美格創造的樂園。他自豪地陪同美格吃晚飯，兩人都顯得無上幸福。喬無心嫉妒，也無心沮喪。艾美被約翰的真情和美格的高貴深深地打動。貝絲遠遠地望著他們笑，馬奇夫婦滿意地、深情地審視著這對年輕人，毫無疑問，姑婆稱他們「一對什麼都不懂的小孩子」一點沒錯。大家都吃得不多，可都顯得興高采烈。家裡有了第一樁美麗愛情，簡直蓬蓽生輝。

「現在，你不能說高興事從來不進家門了吧，美格？」艾美問，一邊盤算構思，如何把這對戀人雙雙畫進畫中。

「對，肯定不能這樣說。我說這話以來，發生了多少事情啊！好像是一年前的事了吧，」美格回答。她此刻正在做著遠遠超越了麵包黃油這類俗物的美夢。

「這次是歡樂緊跟悲傷而來，我倒以爲轉機開始出現了，」馬奇太太說，「很多家庭不時會遇上多事之秋；這一年便發生了許多事情，但畢竟結局總算不錯。」

「但願來年的結局更好，」喬咕噥道。看到美格當著她的面迷戀一個陌生人，她心裡難以接受啊。喬對一些人愛得頗深，唯恐會失去他們的愛，唯恐情意會淺下去。

「我希望從今年開始的第三年會有一個更好的結局。我看這是勢在必行的，只要我能夠實施自己的計劃，」布魯克先生笑微微地望著美格說，彷彿現在對於他來說，一切都成爲可能的了。

「等三年是不是太久了？」艾美問，恨不得婚禮立即舉行。

「我還有許多東西要學，還嫌準備時間顯得太短呢，」美格回答，甜甜的臉上露出一種前所未有的嚴肅。

「等著就行了，事情都交由我來做，」約翰說做就做，撿起美格的餐巾，臉上的表情令喬直搔腦袋。這時，前門砰地響了一聲，喬鬆了一口氣，自忖道：「勞里來了。我們終於可以談點正經事了。」

但喬想錯了。只見勞里心花怒放地跑進來，手裡捧著一大束喜花送給「約翰・布魯克太太」。他顯然還執迷不悟，錯把自己的乖巧張羅當成了這樁好事的促成要素。

「我早就知道，布魯克一定心想事成的，他一向如此；只要他下定決心要做一件事，天塌下來也能做好，」勞里把花獻上，又祝賀過了。

「承蒙誇獎，不勝感激。我把這話當作一個好兆頭，這裡就邀請你參加婚禮，」布魯克先生答。他待人一向平和，連淘皮搗蛋的學生也不例外。

「我即使遠在天邊也要趕回來參加，單單喬那天的臉色就值得我長途跋涉回來一看的啦。你好像不大高興呢，小姐。怎麼回事？」勞里問，一面跟著喬，和眾人一起來到客廳一角迎接勞倫斯先生。

「我不贊成這頭婚配，但我已決定把它忍下來，一句壞話也不說，」喬嚴肅地說。「你不會明白的，我失去美格有多麼難受，」她接著說，聲音微微顫抖。

「你並不是失去她，只是與人平分而已，」勞里安慰道。

「再也不會一樣了。我失去了至親至愛的朋友，」喬歎息道。

「但你有我呢。你看，我雖一事無成，但一定會和你站在一起的，一生一世。一定！我發誓！」勞里說話算話的。

「我知道你一定會的，我千恩萬謝。你總是給我帶來莫大的安慰，勞里，」喬答道，感激地握著勞里的手。

「噯，好了，別愁眉苦臉的啦，好孩子。這事其實並沒有什麼不好。美格感到幸福，布魯克跑動一下，很快就能安定下來的。爺爺會照顧他。看到美格住自己的小窩，該是多麼快活。她走後我們會過得十分開心的。我很快就讀完大學了，屆時我們結伴到國外好好遊覽一下。這樣你心裡舒服了吧？」

「但願如此。但誰知道這三年裡會發生什麼事情呢，」喬心事重重地說。

「那倒是的。難道你不想向前看，想像一下我們大家到那時有什麼進展嗎？我可想的，」勞里回答。

「不看也罷，我怕看到傷心事。現在大家都這麼高興，我想將來也不會更上一層樓的，」喬說著把房間慢慢掃視一遍，眼睛隨之一亮，那邊是風景獨好。

父母親坐在一起，靜靜地重溫約二十年前初戀時的情景。艾美正在替那對情侶作畫，他們坐在一邊，沈醉在自己的美妙世界裡，臉上閃著上帝恩寵的光輝，這是小畫家所不能描摹的。貝絲躺在沙發上，與老朋友愉快地交談。勞倫斯先生握著她的小手，覺得它好像具有一股力量，能引導他與她平靜地同行。喬懶洋洋地躺在她最喜歡的矮椅子上，神色黯然而平靜，這恰好是她自己的風格。勞里靠在她的椅子背上，下巴貼著喬的捲髮頭，笑容可掬，面對映著兩人的長鏡子，朝喬點點頭。

人物聚齊，可以落幕，美格、喬、貝絲和艾美的故事也告一段落。帷幕是否再次拉起，全仰仗各位讀者是否接受《小婦人》這部家庭劇的第一幕了。

①這裡馬奇姑婆由於生氣，一下忘了布魯克的名字，把它說成了庫克，下文的魯克也是如此。——譯者注

美格的幸福

一　閒聊

故事重新開講，還是先聊一些馬奇家的事，然後輕鬆地參加美格的婚禮。這裡請允許我澄清一點，如果年歲大的讀者覺得故事裡寫了太多有關「談情說愛」的內容，恐怕他們會這麼提出（倒不怕年輕讀者提出這種異議），我只能用馬奇太太的話說：「我家有四位快樂的女孩，那邊還有一位瀟灑的小夥子做鄰居，你們又能指望什麼呢？」

三年過去了，平靜的家裡沒有多大變化。戰爭已經結束，馬奇先生平安地待在家裡，整天爲小教區的事務忙碌，一有空便埋頭讀書。他的性格和風度都讓人覺得，他天生就是個牧師——沈默寡言，勤勞肯幹，富有書本裡學不到的智慧，善心廣博，認爲四海皆「兄弟」，生性虔誠，卻讓人敬畏愛戴。

雖然貧窮和正直的天性使他無緣於世俗名利，但這些優點使許多好人都親近他，如芳草能吸引蜜蜂般順理成章。同樣，他給予他們的花蜜凝聚著五十年飽經風霜的經歷，卻沒有半點苦澀。兢兢業業的年輕人發現，這位滿頭白髮的學者，心跟他們一樣年輕；婦女有心事或遇到麻煩的，本能地向他傾訴疑惑和憂傷，相信能在他那裡得到最體貼的同情和最明智的忠告；罪人們把罪孽向這位真誠的老人懺悔，以獲得訓誡和拯救；天才們把他視作知音；有進取心的人在他那裡找到了更高尚的抱負；連那些凡夫俗子都承認，他的信仰既真且美，雖然「沒有回報實惠」。

在外人看來，馬奇家是由五個精力旺盛的女人做主。在很多事務中，她們確實如此。雖然沈默寡言的學者埋在書堆裡，可他還是一家之主、家裡的良知、精神支柱和安慰者。每當遇到麻煩時，忙碌不安的婦人總會向他求助，發現丈夫和父親這兩個神聖的字眼對他真是名副其實。

女孩們把心都交給了母親，把靈魂交給了父親。對於忠誠地爲女兒們勞作的父母，她們給予的是愛，這種愛隨著年齡的增長與日俱增。愛淨化生命，超越死亡，如同一根無限美好的紐帶，把她們體貼地牽在一起。

馬奇太太雖然比以前看到的蒼老多了，可還是像過去那樣風風火火，樂觀開朗。現在她正忙於張羅美格的婚事，醫院和收容所的事也就無暇顧及。毫無疑問，許多醫院裡的男孩們和戰士遺孀們都渴望著這位熱心人的探望。

約翰．布魯克勇敢地當了一年兵，受傷回家，無法再上戰場。領章上沒有加星，可他問心無愧，因爲他不顧一切，毅然投身戰場。値此生命和愛情之花開得正豔時，這難能寶貴。約翰完全服從退役的安排，全身心投入身體的恢復，並準備找個職業，爲美格掙錢，建立一個家庭。他的特點是有遠見，不依賴人，所以拒絕了勞倫斯先生慷慨的相助，而接受了記帳員的工作。他覺得老老實實掙錢比貸款冒險要踏實得多。

美格在期待中工作，變得女人味十足，操持家務的本領日益完善，人也越發美麗動人。可見，愛情是一種超凡的美容品。她滿懷少女的憧憬和希望，可想到新生活必須以卑微的方式開始，心中不免有幾分失落感。內德．莫法特剛娶了薩莉．加德納，美格忍不住要拿他們豪華的房子、漂亮的馬車、大量的禮物、時髦的服裝進行攀比，並且暗自想望自己也來一份。可當她想起，約翰爲這個小家不辭辛勞，付出了無限真愛，她心中的羨慕和不滿頓時煙消雲散。當他們坐在暮色中討論家庭小計劃時，前途總是變得那麼美好、充滿希望，美格也就忘記薩莉的榮華富貴，只覺得自己是基督教世界中最富有、最幸福的女孩。

喬沒有再踏入馬奇姑婆家一步，因爲老太太非常喜歡艾美，爲了收買艾美，甚至提出要爲她延請當今最好的繪畫老師教她。爲了實現這種好事，艾美在所不惜，即使再難纏的老太太也會去服侍。她早上去完成任務，下午去享受繪畫的樂趣，做到兩不誤。喬全身心地投入文學創作，同時照顧貝絲。雖然貝絲猩紅熱早已成爲過去，可身體還是很虛。準確地說，她已經不是病人，可再也不能像以前那樣臉色紅潤、體健身輕。不過，貝絲還是心情開朗，充滿希望，寧靜而安詳，整天都默默地忙於自己喜歡的工作。她是家裡的天使，大家的朋友，那些至愛親友到後來才慢慢地認識到這一點。

只要《展翅的雄鷹》刊登她所謂的「垃圾」，然後每一欄再支付一元錢，喬就覺得自己有收入，並努力杜撰她的傳奇故事。不過，她忙碌的腦袋雄心勃勃，醞釀著眾多宏偉計劃。閣樓上的舊鐵櫃裡，滿是墨跡的手稿在漸漸增厚，總有一天，它會使馬奇的名字載入名人錄的。

勞里爲了討爺爺歡心，乖乖地上了大學。同時，爲了使自己高興，他儘量用最輕鬆的方式完成學業。他生性聰明、舉止優雅，又出手大方，因此人緣很好。可他心地善良，常常爲了幫助別人，反而自己陷入困境，他正面臨著被寵壞的危險。就像許多前途無量的年輕人那樣，他本來可能早就被慣壞了，幸虧有個辟邪的護身符，在他記憶深處還銘刻著一位慈祥老人，一心要看他成功；還有那位慈母般的益友，把他當成親生兒子看待；最後，無論如何也是相當重要的，他明白，有四位天真的女孩，她們衷心地愛他、敬仰他、信任他。

勞里只是一個「食人間煙火的好小夥子」，當然，他也嬉鬧、調情、打扮入時，有時他也感情用事、隨波逐流、愛好體育，這也難怪，大學裡的潮流就是如此。他捉弄人也被人捉弄，滿嘴俚語，不止一次差點就被停學、甚至開除。可由於這些惡作劇都是源於脾氣暴躁和喜歡尋開心，他總能坦誠地承認錯誤、體面地改過自新，要麼憑藉他爐火純青的口才說得人不得不信服。其實，他爲自己能僥倖逃脫感到自鳴得意，喜歡向女孩們繪聲繪色地描繪，他是如何成功地戰勝憤怒的導師們、尊貴的教授們，還有那些手下敗將。在女孩們的眼裡，「我班上的男生們」都是英雄，她們對「我們的夥伴們」的故事百聽不厭。勞里經常帶同學到家裡，於是她們也常能親睹這些大人物的恩澤。

艾美特別欣賞這份榮耀，成了他們中間的大美人，因爲這位小姐很早就體會到，也開始學會如何運用她天生的魅力。美格過於迷戀她的約翰，對其他男孩子都不屑一顧。貝絲太靦腆，只敢偷偷地朝他們瞥上幾眼，心裡還納悶，艾美怎麼敢這麼把他們弄得團團轉。可喬卻感到得心應手，她情不自禁地模仿起紳士的姿態、說話和舉止。在她看來，這些可比那些年輕小姐的禮節要自然多了。男孩子們都非常喜歡喬，可不會愛上她。當然，面對仙女般的艾美，很少有人能不獻上一兩聲滿懷深情的歎息。說到感情，很自然我們便想到了「斑鳩房」。

那是布魯克先生爲美格準備的新家，它是一座棕色的小房子。勞里給它取了這個名字，說這對溫情脈脈的戀人來說正合適。他們「就像一對斑鳩在一起生活，先是接吻，接著便是唧唧地說情話」。這是一座小房子，屋後有一個小花園，屋前有一塊手帕大小的草坪。美格打算在這裡建一個噴水池，栽些灌木，再種上各種可愛的鮮花。不過，目前的噴水池只是一個飽經風霜的水缸，很像破舊的髒水盆；灌木叢是幾株落葉松幼苗，也不知道能不能成活；各種鮮花只是插上一些樹枝，表示那裡埋了種子。屋子裡面卻是一派迷人的景象，從閣樓到地下室，開心的新娘都覺得無可挑剔。當然，過道很窄，幸虧他們也沒有鋼琴，因爲誰都別想把整架鋼琴擡進去；餐廳很小，擠不下六個人；廚房的樓道似乎專門是爲把僕人連同瓷器亂七八糟地堆入煤箱而設。可一旦習慣了這些小缺憾，也就感到一切都是那麼完美，因爲屋子裡的擺設處處都顯示出品味和情趣，結果令人非常滿意。沒有大理石鋪面的桌子，沒有落地的穿衣鏡，小客廳裡也沒有花邊窗簾，有的只是簡單的家具，豐富的藏書和一兩幅美麗的圖畫，還有窗臺上的一簇鮮花。漂亮的禮物散放在房間裡，朋友們送的，代表著他們的深情厚意，因而格外悅目。

勞里送的是一尊伯利安白瓷普緒喀①，約翰把它的架子分開擱在一邊，可我覺得這絲毫無損於它的美。艾美富有藝術感，她爲新房裝飾了樸素的紗布窗簾，顯得優雅別緻，這是任何裝飾商都無法做到的。喬和母親把美格爲數不多的幾個箱子、大桶和包袱一起放進儲藏室，連同她們的美好祝福、快樂寄語和幸福期望都一起放進去，我想再沒有比這間儲藏室更豐富的了。漢娜把廚房裡的鍋碗瓢盆排列了十幾遍，一切準備妥當，等「布魯克太太回家」隨時可以生火。要沒有漢娜的辛勤勞作，我敢確信，這個簇新的廚房不會這麼舒適、整齊。我也懷疑，有哪個年輕的主婦開始新生活前會有這麼多抹布、容器、碎布袋，因爲貝絲準備了很多，足夠美格用到銀婚典禮。而且她又發明了三種不同的洗碗布，專門用來擦洗新娘的瓷器。

那些雇人做這些事的人，永遠都不會明白他們失去了什麼，不要說這是居家最平凡的事，可要是由那些愛意濃濃的手來做，就會變得美妙無比。美格深有感觸，在她這個小窩裡，從廚房的捲筒毛巾到客廳桌子上的銀花瓶，一切都凝聚著親人的愛心和周到的謀劃。

一起籌劃時，度過了多麼美好的時光！購置嫁妝時，又是多麼鄭重其事！她們犯了多麼愚蠢的錯誤！看到勞里買來的可笑便宜貨，她們又是怎樣發出陣陣笑聲！這位年輕紳士喜歡開玩笑，雖然大學快畢業了，還是長不大。最近，他異想天開，每周來訪時，都爲小主婦帶上一些實用的新發明。這次送一包奇特的衣服夾子；下次送一個神奇的肉豆蔻磨碎機，誰知，第一次用就散架了。一個刀具清潔器，卻把所有的刀具都糟蹋了；一個清掃器，能去除地毯上的絨毛，卻留下了點點汙跡；省力肥皂，卻使人手上蛻皮；強力膠，對什麼都無效，卻能粘住上當受騙的買主的手指；還有各種馬口鐵工藝品，從收集分幣的玩具儲蓄罐到精緻的汽鍋，這汽鍋能用蒸汽洗東西，但是在洗滌過程中隨時都可能爆炸。

美格懇求勞里不要再送了，可沒用。約翰嘲笑他，喬叫他「再見先生」。可勞里正被一種狂熱沖昏了頭腦，他願意資助美國佬的發明創造，喜歡看到朋友們逐件添置器具，所以每個星期都有滑稽可笑的新鮮事。

終於，一切都準備就緒。工作細緻到艾美已經準備了各色肥皂，與不同顏色的房間相配，還有，貝絲也爲第一頓飯擺放了餐桌。

「滿意了嗎？看上去像小家庭嗎？你感到在這兒會幸福嗎？」馬奇太太問，母女倆正手挽著手在巡視這新王國。此時，她倆顯得越發互相依戀了。

「是的，媽媽，十分滿意。感謝你們大家。幸福得說不出話了，」美格回答，她的表情勝於言語。

「要是有一兩個僕人就好了，」艾美從客廳走出來說道。她在那裡試圖敲定，墨丘利銅像是放在博古架上好，還是放在壁爐臺上好。

「媽和我談過這事，我決心先試試她的辦法。我有洛蒂幫我跑腿，忙這忙那，該不會有多少事情要做的了。我要幹的活兒，只夠使我免於懶惰和想家，」美格平靜地答道。

「薩莉．莫法特可有四個僕人呢，」艾美說。

「要是美格有四個，屋子裡也沒法住下，先生與太太只好在花園裡紮營了，」喬插了嘴。她身繫一條藍色大圍裙，正在爲門把手做最後的加工。

「薩莉可不是窮人妻，眾多的女僕也正適合她的豪宅。美格和約翰一開始是儉樸些，可是我覺得，小屋裡會有大房子裡同樣多的幸福。像美格這樣的少婦若是什麼事也不做，一味打扮、發號施令、閒聊，那就大錯特錯了。我剛結婚時，總是盼著新衣服快點穿壞撕破，這樣就有縫縫補補的樂趣了。我煩透了鈎編織品，擺弄手帕。」

「怎麼不去廚房裡胡亂弄些東西呢？薩莉說她就是這樣玩烹飪的，儘管燒的東西總是不好吃，僕人們也總笑她，」美格說道。

「後來我就是那麼做的，但不是『胡亂』，而是向漢娜學著做。我的僕人們就不用笑話我了。當時是玩玩的。可是，自己一度感到很受用，我不僅有決心，也有能力爲我的小女孩們燒煮健康食物。後來我雇不起幫工了，也可以自力更生。美格，乖乖，你是倒過來開始的。但是現在學的課程，當約翰變成小康時，漸漸地會派上用場。對家庭主婦來說，不管多麼闊氣，如果希望僕人忠實盡力，都應知道工作的方法的。」

「是的，媽媽，我相信的，」美格說，她畢恭畢敬地聽著這個小小的教誨。就持家這引人入勝的話題來說，大部分婦女都會口若懸河的。「你知道嗎？小屋裡我最喜歡的就是這一間，」很快，她們上了樓，美格看著裝滿亞麻織品的衣櫥，接著說道。

貝絲正在那兒，她將雪白的織品整齊地放在櫥架上，得意地端詳著這漂亮的禮物。聽了美格的話，三人都笑了起來，那批亞麻織品可是個笑話呢。要知道，姑婆曾說過，假如美格嫁給「那個布魯克」，就休想得到她的一文錢。可是，當時間平息了她的怒氣，當她爲自己發的誓後悔時，老太太左右爲難了。她從不食言，便絞盡腦汁想辦法繞過去，最後設計了一個自以爲是的方案。弗洛倫斯的媽媽卡羅爾太太，奉命採購、定做了一大批裝飾屋子和桌子的亞麻織品，並印上專門標記，作爲她的禮品送給美格。卡羅爾太太不折不扣地做了，無奈說漏了嘴。全家人大爲受用，因爲姑婆還裝作一無所知，堅持說她只能給那串老式的珍珠項鏈，那是早就承諾要送給第一個新娘的。

「這是我很高興看到的，是當家主婦才有的品味。以前我有個年輕朋友，開始成家時只有六床被單，但因有洗指缽伴著她而心滿意足。」馬奇太太帶著道地的女性鑒賞力，輕輕拍打著織花臺布。

「我連一個洗指缽也沒有，但是，這份家當夠我用一輩子的了，漢娜也這樣說。」美格看上去一副知足的樣子，她也滿可以這樣知足。

「『再見』來了，」喬在樓下叫了起來，大家便一起下樓迎勞里。她們生活平靜，勞里的每周來訪是件大事。

一個膀大腰粗的大個青年邁著有力的步子快速走了過來，他理著平頭，頭戴大氈帽，身穿寬鬆衫。他沒有停步去開那低矮的籬笆門，而是跨了過來，徑直走向馬奇太太，一邊伸出雙手，熱誠地說道——

「我來了，媽媽！對，沒關係了。」

後面的話針對老太太眼神裡流露出的慈祥詢問，他漂亮的雙眼露出坦然的目光迎上去。這樣，小小的儀式像往常一樣，以母親的一吻結束。

「這個給約翰．布魯克太太，順致大媒人的恭賀。貝絲，上帝保佑你！喬，你真是別有風韻。艾美，你出落得太漂亮了，不好再當單身小姐了。」

勞里一邊說著，一邊丟給美格一個牛皮紙包，扯了扯貝絲的髮帶，盯著喬的大圍裙。在艾美面前做出一副癡迷樣，然後和眾人一一握手，大家便攀談來。

「約翰在哪？」美格焦急地問道。

「領取明天的證書去了，太太。」

「上場比賽哪邊贏了，勞里？」喬問道。儘管已經十九歲，喬一如既往地對男人的運動感興趣。

「當然是我們了。真希望你也在看。」

「那位可愛的蘭德爾小姐怎麼樣了？」艾美意味深長地笑著問。

「更殘忍了，看不出我是怎樣的憔悴？」勞里響亮地拍著寬闊的胸膛，誇張地歎息道。

「這最後一個玩笑是什麼？美格，打開包裹瞧瞧，」貝絲好奇地打量著鼓鼓囊囊的包裹，說道。

「家裡有這個很管用的，防火防盜，」勞里說。在女孩們的笑聲中，一個小型警報器出現在眾人眼前。

「一旦約翰不在家，而你又感到害怕的時候，美格太太，只要你在前窗搖一搖它，鄰居立刻就能驚動。這東西很妙，是不是？」勞里示範其功效，大家不由捂住了耳朵。

「你們這麼配合，讓我真感激！說到感激，我想到一件事，你們可以謝謝漢娜，她保護了婚宴蛋糕免遭毀滅。我過來時看到了蛋糕進屋，要不是她英勇地護衛著，我會吃上幾口的。」

「真不知你會不會長大，勞里，」美格帶著主婦的口氣說道。

「我盡力而爲，太太。恐怕長不了多高了。在這墮落的年代，六英尺大約就是所有男人能長到的高度了，」小先生回答，他的腦袋快夠到那小枝形吊燈了。

「我想，在新閨房裡吃東西會褻瀆神靈的，可我餓極了，因此，我提議休會，」過了一會兒，他補充道。

「我和媽媽要等約翰，還有最後一些事情要料理，」美格說著，急急忙忙走開了。

「我和貝絲要去吉蒂．布萊恩特家爲明天多弄些鮮花，」艾美接過話頭。她在美麗的鬈髮上戴著一頂別緻的帽子，和大家一樣大爲欣賞如此裝扮的效果。

「喬，來吧，別丟開男孩子。我筋疲力盡，沒人幫助回不了家。無論如何不要解下圍裙，這樣好看的，」勞里說道。喬伸出胳膊，支撐他無力的腳步。

「好了，勞里，我要和你談談明天的正經事，」他們一起離開時，喬開口了，「你必須保證好好表現，別搞惡作劇，破壞我們的計劃。」

「決不再犯。」

「該嚴肅時，別說滑稽的事情。」

「我從來不說。你才會那樣做呢。」

「還有，我懇求你在婚禮進行中別看我。你要是看，我肯定要笑的。」

「你不會看到我的。你會哭得很厲害，厚厚的淚霧將模糊你的視線。」

「除非痛苦萬分，我不會哭的。」

「比方男孩子們去上大學啦？」勞里笑著插嘴暗示她。

「別神氣活現了，我只是陪姐妹們一起嗚咽了一小會兒。」

「千真萬確。我說喬，爺爺這禮拜好嗎？脾氣還溫和嗎？」

「非常溫和。怎麼？你惹麻煩了，想知道他會怎樣處置你嗎？」喬很尖銳地問道。

「哎呀，喬，你以為，如果惹了麻煩，我會有臉直視你媽媽，說『沒關係』的嗎？」勞里突然停步，露出受傷的樣子。

「我不這麼認為。」

「那就別疑神疑鬼的。只是需要些錢，」勞里說道。她熱切的語氣撫慰了他，他繼續走路。

「花錢太厲害了，勞里。」

「天哪，不是我花了錢，而是錢自己花掉了。不知不覺，錢就沒了。」

「你那麼慷慨大方，富於同情心。借錢給別人，對任何人都不好意思拒絕。我們聽說了亨肖的事，聽說了你為他做的一切。要是你一直像那樣花錢，沒人會怪你，」喬熱情地說。

「噢，他小題大做了。他一人可以抵一打我們這樣的懶傢伙，你總不會讓我眼睜睜看著他只為缺乏區區一點幫助而勞累致死吧？」

「當然不會。但是，你有十七件背心，數不清的領帶，每次回家都戴一頂新帽子，我看不出這有什麼好處。我還以爲，你已經過了講究華服的時期。可老毛病時不時又在新的地方冒出來。如今醜陋倒成了時髦——把頭弄成了板刷相，緊身夾克，橙色手套，厚底方頭靴。要是這麼難看的打扮不要錢，我就讓它去吧，可它照樣費錢，而且我怎麼看都不順眼。」

聽了這一攻擊，勞里仰頭哈哈大笑，結果氈帽掉到了地上，被喬從上面踏過去。這個侮辱只爲他提供了闡述粗糙實用服裝優點的機會。他撿起那頂慘遭虐待的帽子，塞進口袋。

「別再說教了，好人兒！我一個星期夠聽的了，回家來想輕鬆快活一下的。明天，我還是要不惜工本打扮起來，讓我的朋友們個個滿意。」

「只要把頭髮蓄起來我就保你太平。我不是貴族，但不願讓人看見和一個貌似職業拳擊手的小夥子在一起，」喬嚴肅地說。

「這種不講究的髮型能促進學習的，所以我們才採用，」勞里回答。他主動犧牲了漂亮的鬈髮，遷就這種只有四分之一英寸長的短髮渣要求，當然不能指責他愛慕虛榮。

「順便說說，喬，我看那個小帕克真的是爲艾美死去活來了。他一刻不停地念著她，爲她寫詩，神不守舍的，讓人起疑。他最好將稚嫩的激情消滅於萌芽狀態，是不是？」沈默了片刻，勞里以推心置腹的、長兄般的口氣接著說道。

「該呀。我們家裡不希望幾年內又出什麼婚姻大事。我的天哪，這些孩子們在想些什麼東西啊？」喬看上去怒不可遏，彷彿艾美和小帕克還沒有長到十三歲。

「如今是快節奏時代，不知道我們以後會什麼樣子，小姐啊。你是個小丫頭，但下一個出嫁的就是你了，把我們留下來悲歎。」勞里對這墮落的時代大搖其頭。

「別驚慌，我不是那種可人兒。沒有人要我，那也是神的恩賜，一家子裡總要有個老處女的。」

「你就是不給任何人機會呀，」勞里說著斜瞥了她一眼，曬黑的臉龐上泛起了一點紅暈。「不願將性格裡溫柔的一面示人。假如哪個小夥子湊巧窺視到這一面，不由自主地表示愛慕之情，你會像戈米基太太對她的情人那樣對待他──向他潑冷水──變得渾身長刺，沒有人敢碰你、看你。」

「我不喜歡那種事情。太忙了，沒空爲廢話煩惱。我覺得以那種方式分裂家庭很可怕的。好了，別提這事了。美格的婚禮把我們大家的腦子都弄亂了，整天談情人這類荒唐事兒。我不願發脾氣，所以換個話題吧。」喬看上去嚴陣以待，稍有挑釁便會大潑冷水。

不管勞里有什麼情緒，還是發泄出來了的──在門口分手時，勞里低聲吹了個長口哨，並作了可怕的預言：「記住我的話，喬，下一個出嫁的是你。」

①古希臘羅馬神話，愛神丘比特所愛的美女。

二 第一個婚禮

那是一個六月的清晨，萬里無雲。陽臺上的月季花睜開朦朧的睡眼，在晨光的照耀下，滿懷喜悅地開得正豔，宛如一個個友好的小鄰居，事實也正是如此。它們隨風搖曳，激動得滿臉通紅，竊竊私語，談論著看到的一切。有些花兒正透過廚房的窗口往裡面窺探，看到那裡擺著的宴席；有些花兒爬到上面，對著正為新娘打扮的姐妹們點頭微笑；還有些花兒揮手致意，迎接那些在花園、陽臺和過道裡來來往往忙碌著的人們。無論鮮豔盛開的花朵，還是顏色最淺的花苞，花園裡所有的月季都把自己的美麗和芳香獻給這位溫柔的女主人。因為長期以來，女主人對它們呵護有加，細心照料。

美格自己看上去就像一朵月季花。那天，她心靈深處最美好、最甜蜜的事似乎都昇華在了臉上，使它顯得格外美麗動人，充滿魅力，漂亮無比。她不要絲綢禮服，婚紗上也沒有花邊，連白色香橙花都沒有要。「今天我不想見外，不要打扮。」她說，「我不要時髦的婚禮，只要有我愛的一些人在身邊，對他們，我只想做他們熟悉的那個我。」

因此，她自己做結婚禮服，把少女內心溫柔的期望和天真的浪漫嚮往都縫進了婚紗。妹妹們給她的秀髮紮起辮子，她僅有的飾品就是幾朵鈴蘭花，這是世上百花中，「她的約翰」最最喜歡的。

等打扮完了，艾美高興地審視著姐姐，嘴裡喊道：「你真的是我們親愛的美格，這麼漂亮，這麼可愛，要不是怕你的衣服弄皺，我真想抱你。」

「這麼說，我就心滿意足了。請你們每個人都抱我，吻我吧，別管衣服。今天，我還想在婚紗上添加很多這種褶皺呢。」美格向妹妹們張開雙臂，她們依偎在姐姐身邊一陣子，滿臉春意，心裡覺得新的愛絲毫沒有改變往日的姐妹手足情。

「現在我要去替約翰打領結，再和爸爸在書房裡靜靜地待上幾分鐘。」說完，美格跑下樓，去完成這些小禮節，然後形影不離地跟著媽媽。她心裡明白，雖然媽媽慈祥的臉上帶著微笑，可看到第一隻小鳥就要離巢去翱翔，慈母心裡不免黯然神傷。

妹妹們站在一起，爲自己簡樸的打扮作最後的修飾。現在這個當口，正好描繪一下過去三年裡女孩們外表上的一些變化，因爲她們此刻打扮得最漂亮。

喬的稜角已經磨平不少，雖然不很有風度，可她學會了舉止自然。捲曲的短髮已經長成了濃密的一團，高個子和小腦袋更趨和諧。棕色的雙頰氣色很好，溫柔的雙眸閃閃發亮，過去的利嘴現在說出的都是溫和的話語。

貝絲身材更加纖細、臉色更加蒼白、性格更加文靜。美麗、善良的雙眼更大了，可眼神卻哀而不怨。年輕的臉上點綴著痛苦的陰影，卻透出幾分堅毅，真是可憐。貝絲很少抱怨，總是滿懷希望地說「很快就會好起來的」。

艾美作爲「家庭之花」名副其實。她只有十六歲，卻已經具有成熟女性的神態和風度，並不算漂亮，卻擁有那種難以言喻的魅力——這就是風姿綽約。顯而易見，她身上的曲線、舉手投足、飄垂的服飾和披散的秀髮，能吸引很多人——沒有刻意的修飾，卻非常協調，正如美本身。艾美的鼻子仍舊是她的一塊心病，它永遠都不可能長筆挺了。她的嘴巴太大，也讓她苦惱不堪，更甭提那個堅定的下巴了。這些刺眼的特徵使她整張臉都與眾不同，可她自己看不到。還好，她還有雪白的漂亮肌膚，敏銳的藍色眼睛和日益濃密的金色捲髮，藉此聊以自慰。

三個妹妹都身穿薄薄的銀灰色衣裙（她們夏天最好的裙服），頭上和胸前都別著紅色玫瑰。三位女孩都顯出了少女的本色——臉上充滿青春活力，心中洋溢著幸福快樂。她們生活過得忙忙碌碌；此時，要在人生驛站駐足片刻，用渴望的雙眼，去解讀女人浪漫人生中最甜蜜的一章。

沒有隆重的儀式，一切都是那麼自然、親切。這時，馬奇姑婆到了，看到眼前的一切大不以爲然：新娘竟跑出來迎她，而新郎卻忙著固定掉下來的花環，身爲父親的牧師則兩隻胳膊下各夾著一瓶酒一本正經地往樓上走。

「我的天，真是好樣子啊！」老太太叫著，在爲她準備的貴賓席上就座，拉扯著她那淡紫色波紋綢衣的皺褶，發出好一陣沙沙聲。「孩子，要到最後一刻你才能露面哎。」

「姑婆，我又不是展品，沒有人來評頭論足，討論服飾，估算婚宴的費用。我太幸福了，顧不上別人怎麼說、怎麼想。我要以自己喜歡的方式舉行我的小小婚禮。約翰，親愛的，給你錘子。」美格就這樣走開了，去幫「那人」做那件完全不得體的工作。

布魯克先生甚至沒有說聲「謝謝」。但他彎腰去接那毫不浪漫的工具時，在折門背後吻了他的小新娘，見了他那種神態，姑婆急速地掏出手帕，抹去突然湧進她敏銳老眼的淚滴。

嘩啦聲，叫喊聲，勞里的笑聲，伴隨著不雅的驚歎：「天啊！好傢伙！喬又把蛋糕倒翻了！」這下引起了一陣忙亂。這邊還沒完，那邊又來了一群堂表兄妹。正像貝絲小時候常說的：「大隊人馬駕到。」

「別讓那小巨人靠近我。他比蚊子還讓我煩，」老太太對艾美耳語道。屋子裡擠滿了人，而勞里的黑色腦袋可謂鶴立雞群。

「他答應過今天好好表現。如果他願意，他能做到非常優雅，」艾美回答道。她溜過去警告海格立斯①要當心火龍噴火，可警告反倒使他一心一意纏住老太太，讓她差點暈頭轉向。

沒有長長的婚禮隊伍，但當馬奇先生和這對新人在綠色的拱門下站住時，房間裡立刻顯得肅靜一片。母親和妹妹們緊緊地依偎在一起，彷彿捨不得美格出閣。父親的聲音不止一次地中斷，這使婚禮儀式更加美妙莊嚴。大家都看到，新郎的手在顫抖，連說話聲別人都聽不清楚了。可美格卻直視著丈夫說：「我願意！」神情和聲音裡都充滿深情和信任，這讓母親感到欣喜萬分，而姑婆卻嗤之以鼻。

儘管喬差一點就想嚎啕大哭，可還是沒有哭出聲，因爲她意識到勞里正盯著她看，他那雙刻薄的黑眼睛裡透出幾分喜悅和深情。貝絲把臉靠在母親肩上，艾美卻站在一邊，一縷柔和的陽光照著她那雪白的腦門和頭上的月季花，活像一尊優美的雕塑。

事情恐怕並非中規中矩啊，一等儀式結束，美格就哭出聲來：「第一個吻獻給媽咪！」說著轉過身，滿懷深情地給了母親一個親吻。在接下來的一刻鐘裡，美格顯得更像一朵玫瑰，不管是勞倫斯先生，還是老漢娜，每個人都充分利用這個難得的機會，向美格表示祝福。漢娜圍著一條恭敬地織就、非常精緻的頭巾，在過道裡就撲到美格身上，又哭又笑著喊道：「祝福你，乖乖，百福百福！蛋糕一點都沒有搞壞，一切都很好！」

隨後，大家都開心起來，說些高興的話。大家心情輕鬆，很快就歡聲笑語。禮物沒有展示，都已經放進了小屋子新房，也沒有豐盛的早餐，只有午餐還算豐富，蛋糕加水果，又點綴了一些鮮花。勞倫斯先生和馬奇姑婆發現三位赫柏②往來穿梭，提供的玉液瓊漿只有水、檸檬水和咖啡。他們聳聳肩，相對而笑。但是誰也沒說話，直到勞里出現在新娘面前。他手端裝滿食物的托盤，臉上帶著迷惑的神情，堅持讓新娘吃東西。

「是不是喬不慎把酒瓶都打碎了？」他輕聲問，「或許我張冠李戴了，我早上看見地上有一些碎酒瓶。」

「不是，你爺爺很客氣，把最好的酒拿來給了我們，而且，姑婆也送過來一些。但是爸爸給貝絲留了少許以後，便把剩下的送去軍人之家了。你看，他認爲只有生病時才應該喝酒。媽媽說，她和女兒們都不會在家中用酒招待小夥子的。」

美格正經八百地說著，以爲勞里會皺眉或恥笑，但他不爲所動，只是迅速地掃了她一眼，以他那急不可耐的方式說：「我喜歡那樣！我看夠了喝酒害人，希望別的女人們也跟你們一個想法。」

「希望這不是經驗之談吧，」美格的口氣裡有些擔心。

「不是，我向你保證。但也別把我想得太好，這不屬於我面臨的誘惑。在我長大的國家，酒和水一樣平常，而且幾乎無害。我不喜歡喝酒，但是，如果一個美麗的女孩前來敬酒，就不想拒絕了，是吧？」

「可你要拒絕的，即使不爲自己，也要爲別人著想。勞里，答應我，就算給我增加一條理由，證明今天是畢生最幸福的日子好了。」

突如其來的殷殷請求使小夥子一時猶豫起來，因爲嘲弄往往比自我克制更難消受。美格知道，一旦答應下來，他將不惜一切代價遵守諾言。她感覺到了自己的力量，爲了朋友的好，她以女人的方式運了力。她沒有說話，擡頭看著他。滿臉幸福的笑容似乎在說：「今天誰也不能拒絕我的要求。」勞里當然不能。帶著會意的笑容，他把手伸給她，由衷地說道：「我答應你，布魯克太太！」

「謝謝你，非常感謝。」

「『祝你的決心健康長壽』，乾杯，勞里，」喬叫著，潑了一杯檸檬汁爲他洗禮。她搖著杯子，贊許地朝他微笑。

就這樣，敬了酒，發了誓，儘管有許多的誘惑，勞里還是忠實地遵守了諾言。女孩們憑著本能的智慧，掌握了一個喜慶時刻替朋友效勞，爲此勞里終身感謝她們。

午餐後，人們三三兩兩在房子、花園裡閑步，享受著屋裡屋外的陽光。美格和約翰碰巧一起站在草地中央。勞里突然來了靈感，一下子給這不時髦的婚禮最後潤了色。

「所有結了婚的人拉起手來，圍著新郎新娘跳舞，就像德國人那樣，我們單身漢、女孩家在週邊捉對跳！」勞里喊道，他正和艾美沿著小路散步。他說話很有技巧，極具感染力，大家毫無異議，跟著跳起來。馬奇先生和馬奇太太、卡羅爾叔叔和嬸嬸先開了頭，別的人很快加入進去。薩莉・莫法特猶豫再三，也將裙裾挽在臂上，迅速將內德拖進舞圈。最可笑的是勞倫斯先生和馬奇姑婆這一對。穩重的老先生跳著莊嚴的滑步過來邀請老太太，老太太將拐杖往胳膊下一夾，便輕快地跟大家一起繞著新人轉起來。而年輕人們像仲夏時節的蝴蝶一樣，滿花園地翩翩起舞。

大家跳得氣喘吁吁，即興舞會這才結束。隨後人們紛紛離開。

「祝你幸福，寶貝，衷心地祝你萬事如意！可你會後悔的。」姑婆對美格說。新郎把她送上馬車，她又對新郎說：「小夥子，你得了個寶貝，可要小心，你得配得上她。」

「內德，這婚禮一點都不時髦，可不知爲什麼，總覺得這是我參加過的最美妙的婚禮。」駕車離開時，薩莉・莫法特對丈夫說。

「勞里，我的孩子，要是你想享受這種福氣，就在那些小女孩中挑一個吧，我沒意見。」興奮了一上午，勞倫斯先生說，他正坐在安樂椅上休息。

「我會盡力讓您如願的，爺爺。」勞里格外恭敬地回答，一邊小心翼翼地把花朵拔掉，這是喬插在他鈕扣孔裡的。

小房子離得不遠，美格僅有的蜜月旅行就是與約翰靜靜地邁步，從老家走到新家。美格下樓來，身穿鴿灰色的衣裙，頭戴繫著白結的草帽，宛如一位漂亮的貴格會③女教徒，全家人都圍在她身邊，依依不捨地說「再見」，彷彿她要去出遠門。

「媽媽，不要覺得我和您分開了，千萬別認爲我愛約翰就不愛您了。」她滿含熱淚，依偎在娘身上，過了好一會兒又說，「爸爸，我每天都會回來的。我出嫁了，可但願你們大家心裡還能給我留個位置。貝絲沒事會常來陪我，喬和艾美也會常過來，看我在家事上鬧的笑話。謝謝大家，讓我的婚禮過得很開心。再見，再見！」

她們站著，目送美格走遠，臉上個個都洋溢著愛意、希望和自豪。大姐挽在丈夫臂彎裡，雙手捧滿鮮花。六月的陽光照亮了開心的臉——就這樣，美格的婚姻生活開始了。

---

①希臘神話中的大力士。

②赫柏是斟酒女神，相傳為宙斯和赫拉的女兒，這裏指的是三姐妹。——譯者注

③原義為震顫者，禱告「主」時身體要求震顫的教會一宗派。

小婦人

⊙現代版⊙世界名著

作　者　露薏莎・梅・奧爾科特
譯　者　王之光　節譯
出版者　風雲時代出版股份有限公司
出版所　風雲時代出版股份有限公司
地　址　105台北市民生東路五段一七八號七樓之三
網　址　http://www.books.com.tw
電子信箱　h7560949@ms15.hinet.net
服務專線　(〇二)二七五六—〇九四九
傳　真　(〇二)二七六五—三七九九
郵撥帳號　一二〇四三二九一
執行主編　劉宇青
封面設計　蕭麗恩
法律顧問　永然法律事務所　李永然律師
　　　　　北辰著作權事務所　蕭雄淋律師
版權授權　宋兆霖
出版日期　二〇〇七年八月初版
定　價　新台幣一九九元
總經銷　成信文化事業股份有限公司
地　址　新店市中正路四維巷二弄二號四樓
電　話　(〇二)二二一九—二〇八〇
行政院新聞局局版台業字第三五九五號
營利事業統一編號二二七五九九三五
版權所有・翻印必究
◎如有缺頁或裝訂錯誤，請寄回本社更換

國家圖書館出版品預行編目資料

小婦人／露薏莎・梅・奧爾科特 著；王之光 節譯. -- 初版.
-- 臺北市：風雲時代, 2007〔民96〕
面；公分. -- (世界名著)
現代版
ISBN 978-986-146-336-0 (平裝)

874.57　　95023196

Little Women

©2007 by Storm & Stress Publishing Co.
Printed in Taiwan

代回風雲時代回風雲時代回風雲時代回風雲時代回風雲時代回風
風雲時代回風雲時代回風雲時代回風雲時代回風雲時代回風雲時代
代回風雲時代回風雲時代回風雲時代回風雲時代回風雲時代回風
風雲時代回風雲時代回風雲時代回風雲時代回風雲時代回風雲時代
代回風雲時代回風雲時代回風雲時代回風雲時代回風雲時代回風
風雲時代回風雲時代回風雲時代回風雲時代回風雲時代回風雲時代
代回風雲時代回風雲時代回風雲時代回風雲時代回風雲時代回風
風雲時代回風雲時代回風雲時代回風雲時代回風雲時代回風雲時代
代回風雲時代回風雲時代回風雲時代回風雲時代回風雲時代回風
風雲時代回風雲時代回風雲時代回風雲時代回風雲時代回風雲時代
代回風雲時代回風雲時代回風雲時代回風雲時代回風雲時代回風
風雲時代回風雲時代回風雲時代回風雲時代回風雲時代回風雲時代
代回風雲時代回風雲時代回風雲時代回風雲時代回風雲時代回風
風雲時代回風雲時代回風雲時代回風雲時代回風雲時代回風雲時代
代回風雲時代回風雲時代回風雲時代回風雲時代回風雲時代回風
風雲時代回風雲時代回風雲時代回風雲時代回風雲時代回風雲時代
代回風雲時代回風雲時代回風雲時代回風雲時代回風雲時代回風
風雲時代回風雲時代回風雲時代回風雲時代回風雲時代回風雲時代
代回風雲時代回風雲時代回風雲時代回風雲時代回風雲時代回風
風雲時代回風雲時代回風雲時代回風雲時代回風雲時代回風雲時代
代回風雲時代回風雲時代回風雲時代回風雲時代回風雲時代回風
風雲時代回風雲時代回風雲時代回風雲時代回風雲時代回風雲時代
代回風雲時代回風雲時代回風雲時代回風雲時代回風雲時代回風
風雲時代回風雲時代回風雲時代回風雲時代回風雲時代回風雲時代
代回風雲時代回風雲時代回風雲時代回風雲時代回風雲時代回風
風雲時代回風雲時代回風雲時代回風雲時代回風雲時代回風雲時代
代回風雲時代回風雲時代回風雲時代回風雲時代回風雲時代回風
風雲時代回風雲時代回風雲時代回風雲時代回風雲時代回風雲時代
代回風雲時代回風雲時代回風雲時代回風雲時代回風雲時代回風
風雲時代回風雲時代回風雲時代回風雲時代回風雲時代回風雲時代
代回風雲時代回風雲時代回風雲時代回風雲時代回風雲時代回風
風雲時代回風雲時代回風雲時代回風雲時代回風雲時代回風雲時代
代回風雲時代回風雲時代回風雲時代回風雲時代回風雲時代回風
風雲時代回風雲時代回風雲時代回風雲時代回風雲時代回風雲時代
代回風雲時代回風雲時代回風雲時代回風雲時代回風雲時代回風
風雲時代回風雲時代回風雲時代回風雲時代回風雲時代回風雲時代
代回風雲時代回風雲時代回風雲時代回風雲時代回風雲時代回風
風雲時代回風雲時代回風雲時代回風雲時代回風雲時代回風雲時代
代回風雲時代回風雲時代回風雲時代回風雲時代回風雲時代回風
風雲時代回風雲時代回風雲時代回風雲時代回風雲時代回風雲時代